孤独旅行家

李西闽 著

上海社会科学院出版社

我们一直在寻找

寻找心灵的慰安

寻找灵魂的归宿

CONTENTS

目录

001 —— 孤独旅行家

059 —— 无处告别

117 —— 荒原:三个故事

172 —— 驮着你飞升

218 —— 单枪匹马

282 —— 野花插满头

337 —— 后记

孤独旅行家

王大嘴讲起旅途上的历险，唾沫横飞。在太平洋的鲨鱼口中脱险、在北美森林里和棕熊搏斗、在蒙古草原遭遇群狼围攻、在新藏线的冰大板上三天三夜没有冻僵……从他口中飞溅出来的口水，无情地喷在我脸上，有股营养不良的口臭味。我没有办法制止，他的确讲得精彩，深深吸引了我。他讲的那些故事经常会变成文字出现在地理杂志或时尚杂志上面，网络上也有很多。有一天，一个很有影响的旅行达人和他闹掰了，在网上揭露他，说他那些文章都是假的，基于那个旅行达人是个超级美女，此事闹出轩然大波。很多莫名其妙的人跑到王大嘴的微博和微信公众号骂他。面对这世间的所有污言浊语，王大嘴一概不理会，而是跑回家来给我讲故事。

我对他讲的事情半信半疑，并不能完全确认他是个骗子，因为他讲述的过程中，眼中偶尔会忽闪出一点真诚的火苗。我抹着脸上被溅到的唾沫星子，继续听他讲述，内心也充满了幻想，什么时候和他去闯世界，经历一些大风大浪，那样可以像个有故事的男人对另外一些人吹嘘。只有我爸才能够打断王大嘴的讲述，恶狠狠地瞪他一眼，我爸说，你别再骗孩子了，积点阴德吧。我爸的语调并不严厉，他却闭嘴了，一个人跑到楼下的小吃店喝老酒。其实我也不小了，我都大二了，我期待能够跟随王大嘴去旅行。那阵风波过去后，王大嘴又一次离开了家，踏上了旅途。我不知道他要去哪里，也不知道他还会碰到什么奇遇，在我心里，他是个传奇人物，很少有人能够像他那样选择自己的生活。

在我爸眼里，叔叔是无用之人，他最担心的是，某天叔叔死在路上也无人知晓，尸体在苍凉荒野一点点腐烂掉，或者成为食腐动物的美食，在苍天下留下一副不可辨析的森森白骨。如果那样，我爸会省了很多事情。而我不会这样想，却期待着能够跟着叔叔来一次远行。

一

有时我会突然接到叔叔的电话，他会在电话里亲切地喊着我的名字，不过每次通话时间都很短，言简意赅，吩咐完要我做的事情后，就迫不及待地挂了电话，连他在哪里也来不及说。他给我打电话，最重要的事情就是要钱，他自己不好意思管我爸要钱，通过我去要，知道我爸一定会给他，我不过是他的传声筒。自从他有了收入后，就很少向我爸要钱了，这让我爸很不习惯，经常会念叨，这家伙是不是死在路上了，连钱也不要了。

这个暑假，我真不知道要怎么度过。女朋友叶子和她妈妈去美国走亲戚，当然不会带上我，只是在微信上不停地给我发照片，像是在向我炫耀什么。我爸说，你要没什么事情，就到超市去做事，我给你发工资。我不喜欢去父亲的超市工作，超市里有种让我受不了的气味，说不清是什么气味。我只好赖在家里，成天玩着那个叫"我的世界"的游戏，不停地杀死末影龙和僵尸，不停地建造各种各样的房子。其实，杀死的是我自己内心的幻想，而不是末影龙和僵尸，那各种各样的房子，也不能安放我骚动的心。颠倒日夜的叶子总是在深夜和我说话，而我想和她说话时，她却在地球的另一边沉睡，我觉得自己离她越来越远，对她的感觉越来越模糊。如果不是叔叔打来电话，这个暑假是多么的索然无味，甚至会埋葬我和叶子脆弱的爱情。

我刚刚打碎一幢将将建好的房子，准备重新构建，叔叔的电话就打来了。叔叔竟然邀我和他一起旅行，他还是言简意赅，没有废话，只说在拉萨等我，让我明天就飞过去。欣喜若狂之后，我忐忑不安。这事情千万不能让我爸知道，他总是担心我会以叔叔为榜样，像他那样四处游荡。我爸绝对不会同意我去西藏的，更不要说给我钱，可是没钱，我根本就不能离开上海。叔叔就是一块巨大的磁铁，隔着万水千山将我牢牢吸住，我摆脱不了诱惑。一般在危急关头，我自然会想到母上大人。我妈是个心宽体胖的女人，家里家外的事情都不管，由我爸操持，她除了逛街，就是打麻将。我知道她喜欢在田东路的那家棋牌室和几个麻友"血拼"，我找过去，她果然在那里。

我妈真的很胖，浑身上下就是一堆肥肉，椅子随时都有可能被她的肥肉压塌。我很心疼那椅子，长年累月受她的压迫，那是多么残忍的事情。我妈年轻时，也算是个美女，记不得什么时候就变成这样了。我妈成为专业麻友，也是因为叔叔，她是真的不喜欢叔叔，只要我爸给他钱，她就肉疼，说凭什么要给他钱，他有手有脚，实在不行还可以去要饭。我爸会因此和她吵架，气得脸色铁青。终有一天，我妈也觉得吵架的确没有意思，什么也不管了，过起了自己的悠闲生活，我爸也由她去，只要她不吵闹，就是最幸福的事情。我妈见我进了麻将室，颤动着脸上的肥肉说，小烟，你来这里做什么？

我妈的牌友们都是些油头粉面的大妈，她们笑眯眯地看着我，我十分不舒服。我嗫嚅地说，妈，你能不能出去说。我妈大大咧咧地说，有什么见不得人的事情要出去说，就在这里说吧，没看我忙吗。坐在我妈对面的那个大妈笑了笑说，廖琪呀，你儿子还是个小鲜肉呀。我妈瞪了她一眼，别打坏主意。我脸发烫，想逃走，问题是没有要到钱，我不能一走了之。我硬着头皮说，妈，我要去西藏玩，没钱。她停下了刚刚摸上来的麻将牌，扭过头，瞥了我一眼，要多少钱？我低下头说，你看着办吧。对面大妈又说，去西藏，没有三四万块钱下不来，廖琪，快给他吧，别耽误我们打麻将。我妈从包包里取出一张卡，递给我，自己去取吧，好像这卡里还有几万块钱，密码你知道的。我妈银行卡的密码是我的生日，我当然知道。取过卡，我像一只鸟儿飞出了麻将室。

想到自己要像只鸟儿一样飞离上海，我的心情像蓝天般爽朗。重要的是，我终于可以和叔叔王大嘴去旅行了。

二

在漫长飞行过程中，我还是抑制不住内心的激动，想象着到达拉萨的情景。我想王大嘴一定会在飞机到达大厅等我，看到我，他会和我热情拥抱，告诉我这次旅行有多么的厉害。昨天夜里，我和叶子视频了一个多小时，告诉她我要去西藏，她一直说，你行吗，你行吗？她担心我会高原反应，担心我会死在高原。我说，叶子，你太小瞧我了。无论我怎么对她亮肌肉，表明我是个敢于挑战恶劣环境的男人，她还是充满了疑虑，担心我会发生什么不测。直到视频结束，她还说，王小烟，你真的行吗？叶子是那种强势的女孩，在她面前，我总是抬不起头，可是又舍不得离开她，她身上总有让我迷恋的东西，我希望通过这次高原旅行，改变我在她心中的形象，让她知道，我也是个男子汉。

事情并没有想象中的那么美好，飞机在贡嘎机场落地后，我没有打通王大嘴的手机，他的手机一直处于无法接通的状态。我突然焦虑和不安，王大嘴是不是不在拉萨，那个电话是他醉酒后的诳语，酒醒后他就忘了？如果这样，我该怎么办？我内心忐忑地走出机场，看到了蔚蓝的天空，阳光刺眼。我又拨了一次他的手机号码，还是不通。这班飞机的客人都走光了，我还站在阳光下，手足无措。我想打个出租车去拉萨，问题是我不知道到哪里可以找到王大嘴。我买好机票就发过手机消息给他，他应该会来接我的。

我恶狠狠地骂了声，该死的王大嘴，骗子！

眼睛滚烫滚烫的，有流泪的冲动。我强忍住不让泪水流下来，不能让叶子看笑话，尽管她远在美国。就在我心灰意冷之际，我的手机响了。陌生的手机号码，显示地点是拉萨，我赶紧接通了电话，沙哑的、夹杂当地口音的普通话。他叫次仁，是王大嘴的朋友，因为事情耽误接机，现在还在路上，让我不要着急，很快就到。挂断电话，我心里的一块石头落了地，顿时觉得有了依靠，天空蓝得美好，自拍了几张照片，发给叶子，证明我已经到了拉萨。

次仁是个满脸黝黑的中年藏族汉子，身材高大，有点瘦，四方脸刀削出的凌厉，眼睛却慈祥。他开着一辆笨重老式的丰田越野车，接上我后，向拉萨市区一路狂奔。他说王大嘴病了，在客栈里躺着。次仁将我带到八廓街边上一条小巷里，走进一家三层楼的藏式民宿，我就听到了王大嘴的笑声。他背对着大门，坐在小院的小圆桌旁，和一个短发女孩有说有笑，看上去根本就没有病。

女孩和我差不多年龄，古灵精怪的样子，她旁边放着一个很大的银色旅行箱。她和王大嘴说着话，是在讨论性高潮的问题，我听了脸红。女孩看到了我，打住了咸湿话题，笑着看我，说了声，哇，小鲜肉呀。王大嘴回过头，看到了我。他站起来，走到我跟前，抱了抱我，对女孩笑着说，这是我侄儿王小烟。女孩朝我挥了挥手，小烟好。

王大嘴将女孩介绍给我，小烟，这是胡盐，胡椒的胡，盐巴的盐。胡盐笑道，大嘴，你怎么这样介绍我。王大嘴阴险地说，这样够味。胡盐娇嗔道，坏人。

我叔叔个子高，瘦，脸上只有一层皮包着骨头，眼窝深陷，眼睛是深井，捉摸不透，左脸上有一块斜斜的发亮的疤痕，据说是和棕熊搏斗时留下的纪念，长发，头发很干，像棕榈树的毛毛。他深陷的小眼还算有神，特别是注视胡盐时，会闪烁出某种光亮。他们说话间，我没有笑，愣愣地审视着王大嘴。我突然说，叔叔，你不是病了吗？他摸了摸满是胡茬的脸腮，笑了笑，是病了，不过你来了就好多了，小烟，你不知道叔叔有多想念你。我分不清他说的是真话还是假话。

次仁是这家民宿的主人，他将我的行李拿到二楼的房间，下来后，说，大嘴，吃饭吧，我看小烟也饿了。

我的确饿了，夕阳照在黄色的院墙上，十分迷幻。王大嘴说，对，该吃饭了，小烟一定饿坏了吧。次仁朝厨房里喊，卓玛，把肉拿出来。过了好大一会，卓玛端着一大盘煮熟的牦牛肉走了出来。她又给我们每人倒了一碗酥油茶，然后回厨房去了。次仁递给我一块肉，又递给我一把刀子，吃吧，吃吧。他示范着用刀子割下小块肉放进嘴巴里，边嚼边说，这样吃。王大嘴拿起一块肉，直接啃了起来，吃相十分粗俗。我用不惯刀子，也像叔叔那样啃，次仁看着我直乐。次仁说，大嘴，喝点酒？王大嘴点了点头。次仁对厨房里喊，卓玛，拿瓶酒出来。

他们喝的是青稞酒。我和胡盐没喝。王大嘴不让我喝,说刚刚到高原,不能喝酒,得先适应环境。其实我也不喜欢喝酒,曾经叶子和我去酒吧时我喝过几次,被她灌醉,想起醉酒后的狼狈,心里就会抵触。胡盐没有再和王大嘴讨论性高潮,显得有些不安,不时地看着手表。王大嘴说,还是和我们一起吃喝吧,别走了。胡盐说,不行,我和同学约好的,晚上不能住在这里了。王大嘴喝了口酒,在哪里不是一样住,明天出发时,让他们来接你不就得了。胡盐说,不行,那样他们就再也不会理我了,我还得和他们在电影学院待一年呢。王大嘴说,那破电影学院上不上都一样,干脆退学和我一起旅行算了,跟我走两年,保证你会写出惊世骇俗的电影剧本。胡盐说,谁信你。王大嘴笑笑,你别不信,看看,这两天你和我在一起,不是学到了很多,最起码知道什么是性高潮。胡盐脸红了,去去去,别胡说八道。王大嘴哈哈大笑。

王大嘴大笑时,是愉悦的,这种愉悦阳光灿烂。

这时,有人在门外喊,胡盐,胡盐——

胡盐喜形于色,对王大嘴说,我该走了,大嘴,祝你旅行愉快,有多多艳遇,但不要再和别的女孩子讨论性高潮哟,再见。

走时,她伸手摸了一下我的脸,小鲜肉,记得涂防晒霜,否则鲜肉就变成你叔叔那样的老腊肉了。

胡盐走后,王大嘴惘然若失,脸色也阴沉下来。次仁看着他,憨厚地笑,喝酒,喝酒。王大嘴对我说,小烟,吃完饭，好好睡一觉，我们明天出发。他站起身，回房间去了，把我扔在小院里。这时，夕阳已经收起了光芒，天渐渐要黑了。次仁说，小烟，别理他，他就那样。我知道他的脾气，也没有多想。吃完饭，我对次仁说，想去看看拉萨的夜景。次仁说，我建议你今晚不要太劳累，好好休息，明天上路才有充足的体力，休息不好，会吃不消的，等你们回到拉萨，我再带你游拉萨。我极不情愿地点了点头。他还交代我今天晚上不要洗澡，说是容易感冒，感冒了比较麻烦。

这个夜晚，我失眠了，太阳穴一直在跳。给叶子发了几条消息，她没有搭理我，她的微信朋友圈也没有更新，不知道她在干什么。我突然想，她会不会遇见一个像王大嘴那样比她年龄大很多的大叔，一起谈论性高潮，以至忘了回我的消息。这个念头折磨着我，比王大嘴撇下我躲进他的房间里还让我难受。我没有什么喜悦，只是感到孤独和焦虑，甚至恐惧，我想逃回上海，或许那样才是安全的。明天会怎么样，未来这段旅行会遇到什么，我无法想象。

三

天还没有亮，我就被王大嘴叫起来了。我打开门，他走进来，看了看我，快穿衣服，收拾好东西，准备出发。看上去，王大嘴精神焕发，头上戴着黄色牛皮毡帽，上身穿着一件红色冲锋衣，下身是黑色的防水裤，足蹬咖啡色的短靴。我穿好衣服，他打量了我一会，将头上的毡帽戴在我头上，笑了笑，不错，像个牛仔，不过皮肤白了点。

这时，我才感觉到他是我亲叔叔，心里有了些安全感，想回上海的话吞回了肚子里。我说，凡叔（叔叔真名叫王奇凡），你把帽子给我了，你戴什么？他拍了拍我的肩膀，走吧，叔还有顶黑色的帽子，这顶帽子本来就是给你准备的，对了，墨镜带了没有，高原上紫外线强，要保护好眼睛。我点了点头。次仁在楼下喊，大嘴，车来了，快走吧。我说，他和我们一起去？王大嘴说，不，他的车租给我，他是我老朋友，租金便宜。

王大嘴开着次仁那辆老式丰田车上路了。

离开拉萨，我心情竟然激动起来。我还是给叶子发了条消息，告诉她我出发了，尽管她从夜里到现在都没有回我消息。夏天是雨季，出拉萨城时，天上还在落雨。王大嘴说，小烟，要做好吃苦头的准备。我说，跟着凡叔，我不怕。王大嘴笑了笑，旅途中总会碰到意想不到的危险，不过，不怕是对的。

越野车在雨中一路向西奔驰，不断地超越别的车辆。王大嘴开车很猛，我觉得过瘾，又心惊肉跳。他感觉到了我的担心，别紧张，现在路好走，开快点，路不好走了，就不能这样快了。我突然想到了一个问题，凡叔，你怎么会想起来带我一起走？他沉默了一会，干咳了几声说，说实话，我习惯了独来独往，带你肯定是累赘，说不准会给我增加很多麻烦，可是我没钱了，必须叫你来，知道你会带钱来的。这话让我很不开心，你真是个骗子，为什么不管我爸要钱，非要骗我来。这家伙哈哈大笑，笑声停下来后，瞥了我一眼说，你知道，我很长时间没有向你爸要钱了，我开不了口。我沉默了。王大嘴根本就不顾及我的感受，他好像从来都不会顾及别人的感受，我行我素。他继续说，在此之前，的确没有想到要带你，我拿了地理杂志的一笔预付金，答应给他们写篇藏北大北线的文章，可是，那点钱很快花光了，我才想到了你。

我头有点晕，闭上了眼睛。

他说，别睡，风景都在路上。

我没有说话，也没有睁开眼睛。想起了往事，我八岁那年，王大嘴和我爸大吵了一架，他就背着行囊离开了家。记得很清楚，他们都十分愤怒，要不是我妈分开他们，也许他们会大打出手。我爷爷奶奶死得早，是我爸供叔叔念完大学，没想到他大学毕业工作了不到一年，就辞职出走了。他走的时候，抱起我，问我，小烟，你会想念叔叔吗？我点了点头。他走后，我一直期待他回来，带我去吃冰激凌。三年后，他才蓬头垢面地回家，住了没几天又走了。我爸说，他是浪子，把家当客栈，让我不要学他。我不知道他当初为什么要走，我爸妈都没有给我讲过。

我在越野车的颠簸中，竟然昏沉沉地睡着了。

越野车翻过岗巴拉山口，就看到了羊卓雍湖。王大嘴叫醒了我。我的头很沉，看到羊湖，还是兴奋不已。这是西藏三大圣湖之一，另外两个圣湖是纳木错和玛旁雍措。这时雨停了，但天空阴沉沉的。美丽的圣湖上面弥漫着云雾，像蒙着面纱的少女。王大嘴说，如果天晴，在山顶就可以看到不同颜色的湖面，要秋天来就好了。我说，能够看到羊湖，我就很开心了。王大嘴说，也是，别有一番风味，任何一处风光，都有不同的呈现。车停在山顶的路边，我们下来拍照。王大嘴的照片拍得好，我觉得他是个摄影大师，他拍的照片比他写的文章好。他给我拍了几张照片，当场给我看，在他镜头里，我是个伟岸的酷小子，因此，我原谅了他。

他将车停在湖边的停车点。这时的游客不多，三三两两的游客在湖边拍照。王大嘴找了几个角度，也拍了些照片。然后，他从车上拿下面包和水，我们就坐在山坡上，面对着云雾笼罩的圣湖午餐。他说，前面浪卡子有鱼吃，说是羊湖里的鱼，我是不会吃的，中午将就些，晚上我们去吃大餐。我点了点头。一阵风吹过来，有些凉意。他说，其实，我们融不进风景，来再多次都一样，激动也没有用，我现在见到再好的风景，也不会激动了，我们只是过客。我说，那你为什么还要到处行走？他笑了笑，我已经习惯了行走，不可能在某个地方定居，我是一个无家的人，我走到哪里，哪里就是我的家，我就是世界的中心，我走到哪里，哪里就是世界的中心，现在，世界的中心就是羊湖。

凡叔，我想问你一个问题。

说吧。

当初你为什么要选择旅行？

哈哈，很多记者问过我这个问题，我没有回答，这是我私人的事情，为什么要告诉他们。既然你问了，不妨告诉你。当时，我厌倦了四平八稳的生活，宁愿死在路上，也不想过那种毫无生气的日子。

就这么简单？

难道还有什么复杂的。

继续上路。海拔越来越高，路也越来越难走。路过卡若拉冰川时，王大嘴没有停车，他说这个冰川太脏，他会带我去看最美的双湖冰川。我有点遗憾，还是没有坚持下车，只是在车上用手机拍了两张照片，证明来过此地。一直赶路，在江孜停留了一个多小时，他带我看了看白居寺和宗山城堡，然后匆匆上路，直奔日喀则。

四

到达日喀则，已经入夜了。黑夜中的日喀则，透着一种神秘。王大嘴说好要吃大餐的，结果没有。找了一家旅馆住下后，每人吃了碗泡面，就躺下了。开了一天的车，他也很累了，身体一放倒在床上，就打起了呼噜。我头又开始疼痛，太阳穴像有锤子在敲打。我是不是有高原反应了？无法入眠，我开始不停地给叶子发消息，还是没有她的消息，难道她失踪了？内心的焦虑感又油然而生。夜深了，我还是睡不着。街上突然传来吵吵嚷嚷的声音，像是有人在打架。吵架的声音闹不醒王大嘴，此时，我要是将他绑起来，扔到江里去，估计他也不会醒来。亲叔和我虽然同居一室，我还是感觉到了距离，仿佛他是个陌生人，这种感觉让我不寒而栗，孤独像黑暗一样将我紧紧裹住。想想，我又特别同情叔叔，要是我不在，他只能一个人在这孤独的夜晚沉睡，有多少这样的夜晚，在异乡无依无靠，那是一种什么样的孤独，他又是如何忍耐。

我们走出旅馆，瓦蓝的天和刺眼的阳光，晴天让我心情好了些。起床后，王大嘴看我不对劲，问了问我身体状况，让我吃了一粒散利痛，说散利痛对高原反应特别有效。他没有骗我，吃完早餐后，我头就不那么痛了，但是吃进去的面条全部吐掉了。他给我吃了块巧克力，说，没事，这不算什么。我说，我会死在去阿里的路上吧。他哈哈大笑，死不了，有我在，你还真死不了。我冷笑道，不一定。

王大嘴带我到了扎什伦布寺。

扎什伦布寺是去过西藏的同学常常提起的地方，就像提珠峰、羊湖、纳木错一样。没来之前，听到这个寺庙的名字，就会有美好的想象。如今，我真切地站在它大门口，看着依山而建雄奇的扎什伦布寺，有了踏进去的渴望。这是四世之后历代班禅居住的地方，与拉萨的甘丹寺、色拉寺、哲蚌寺，青海的塔尔寺，甘肃的拉卜楞寺并列为格鲁派的六大寺庙。王大嘴站在大门口，对我说，你自己进去吧，我就不进去了，在门口等你，你出来时，打我电话。我想问为什么，他扭头就走了。我只好独自进入了扎什伦布寺。我仿佛进入了另外一个陌生而又神奇的世界，我穿过一条条巷道，进入一个又一个殿堂，我无法用语言表达心中的感受。从灵塔殿到错钦大殿有条狭小的巷子，路面的黑石头十分光亮，玉石一般，几百年来，有多少人在此走过，走过巷子，我回头望了望，看不到自己的足迹，是的，正如王大嘴说的，我们只是过客。在人头攒动的错钦大殿，我发现了一个女孩的背影，很像叶子。她回了一下头，我十分惊讶，竟然连脸庞也长得特别像叶子，或许她就是叶子，要在扎什伦布寺和我相遇，给我惊喜。可是，她一会就消失在人群中，等我追过去，已经不见了踪影。

我追出了大殿，一直追到寺庙的大门口，也没有发现那女孩的踪影。

我有点忧伤，走出寺庙大门时，我回头望了望大殿的金顶，目光掠过金顶，我看到尼色日山上飘飞的经幡。扎什伦布，吉祥须弥的意思，可是此时，我真的有点忧伤。

离开扎什伦布寺，继续上路。

王大嘴说，有什么感觉？我没有说话，不想理他。他自言自语，我来西藏几次，基本不去寺庙，一方面，寺庙太神圣，我是路过的俗人，体悟不到神佛的奥妙，或许还会玷污神圣；另一方面，我不喜欢在某个地方久留，那不是我的风格，我就是要一直在路上，在路上让我觉得自己还活着，停留时间太长，生命像是停滞了，会枯死，这些寺庙都有悠久的历史，要深入了解，非一朝一夕的事情。

我无法理解他的话，心里只想着叶子。

我突然说，凡叔你谈过恋爱吗？

他沉默了会，说，说谈过也谈过，说没有谈过，也没谈过。我喜欢女人，也害怕女人。怎么，你恋爱了？

我说，算是吧。

失恋了？

不知道。

我说你怎么垂头丧气，小烟，叔叔对你说句肺腑之言，失恋是正常的，没有必要伤心，她既然不要你了，一定是你自己有问题，而且她也不适合你，放下，轻松面对，总有适合你的姑娘。

我沉默。

他又说，头还痛吗？

我说，不那么痛了。

散利痛最管用了，他说，如果痛，再吃，不要紧的，没有什么大问题，看你这个样子，只是轻微的高原反应，慢慢适应就好了，晚上要保持好睡眠，不要胡思乱想。

我心里说，我不可能不胡思乱想，如果还是没有叶子的消息，我死的心都会有。

越野车继续一路向西。烈日炙烤荒野，车里就像烤箱，热得受不了。我对他说，凡叔，你怎么不开空调。他冷笑道，空调，哪有空调，这车三年前我来的时候，空调就坏了。我无语。车窗开着，呼啸的热风要将我的脸皮吹掉。我也学他的样子，光着膀子。他瞥了我一眼，这才像是我王大嘴的侄儿，这点热算什么，真正在路上的人，什么苦头都要能吃，否则就待在家里不要出来。就是光着膀子，还是汗流浃背，不过，渐渐适应后，反而觉得有了一种通透的舒畅。我尽量不去想叶子。

我想起了王大嘴和我讲过的一次徒步旅行。那是他离开家，转悠了大半个中国之后的第一次徒步旅行。他从云南香格里拉出发，徒步走滇藏线。那也是个夏天，比现在强壮年轻很多的王大嘴心中没有惧怕，对前路充满了挑战的勇气。其实，走到德钦，他就疲惫不堪了。路上有好心的游客让他搭顺风车，他拒绝了，认为如果搭了顺风车，就没有意义了。在朝阳升起后，继续出发。过了梅里雪山，有漫长的没有人烟的道路要走，前方的一个站点就是盐井，盐井也是云南进入西藏的第一站。那是孤独的旅程，偶尔有一辆拉货的车经过，藏族司机会朝他竖起大拇指，他会朝他们笑笑，挥挥手。货车在坎坷不平的山路上卷起浓尘，消失在远处之后，他就更加孤独了，仿佛是被遗弃的孤儿，天地之间只剩下他一个人。那时，他感觉到生命的重要，只有活着才能走完旅程，一步一步迈向未知世界。让他难忘的是，一只和他同样孤独的驴子跟着他走了很长的路程。那只驴子不知从何来，也不知道到哪里去。它和王大嘴保持十几米的距离，他停下来回头看它，它也会停下脚步。他开始行走，它也开始行走。直到天黑，王大嘴在路边的草坡上支起帐篷后，它才消失。第二天重新上路，他希望能够看到那只驴子，却再也没有见到，王大嘴后悔没有对它说声再见。路途中的风险是不可预测的，那个黄昏，他准备多走一段路再休息，结果有块飞石从山上滚下来，砸晕了他，好在那块石头不大，没有将他砸死。他睁开眼时，天已经亮了，在荒凉的天光中，他发现不远处的岩石上扑满了秃鹫。那些秃鹫也许以为他是一具尸体，正准备分食他，他一激灵站起来，背起沉重的背包逃离……

五

在老定日住了一夜，我身体好了许多，头也不那么痛了。我们没有去珠峰营地，只是去了绒布寺，远眺了令人神往的珠峰，继续向西奔驰，过了马攸木山口，就进入阿里地界了。这一天，天空时而阴沉，时而落雨。王大嘴多次说，最好到了玛旁雍措不要下雨。他又多次自言自语，谁知道，高原的气候就是反复无常，像娇惯坏了的女人。

傍晚时分，我们到达了玛旁雍措。319国道边朝着玛旁雍措，左边是纳木纳尼雪山，右边是冈仁波齐神山。阴天，看不到雪山和神山的顶峰。好在没有下雨，圣湖十分宁静。湖边有个简陋的两层楼小旅馆，我们就落脚在这里。王大嘴认识小旅馆的人，提前定好了一间二楼的双人间。我提出来，要自己住一间房，我讨厌王大嘴的呼噜声，我并没有如愿，没有房间了，有个旅游车队将其他房间全占了。王大嘴冷笑道，你将就点吧，接下来有的地方连住的地方都没有。小旅馆的确简陋，房间很小，两张小床挤满了空间，没有洗澡的地方，公共厕所在离旅馆几十米远的湖边。王大嘴放下行李，就去打了盆热水，擦身体和泡脚，根本就不理会我。颠簸了一天，我觉得骨头都要散架了，直接倒在床上。

王大嘴泡完脚，看了看我，你也不洗洗，身体都臭了。

我说，不洗又怎么样。王大嘴笑笑，当然，洗不洗是你自己的事情，在路上，主要还是靠自己照顾自己，别人帮不了你什么。

他出去了会，又进来说，起来吃饭吧，饭总归要吃吧。

我极不情愿地爬起来，真想睡个地老天荒。

二楼最大的房间是厨房和客厅，也可以睡人，靠墙的一周放着好几张藏式小床，床前是藏式的桌子，中央是一个藏式铁炉，生着火，可以煮饭和烧水。天黑后，旅馆外空地上的发动机轰响起来，电灯也亮了。客厅里坐着十多个青年男女，他们有说有笑，在吃着高压锅压出的面片。这里的海拔是4588米，就是用高压锅压出的面片，也是夹生的，我和王大嘴找个地方坐下来，我吃第一口面片，就吃出了夹生的味道。但饿了什么都是好吃的，我狼吞虎咽，希望吃饱后，赶紧上床睡觉。

王大嘴的吃相还是很优雅的，慢条斯理，像是在享受超级美食，仿佛那些闹哄哄的年轻人不存在。坐在他对面的一个圆脸厚嘴唇大眼睛的女孩站起来，愣愣地看着王大嘴，手中的筷子停在胸前，一动不动。我发现了那个女孩惊讶的神态，我瞟了王大嘴一眼，他还是旁若无人优雅地吃着面片。我突然觉得王大嘴挺能装腔调的。

那女孩突然叫了声，王大嘴——

王大嘴还是无动于衷。

听到女孩的叫唤，那些年轻男女的目光都落在了王大嘴身上，顿时鸦雀无声。女孩走到王大嘴面前，颤声说，你，你就是王大嘴前辈，如果我没有认错的话？王大嘴仰起脸，我有那么老吗，还前辈。女孩惊喜地叫道，哇，你真是王大嘴老师。王大嘴慢吞吞地说，我教过你吗？女孩笑着说，我不管，反正就叫你老师了，我读过你许多文章，写得真好，还有你拍的照片，超级棒。她拿出手机，从手机里找出一张照片，说，你看，这是你以前从湖边玛尼堆的经幡上拍的冈仁波齐，这角度太刁钻了，太美了。王大嘴笑了，有人夸他照片拍得好，他心里一定很开心。女孩说，没有想到会在这里碰见老师，太神奇了。年轻人们围拢过来，七嘴八舌地夸他。

王大嘴说，你们别夸我，不知道我是个骗子吗。

女孩说，我们才不信呢，单丽一定是妒忌老师，才写那篇文章的，我们是你的忠实粉丝。

他们都说不信，还说只有不明是非的人才会信，才会在网上跟帖骂王大嘴。我知道，女孩说的单丽，就是当初写文章骂王大嘴的那个漂亮的旅行达人，至于她有多漂亮，我也不知道。王大嘴没有回应单丽，果然两周后风头就过去了，他毫发无损，在这个问题上，王大嘴不愧是个老江湖。

女孩又说，老师，你脸上的伤疤就是在北美森林里和棕熊搏斗时留下的吧，好像在你的那篇文章上写过。

王大嘴突然来了兴致，打开了话匣子。

有一点单丽说的没错，我在北美森林里徒步时，是碰到过棕熊，但并没有和棕熊搏斗。我躲都躲不及，怎么会和它搏斗呢，我没那么勇敢。那篇写和棕熊搏斗的文章，的确吹牛了，请大家原谅。关于脸上这块伤疤的来历，本来不想说的，还是告诉大家吧，说出来，也算对大家做个补偿。我脸上的伤疤，其实是刀疤。那年我在非洲刚果金旅行，刚好碰到骚乱，我来不及逃跑，就被砍了一刀。我吓坏了，赶紧扑倒在地上装死。那天死了很多人，大部分人是中弹而亡的，算我走了狗屎运，只是挨了一刀。我在死人堆里趴了几个小时之后，才侥幸逃脱。说起来像天方夜谭，可这才是真实发生的事情。

王大嘴的故事深深吸引了这些年轻人，我觉得王大嘴的文章一般，口头讲述的能力真是一流。他的故事让他们崇拜得五体投地，和棕熊搏斗的虚假事情根本就不值一提了。女孩说，老师，无论怎么样，你都是我们心目中的英雄，我们还想听你讲故事。他们都要求王大嘴继续讲他旅行中的故事。王大嘴开始管不住自己的嘴巴了，口若悬河地讲将起来。此时，他是旅馆的中心，也是世界的中心。有趣的是，玛旁雍措是世界上最高海拔的淡水湖，佛教信徒和苯教信徒都把它当成世界的中心。我不知道这些年轻人会不会成为王大嘴的信徒，但是今夜，王大嘴的确是他们的中心。而我，是被冷落的一个人，无关紧要的一个人，我默默地离开时，谁都不曾注意到。

从小到大，父母亲都要我做个乖孩子，而且，我的确是个乖孩子，离家出行，没有告诉我爸，是我有生以来的第一次。我想，我也许永远成不了王大嘴第二，突然觉得对不起我爸。他是个实实在在讨生活的人，这些年，超市生意也不好做了，他担心被电商弄得破产，日益焦虑，我和我妈都无法分担他的焦虑，他是个可怜人。回到房间，我给他打了个电话。我以为他会怒斥我，结果他细声细语地说，他从我妈那里得知我来西藏了，要我照顾好自己，没钱了要告诉他。我的眼睛湿了。

叶子还是没有任何消息。

我决定今夜不想她，因为明天要和王大嘴去转山，需要充足的睡眠，才有体力，我不能因为无休止的想念，拖垮自己，将自己的生命扔在转山的途中。我吃了一片散利痛，沉沉地睡去。不知是噩梦还是被一泡尿憋醒。我梦见王大嘴被人追杀，那些人手里举着砍刀，在圣湖边上追赶着他，口里不停地叫着杀死骗子王大嘴，我想去帮助他，身体却无法动弹。我张开嘴，大声喊叫，凡叔，快跑——我不知道他能否听见，只是看到那群人追上了他，他被砍翻在地，画面突然变得无声无息，我发现那些砍王大嘴的人，竟然就是听他讲故事的那些年轻人。

醒来，发电机的声音没有了，也没有叔叔的呼噜声，寂静。我打开手电筒，照了照旁边的小床，没有发现王大嘴。想到可怕的梦境，我的心跳到嗓子眼，他会不会真出什么事情，或者他还在给那些年轻人讲故事。我穿上冲锋衣，出了门，客厅静悄悄的，一片漆黑。他到底去了哪里？

我心惊胆战地下了楼，打开大门，走了出去。天很黑，静得可怕。我的目光随着手电筒的光四处搜寻。突然起了风,湖边玛尼堆上的经幡猎猎作响。突然,我看到一个人,面对着圣湖,跪在湖边。那是王大嘴,没错,就是我的叔叔王大嘴。他为什么要跪在那里,在此之前的夜里,此时的他会是呼噜声震天响,睡得死沉。我走到他跟前说,凡叔,你怎么不睡觉。他没有回答我。发现他安然无恙,我的一颗心放落了原处,赶紧去厕所撒尿。撒完尿出来,他还跪在那里,他还是不搭理我,我就回房睡觉去了,他想做什么,自有他的道理,我无法干涉,也不会刨根问底。后来我才知道,他是在祈祷明天天晴,因为我们要去转山。

六

我不清楚王大嘴有没有睡觉,是不是在圣湖边跪了一夜。天亮后,是他将我叫醒的。走出旅馆,天上还是有很多云,不过那些大朵大朵的黑云在疾走。王大嘴看了看天,铁青的脸上露出了笑容,今天应该会天晴的。他的声音有些沙哑,眼睛红红的。走之前,他瞪着我,徒步转山很辛苦,你现在放弃还来得及,你要不去,就在这里待着,两天后我来接你走。我本来忐忑,他蔑视我的目光让我突然有了勇气,去,为什么不去!他拍了拍我的肩膀,嘿嘿,到时候不要后悔,别怪我没有提醒你!我倔强地说,你别吓唬我。他说,我用得着吓唬你吗,走了就知道了。

今天的能见度不错,站在湖边,就可以看到远处的冈仁波齐神山,神山山顶被冰川覆盖,远远看去,神山就像一个佛头,慈悲地存在于天地之间。海拔6656米的冈仁波齐没有珠穆朗玛峰高，也没有南迦巴瓦俊秀，可是作为冈底斯山的主峰，却是世界公认的神山之最。印度教、藏传佛教、苯教以及古耆那教都认定冈仁波齐和波旁雍措为世界的中心，每年都有不少圣徒从印度、尼泊尔、不丹等国来到这里朝圣。王大嘴转山不是为了朝圣，而是为了给地理杂志写文章，也许还有对神山的敬意。他之前转过山，奇怪的是，当初拍的照片怎么也找不到了，所以必须再转一次。而我，虽然是被王大嘴诳来的，内心却对神山圣湖心存敬畏。

我们正要离开，旅馆里跑出昨夜发现王大嘴的女孩，她大声喊叫，大嘴老师，带上我。王大嘴没有理她，和讲故事时唾沫横飞的样子判若两人，开动了车。女孩在后面追赶，不停地喊，大嘴老师，带上我——

我回过头，透过车后窗玻璃，看到女孩背着很大的背包，不停地奔跑，追赶着我们的越野车。没想到此时的王大嘴如此冷酷，我于心不忍，对他说，凡叔，停车带上她吧。王大嘴没有回答我，车开得并不快。女孩还是不依不饶地追赶，看得出来，她渐渐体力不支。王大嘴突然停车，叹了口气。女孩气喘吁吁地走到车前。王大嘴下了车，冷冰冰地说，你确定要跟我们走？女孩上气不接下气地说，是，是的，我要跟你走。王大嘴说，给我一个理由。女孩说，我崇拜你。王大嘴说，这不是理由。女孩说，我不喜欢和他们一起走马观花，我要和你去徒步转山，这样才不虚此行。王大嘴说，其实我们都是走马观花，活着一场也是走马观花，死了也很难发现世界真正的奥秘。女孩说，那不一样！王大嘴说，你真的要和我们走？女孩坚定地说，真的！王大嘴思考了片刻，挥了挥手，上车吧。女孩叫杨琼，四川成都人，IT 行业从业者。

我们到达转山起点塔钦时，天上云间露出了一片片透彻的蓝。王大嘴将车停在藏民家门口的一块空地上，我们就开始了转山之行。上路前，王大嘴检查了我们的装备、干粮和水。草原上一条黄土路，一直通上山。走在平缓的黄土路上，并不吃力。杨琼走在最前面，我在中间，王大嘴殿后。我们都穿着冲锋衣、防水裤和登山鞋，戴着帽子，用魔术巾蒙着脸和脖子，戴着墨镜，我们相互看不到脸，这让我觉得有点好笑。走着走着，阳光就倾泻在荒野，也倾泻在我们身上。我们走得很慢，王大嘴不时停下来拍照。我看到一个藏族老阿爸走得比我们还慢，渐渐地，我们追上了他，我要用手机拍他的背影，王大嘴制止了我。他严肃地说，出来旅行，不要乱拍人。我问，为什么。他说，要学会对别人的尊重。路过老人时，老人对我们说，扎西德勒。我们也对他说，扎西德勒。很快地，我们远远地将他甩在了后面。

好几次，杨琼会停下脚步，等王大嘴走近，要和他说话。王大嘴冷冷地说，赶路，你想走完回去的话，就闭嘴。王大嘴和我说过，少说话是为了保存体力。可是，他自己总是自言自语，不知道在说什么。王大嘴的冷漠，让我觉得杨琼挺可怜的，她这不是自讨苦吃吗。翻过一座山，然后下山，到达五十种大罗汉天葬台时，我觉得自己快不行了，两腿僵硬。天葬台塔四周的经幡在风中飘动，我趁王大嘴拍照时，一屁股坐在地上，我不知道杨琼累不累，她一直跟在他身边，看着他拍照，自己也在拍。王大嘴还是不和她说话。拍完照，王大嘴走过来，踹了我一脚，恶狠狠地说，起来，不要老坐下，再坐一会，你就走不动了。我真不想起来了，赌气地说，走不了就走不了，我就在这里等死。王大嘴没再说什么，扭头就走。杨琼伸出手，要拉我起来。我看着王大嘴的背影，心里有气，说，不要管我，你们走吧。杨琼真的不管我，跟王大嘴走了。他们走出了一段路，根本就没有回头，我心里发毛了，只好站起来，跟了上去，那一刻，我特别恨王大嘴，他是个冷酷无情的人。

路上，有马队超越我们，那是骑着马转山的外国人，看上去像是印度人，或者是尼泊尔人。他们微笑地朝我们示好，我们也朝他们挥手。不久，马队就离我们远去。我想，要是我也有一匹马，那该有多好。

进入拉曲河河谷，眼前的世界呈现出另一番景象。

大朵大朵的白云浮在河谷上面，仿佛伸手可触，每一朵云都遮出片阴凉，在烈日下走进阴凉，十分惬意。我感觉到身上在流汗，想脱掉冲锋衣，王大嘴制止了我，他说这个时候脱掉衣服容易感冒。拉曲河水不多，清澈的河水在乱石横呈的河中间汩汩流淌。我们深一脚浅一脚地朝上游走去。偶尔看到河边的绿草地，开满了黄色的花朵。

王大嘴看到那些花儿，眼睛闪动着某种火苗，他停下来，相机镜头对准了那些娇艳的花儿，在这苍凉之地，这些花儿让人感动。他甚至趴在地上，拍那些花儿，那神态专注而职业。

本来，我被王大嘴拍花儿的神态感动，不一会，我对他又怨恨起来。

原因是杨琼伸手摘下了一朵花儿。

王大嘴怒斥道，你怎么能够摘花，你不知道万物皆有灵吗，它好好地开放，你却残忍地摘下它，是何居心？你有什么权力破坏一朵花的生命！

杨琼呆了，她没有想到王大嘴会为一朵花发那么大的脾气。

她的眼中积满了泪水。

王大嘴根本就不顾及杨琼的感受，继续往前走。杨琼擦了擦眼睛，跟了上去。我想安慰杨琼，可什么话也说不出来，两条腿灌了铅般沉重，十分后悔和王大嘴来转山。

我们看到横跨在拉曲河上的简易木桥，桥上经幡飘动。王大嘴回过头，指了指那座桥，沙哑着嗓子说，过了那座桥，就快到止热寺了，今天我们就在止热寺过夜。他的话让我看到了某种希望，咬着牙，强打精神往前挪动步子。终于走上了那座木桥，站在木桥上，我回望来时的路，心里有些酸楚。我想到了叶子，如果她在这里，见我这种狼狈样，肯定会说我孬种。想到这里，我的脸发烫。

过了桥，我们沿着拉曲河东岸，继续往前进。走了约莫一个小时,我们看到了冈仁波齐,神山就在山凹的后面,那么清楚地呈现。蓝天下的冈仁波齐庄严而又慈悲。我们离它是那么的亲近,仿佛有种力量注进我的血脉,我的眼睛湿了。王大嘴朝神山跪下了,杨琼也跟他一起跪下。我没有跪下,默默地注视神山,脑海一片空茫。王大嘴和杨琼站起来,他们开始拍照。王大嘴架好三脚架,调好相机,和我们一起站在山坡上,咔嚓一声,我们留下了一张合影。大朵的白云飘到冈仁波齐的上面,我想那白云上面是不是坐着一个神仙。

到达止热寺已经是下午六点多了。止热寺坐落在拉曲河边的山脚下,寺庙上面是裸露出黄土的山体,坡度很陡,有五颜六色的经幡。我们在寺庙底下的客房住下,三人同居一室。我睡最里面的床,杨琼睡中间,王大嘴睡外面。我实在太累了,放下背包就倒在床上。让我惊奇的是,从来不逛寺庙的王大嘴竟然带杨琼去参观止热寺了。他问我去不去,我明确地回答不去,我将身体放平在床上,幸福得想哭,我的头晕乎乎的,身体轻飘飘的,像是浮在半空中。

我沉沉地睡去。

这也许是个多梦的季节,我梦见王大嘴带杨琼来到山顶,他对杨琼说,你看,高原多壮美呀。杨琼笑着说,大嘴老师,给我拍个照吧。王大嘴答应了她,可是,他刚刚给杨琼拍完照,就将她推下了山崖。杨琼一直往下坠落,像折断翅膀的大鸟,凄厉的惨叫声在山谷回荡……我醒来,闻到了酥油茶的味道。王大嘴和杨琼面对面坐着，喝着酥油茶，吃着糌粑，有说有笑。王大嘴说，小烟，醒了，快起来吃点东西。我不喜欢喝酥油茶，也不喜欢吃糌粑，王大嘴知道的。他说，给你泡好方便面了，快起来吃吧，还有火腿肠，你小时候可喜欢吃火腿肠了。王大嘴又换了一副嘴脸，和白天行走时完全是两个人。我极不习惯他的变化多端，没好气地说，我小时候喜欢的是冰激凌。他笑了笑，没再理我。我吃方便面时，听他在给杨琼绘声绘色地讲旅行中的故事，杨琼听得津津有味，双眼迷离。

这个故事我没有听说过。

王大嘴在说一个人的死亡。那年，他在河西走廊行走，碰到了一个叫宋金刚的男人。宋金刚四十多岁，个子不高，脸色蜡黄，是个肝癌病晚期患者。宋金刚知道自己病情后，就离家出走了，没有告诉家人行踪，他想就死在路上好了，这样不会拖累家人。他们顺着河西走廊一直往西走，他们结伴而行，成了好朋友。王大嘴说，他这一生没有几个好朋友，宋金刚是他最好的朋友。他也不知道自己为什么会和一个将要死去的人成为好朋友，仿佛一切都是天注定。宋金刚表现出快乐的样子，视死如归，但有时又特别怕死，经常流露出恐惧的情绪。他经常会在半夜三更时痛哭流涕，撕心裂肺。王大嘴无法安慰他，只是默默地看着他以痛哭宣泄对死亡的恐惧。在一次痛哭流涕之后，宋金刚对王大嘴说，哪天我死了，不要告诉我的家人，你随便找个地方把我埋了，不要坟墓，只要在埋我的地方种一棵树。王大嘴答应了他。他们在一起行走了两个多月，在一个残阳如血的黄昏，宋金刚离开了人世。他将宋金刚埋在一片荒凉的山坡上。王大嘴真的在埋他的地方种了一棵榆树。他以为这棵树会枯死，两年后，他记起了这棵树，特地跑去看，发现这棵树还在，而且长得特别茂盛。他坐在树下，待了一整天，天黑了才离开。

讲完这个故事，杨琼问，为什么要在埋他的地方种一棵树？

王大嘴说，他生前总是说，人活着，真是不如一棵树。

杨琼说，我要是死了，你会在埋我的地方种一棵树吗？

王大嘴笑了笑，你这个想法很危险。

七

王大嘴说我们的运气不错，竟然看到了日照金山，上次来就没有看到，等了三天，冈仁波齐都笼罩在云雾之中，我只好放弃。早上起来，天气不错，碧空如洗。收拾好行李，吃了早餐，他就带我们守在神山脚下的山口，架好三脚架，等待朝阳照耀神山。太阳出来之前，王大嘴忐忑不安，他走来走去，一会脱掉帽子挠挠头发，一会搓搓手，小动作特别多。他是不是担心突然乌云密布，前功尽弃？杨琼不断用手机和相机变换着拍神山，不像王大嘴那样焦虑。我看着他们两人，想着他们会发生什么事情。金色的阳光照耀在冈仁波齐时，我惊呆了，神山被镀上了一层黄金，那么宝相庄严。我被震撼了，情不自禁地用手机拍下了神奇的日照金山，能够看到如此景象，昨天上山时的劳苦根本就算不了什么。王大嘴一直在说，大片，大片。也许是拍到了难得一见的日照金山，他不像昨天那么冷漠了，竟然抱起杨琼，狠狠地亲了一口。

这也许是离神山最近的地方。

离开这个地方，我们开始了最艰难的登山路。我们要登上5673米的卓玛拉山口，才能从神山后面下山。王大嘴还是让我们走在前面，他殿后。刚开始登山时，神山就在我们旁边，两小时之后，我们就看不到神山了，其实神山一直在那里，只是被山挡住了。我突然脚一滑，手一松，登山杖掉到山谷里了，吓得我一身冷汗。王大嘴喊了声，小心。我站在那里，双腿发抖，恐惧又占据了我的心灵。杨琼回过头说，小烟，你没事吧。我颤声说，我的登山杖掉下去了。王大嘴走过来，将他的登山杖递给了我，你们一定要小心脚下，翻过卓玛拉山口，就安全了。

我们继续登山。

走到一个雪山垭口时，天上乌云密布。高原上的天，说变就变，一会就落下冰雹，噼里啪啦地打在垭口的石头上，也打在我们身上。垭口的指示牌上用藏文和汉文写着这样两行字：看看善恶言行，也就是善有善报、恶有恶报。冰雹也打在指示牌上，噼噼啪啪作响。我们蹲在一块巨石下面，双手都抱着头，等着冰雹停下来。

王大嘴说，应该离卓玛拉山口不远了。

我和杨琼都没有说话。

冰雹停下来后,我们继续往山上走去。走了一个多小时后,天渐渐又亮起来,蓝天白云,阳光灿烂。我们看到了卓玛拉山口大片的经幡。这是经幡之海,自从来到西藏,一路上从没见过如此大面积的经幡。风一遍遍地将经幡吹拂,也将我内心的恐惧吹走。此时,我觉得经幡真的有抚慰人心的力量,那是柔和的慈悲的力量。拍照,歇息。王大嘴递给我一罐红牛,说,喝了它,增加体能。他又递了一罐红牛给杨琼,怎么样,你没有问题吧。杨琼眨了眨大眼睛,我没事,和你在一起,我特别踏实。王大嘴看了看我,你还不如一个女孩子。我没有接他的话茬,也没有必要接。

翻过卓玛拉山口,我看到了路边的一个小湖,这高山上的小湖湖水碧绿,仿佛可以洗净灵魂。路过小湖时,我产生了一个念头,想跳进湖里沐浴,这个念头很快就被另外一种恐惧代替。我以为下山的路会容易行走,没想到困难并没有过去。我们迎来了一段又滑又陡的山路。一大片没有融化的积雪挡在我们面前,我们必须从雪地上走过去。杨琼还是走在前面。我看着她脚一滑,整个人倒在雪地上,朝山下滚下去。我吓坏了,站在那里一动不动。

王大嘴喊了声,不好。

然后他就快步朝杨琼奔去。

杨琼的身体在洼地上停了下来,背包滚在一边。她双眼流露出惊恐和痛苦。王大嘴蹲下来，问她，摔伤没有？他让她轻轻地扭动了脖子，又让她扭了扭腰，确定颈椎和腰椎没有摔坏，才将她扶起来。她轻轻地走了一步，右脚就不能够着地了，说，大嘴老师，痛。王大嘴关切地问，哪里痛？杨琼说，脚踝好像扭了，特别痛。王大嘴让她坐在地上，扭头对我说，快去取点雪过来。我回到那片雪地，脱下帽子，装了一帽子的雪回到了他们身边。

王大嘴小心翼翼地脱掉杨琼的鞋袜，看到肿起来的脚踝。他好像很有经验，双手握住她的脚，轻轻地转动了几下，问她的感受。他认为杨琼的脚踝并没有骨折，只是扭伤了。于是，他将雪敷在她的脚踝上，轻声地说，不要紧的，很快就会好的，下山后，我给你喷上云南白药，车上有。此时的王大嘴，显得温情脉脉。我想，如果我受伤了，他会怎么样对我。

杨琼十分感动，大嘴老师，为什么对我这么好。

王大嘴说，谁碰到这样的问题，只要我在，都会这样做的。

杨琼不说话了。

一个难题摆在了我们面前，杨琼不能走路了，怎么完成下山的路程。好像是我多虑了，王大嘴早就想好了怎么做。此时，已是正午时分，王大嘴从背包里取出水和面包，说吃完午餐再走。我吃不下，只喝了点水。王大嘴说，小烟，无论如何，你要啃完一个面包，下山你要帮我分担点负担，不吃东西没有体力的。杨琼看着我说，小烟，麻烦你了，你就吃点吧。我胡乱地咽下了一块面包，杨琼看着我笑了。

王大嘴决定背她下山。

杨琼趴在他背上，王大嘴胸前挂着他自己的背包，那是沉重的背包，上山时，为了减轻我们的负重，将比较重的东西放在了他的背包里。我背着自己的背包，胸前挂着杨琼的背包。就这样，我们一步一步地往山下挪去。王大嘴被压弯了腰，走起来十分吃力。尽管我的背包比较轻，但走起来同样也很吃力。这是海拔4500米以上的高原，负重行走十分吃力。

杨琼觉得过意不去，含着泪说，大嘴老师，真对不起你们，成了你们的负担。

王大嘴说，别说话，别分散我的精力，我要留意脚下，我要是不小心扭伤脚，就没有人背你下山了。

走一会，歇一会，我和王大嘴的体力都渐渐不支。

过了尊珠寺，下山之路渐渐平坦起来，纵使如此，我们还是走得十分艰难。这时，后面走来了一支马队。骑马的大都是外国人，但不是我们昨天碰到的那支马队。领头的是个藏族青年，眼睛十分明亮，脸红彤彤的。他的马在我们身边停了下来，其他人骑着马继续前行。藏族青年问，受伤了？王大嘴说，对，受伤了。藏族青年跳下马，说，让她骑我的马吧，离塔钦还有十多公里呢，你们这样走，天黑了也走不到。

王大嘴说，那太感谢了。

藏族青年说他叫扎西，扎西将杨琼抱上了马背，就牵着马开始上路。王大嘴长长地呼出一口气，直起了腰，他将杨琼的背包从我这里取过去，挂在胸前，跟在了马的后面。

当我看到远处蓝天白云下的纳木纳尼峰和玛旁雍措圣湖，眼泪情不自禁地流了下来，我有生以来第一次艰难的行走就要结束，甜酸苦辣的滋味一起涌上心头。我回头望了望转山之路，现在才觉得是值得的，无悔的。我很难想象，当初王大嘴一个人转山时的情景，是不是也有我这样的感慨，或许，他是天生的旅行家，从来就不曾对艰难畏缩。

八

今夜，我们还是住在玛旁雍措旁边基乌寺山脚下的小旅馆里。小旅馆里有了新的游客，老板给我们留了一间三张床的房间。我还是睡最里面，杨琼在中间，王大嘴在外面。给杨琼处理完伤处，王大嘴让她好好休息，然后带我去看鬼湖。

黄昏，太阳还有一丈多高，我们来到了鬼湖边上。鬼湖拉昂错与圣湖玛旁雍措相隔一条狭小的山谷。奇怪的是，圣湖是淡水湖，而且十分平静，没有波澜，鬼湖却是咸水湖，成天波涛汹涌，像是有许多愤怒的鬼魂在搅动着黑色的湖水。鬼湖整个湖区寸草不生，见不到一人一畜。当地人挖了一条水渠连接两湖，但水渠一直是干枯的，当地人相信总有一天，圣湖的水会流进鬼湖，同时会有一条金色和一条红色的鱼游进拉昂错，那样，鬼湖的水就会像圣湖的水一样清甜。

黄昏的鬼湖，有种摄人心魄的力量，一波一波的巨浪拍打在沙滩上，发出巨大的声响，黑浪滔天的湖面让人惊骇。王大嘴说，你走到湖边，也许可以看到你的前世。我和他走到湖边，我说，你看到你的前世了吗？他笑了笑，看到了，我的前世是一匹孤独的野马。我觉得有一只巨大的手，像是要从湖水中伸出来，将我拽进湖里，让我进入幽冥的世界。我顿时瑟瑟发抖。太阳落山后，鬼湖更加诡异了，我颤声说，凡叔，我们走吧。他说，胆小鬼。

鬼湖和圣湖是世界的两极，但他们是相通的，总有一处幽暗的地方，两湖的水会交融在一起，相互渗透。

这个晚上，王大嘴没有给新的游客讲故事，也没有人认出他来，其实这世界，谁又在乎谁。我们都很累，很快就进入了梦乡，就是王大嘴的呼噜声，也影响不了我了。可是，我还是做了噩梦。我梦见自己被那只巨手拽进了鬼湖里，许多鬼魂在尖叫，苦涩的水淹没了我，我怎么样挣扎都无济于事……我醒过来，万籁俱寂，连王大嘴的呼噜声都没有了。我打开手机，终于看到了叶子的消息。看完她的消息，我快崩溃了，她说她根本就不爱我，提出和我分手，还说她喜欢上了一个美国男孩，那男孩是我无法相比的。我有流泪的冲动。我轻手轻脚地穿好衣服，打着手电走出了房门，出门前，我惊讶地发现，王大嘴和杨琼已经挤在了一张床上。

我无比的悲伤。

被叶子抛弃，就像是全世界抛弃了我。我坐在湖边，看着天上那轮明亮的圆月以及月光下平静的湖水，泪水无声无息地流出来。叶子是我的初恋，宝贵的初恋，我以为我们可以走很远的路，没想到没有分开多久，她就移情别恋了，这对我而言，是多么沉重的打击。我抽搐着，哭出了声。突然，有个人坐在了我旁边，他抽着烟，轻声说，小烟，为什么哭？是不是想家了？

我哽咽地说，凡叔，叶子不要我了。

王大嘴吐了口浓烟，笑将起来。

我失恋了，你还笑，你还是我亲叔叔吗？

难道你要我和你一起忧伤，一起哭？这也太不讲道理了吧，我又没有失恋，就是失恋，我也不会哭，只会收拾好心情，重新上路。

我和你不一样。

当然，每个人都不一样，也不存在感同身受，但是我要告诉你的是，失恋在人生长河里，只不过是一件微乎其微的事情，根本就不值一提。

你没有失过恋，怎么知道失恋的痛苦。

不用失恋，也会有痛苦，痛苦多了，就无所谓了。一切都会过去，痛苦、快乐、幸福、困难，甚至生命，都会消失得无影无踪。

不要听你讲大道理。

那我给你讲个小道理，你现在如此痛苦，叶子知道吗，她会像你一样痛不欲生吗，我想肯定不会，所以，你的痛苦是没有意义的。你都转过山的人了，要懂得放下。

放不下！

放不下，嘿嘿，你能够强求叶子和你继续好下去？你做不到，做不到的事情为什么要为难自己。我想和你谈谈我和单丽的事情。我们相爱过，也相互伤害过。她救过我的命。还记得我徒步走新藏线的事情吗，还有一件事情没有对你说，我能够脱险，是因为碰到了单丽。我在那个冰大板熬过了一个晚上，倒在路边奄奄一息。是单丽开车经过时救了我。当时我肺积水，发高烧，似乎很快就要死了。她和同伴将我送到狮泉河的医院抢救。我很侥幸地又一次逃脱了死神的邀请。单丽陪着我度过了病危的那几天，她的同伴们已经离开了狮泉河，他们还要赶路，单丽留下来，是放心不下我。萍水相逢，有情有义。稍微好点，我要出院继续上路。单丽怒了，就你这样，走不到一天，就会死在路上。她陪着我，等我彻底恢复之后，我们才离开狮泉河。我没有问她为什么要留下来陪我，她也一直没有告诉我。单丽很美，相信她站在任何一个男人面前，这个男人看她一眼就会被她迷住。我对漂亮女人从来都十分警惕，生怕陷入美丽的陷阱，很多时候，美是毒药。可是，我被她迷住了。

王大嘴没有描述单丽具体美在哪里，我还是被他的讲述吸引，我擦干了泪水，尽量地不去想叶子。月光犹如冰冷的水，洒在荒野，洒在圣湖的水面上，也洒在我们身上，我却感觉不到冷，过度的悲伤会使人麻木。

王大嘴重新点燃一根烟，继续讲他和单丽的故事。

单丽本来要乘坐飞机离开狮泉河的，我却不忍她离开，我又不能阻止她。我送她到机场。要进安检时，我还站在那里目送她。眼看要轮到她了，她突然转过身，跑出来，站在我面前，眼睛里闪动着泪花，大嘴，你是不是舍不得我离开。我点了点头。她突然抱住我，踮起脚尖，在我耳边说，我也舍不得离开你。她的话语还带着热乎乎的气息，让我的耳朵痒痒的，奇妙而又幸福的痒，内心有种失而复得的喜悦。

她决定和我一起行走。

我们从狮泉河出发，向东进发。那段旅程，风餐露宿，我们相依为命，相互温暖。她特别照顾我，生怕我的病复发，说实在话，从那以后，我再也没有享受过在路上被人无微不至地关爱的滋味，只有自己照顾自己。走过万水千山，我们像野人一样进入了拉萨。那天，我们洗了个舒舒服服的热水澡，然后在那个小旅馆里疯狂做爱，我们俩都受不了了，做完后都说要死了，接着一起哈哈大笑，那真是无法无天的快活呀。天黑后，我们才出去觅食。单丽说要好好犒劳我，我们找了个火锅店，大吃了一顿，我竟然吃了十几盘牛羊肉。吃完火锅，我们又迫不及待地回到旅馆房间，继续疯狂做爱。小旅馆房间与房间之间不隔音。客人找上门来了，大声在外面说话，用力地敲门。单丽让我不要出去，我说，不出去他们就不会离开，我们就不能继续欢乐。我打开房门，低吼道，你们是想干什么？他们看到披头散发一丝不挂满脸凶相的我，面面相觑，一个个全溜了。事情并没有结束，这帮家伙报警了。入住时，我们俩都登记了身份证的，难道说我们这对情侣住在一起是犯法的？警察来了，他们拿我们也没有办法，只是笑着和我们说，注意点就好了，要有社会公德，自己快活的同时，也不要影响到别人休息。警察走后，单丽说，吓死我了，我以为警察会认定我卖淫把我抓起来。我哈哈大笑，她也哈哈大笑。她鬼里鬼气地说，大嘴，还来吗？我沉默会说，来，为什么不来。那一夜的肆无忌惮，旅馆的其他客人杀了我们的心都有，可是，人一生又有几次那样的疯狂。对了，小烟，你和叶子上过床吗？

我讷讷地说，没有。

哦，你还真是个纯洁少年。还是说单丽吧。我们在拉萨待了三天，那三天是我一生中最幸福的三天。单丽提出来，要我跟她去广州生活，我头脑一热就答应了她。单丽在广州珠江边上一栋楼里有套房子，我们俩就住在这里。那时，她是个卖服装的小店主，赚了点钱就去旅行，花完钱就回到广州继续开店。同时，她在一些报刊和网络平台开了几个专栏，写些游记什么的。我以前不写文章，是她让我成为一个专业的地理作者。头一个月，我们过得还算不错，像新婚夫妻一样亲密。可是，时间一长，我就受不了了。我不可能永远和她看守着那个小服装店，像这个城市里的大部分小市民一样生活。我又找不出离开她的理由，她是那么的爱我。一个晚上，我在酒吧喝酒，听到旁边的人在讲旅途中的见闻，我突然特别伤感，发现现在的生活根本就不是我想要的，我应该独自走在路上。我发现自己胖了，倦怠了，时间再长一些，我会不会变成一头被圈养的肥猪？想到这，不寒而栗。那天晚上我喝了很多酒，醉醺醺回到单丽的家，她十分恼怒，我们第一次吵架，莫名其妙地吵架，吵得特别凶，天翻地覆，但我记不起来到底吵了些什么。第二天，她上班后，我默默地收拾好行装，离开了单丽温暖的家，离开了生活舒适的广州城。我和单丽的缘分结束了，但我承认，那是一段美好的日子。后来单丽央求过我回去，我说回不去了，永远也回不去了。我不要安逸的生活，也无须波澜壮阔的人生，我只需要每天早晨，迎着风雨或者阳光启程。我习惯了这种孤独的旅程，并一直享受它。没有人可以规范我的人生，一切都应该由我自己选择。

王大嘴讲完了单丽的故事，长长地叹了口气。他说，小烟，痛苦每个人都会有，并不是什么坏事，好了，我要去睡觉了，你再痛苦一会吧，我就不陪你了。

我突然问，你是不是和杨琼？

他笑了笑，她说她难受，需要安慰，要我抱着她睡，仅此而已。

王大嘴扭头走了。

我茫然地打开手机,插上耳机,随机听了一首英文歌:

I see your red door　I want it painted black
(窥见你赤红的心门　多想将其描绘成深邃的黑)
No colours anymore　I want them to turn black
(不再有其他色彩　我多想将其绘成深邃的黑)
I see the girls walk by dressed in their summer clothes
(看着身着轻薄夏衣的女孩们走过身旁)
I have to turn my head until my darkness goes
(不得不扭过头直到我的灰暗消逝)
I see your lines of colours and they're all painted black
(窥见你色彩的光芒　它们都成了深邃的黑)
with flowers and my love both never to come back
(一捧鲜花还有我的爱都将不复从前)
I see people turn their heads and quickly turn away
(我看到人们很快地转移视野　扭开他们的脸)
Like a newborn baby just happens everyday
(像是每天都有新生儿般习惯如此)
I look inside myself and see my heart is black
(我审视我的内心　却见我的心已成了无望的黑)
I see my red door　I'm worth having painted black
(窥见我赤红的心门　已被绘成深邃的黑)
Maybe now I'll fade away and not have to face the facts

（或许不久我将凋零逝去　不必再面对现实）

It's not easy facing'em when your whole world is black

（当整个世界全部成黑　似乎不太容易面对）

No more will my green sea go turn a deeper blue

（青色的海水不再深蓝）

I could not foresee this thing happening to you

（我无法预料你也有如此经历）

If l look hard enough into the sad soul

（如果我够仔细探看我悲伤的灵魂）

My love will left with me be for the monocle

（单眼只见我的爱依然伴随我）

I wanna see it painted painted black

（多想看其全然变黑　全然变黑）

Black as night black as coal

（黑如夜　暗如煤）

See the sun blotted out from the sky

（我看见阳光被渲染成漆黑一片）

I wanna see it painted

（多想看其全然变黑）

…………

我知道这是美国电影《最后的巫师猎人》的片尾歌，此时，这首忧伤的歌，十分吻合我的心境。圣湖在月光下沉寂。月光太亮，星空黯淡了些。狗突然狂吠，撕裂夜色。

九

越野车往札达方向行驶,今天的目的地是古格王朝遗址。杨琼的脚踝还是肿的,但好了些,她坐在副驾驶的位置上,脚可以伸直,会好受些。王大嘴和杨琼有一搭没一搭地说着闲话。我夜里没有睡好,太阳穴又开始疼痛,吃了片散利痛,闭上了眼睛。我希望自己什么也不想,好好地在车上睡上一觉。我却无法入睡。我又睁开眼,道路右边的冈仁波齐神山渐渐地消失在我的眼帘。

路边的草原上,有两只藏野驴在飞奔,皮毛黄白相间的藏野驴特别漂亮。杨琼喊叫道,藏野驴,藏野驴——

王大嘴说,大惊小怪,过两天,我们会看到大群大群的动物,什么藏羚羊、黄羊、岩羊,等等,那时再惊奇吧。

杨琼说,真的?

王大嘴说,我为什么要骗你,不过,你这脚伤,能不能继续和我们一起走大北线,那还是个问题。

杨琼急了,你不是说没事,很快就会好的吗……

王大嘴说,我那是安慰你,我不是医生,怎么知道你伤得怎么样,到札达,我带你去医院检查后再说吧。

杨琼不说话了。

王大嘴笑了笑,好了,别不开心了,我们现在不还在一起吗。杨琼幽幽地说,我没有不开心,只是觉得世事无常。王大嘴说,年纪轻轻的,知道什么世事无常。杨琼说,你小瞧人。王大嘴说,不是小瞧你,的确如此,我也是从青涩岁月走过来的。杨琼说，你青涩岁月是什么样子的。王大嘴说，比你还傻，总以为天下的道路都是平坦的。杨琼说，别说这个问题了，还是谈谈你旅途中的故事吧，我最喜欢听了。

我竖起了耳朵，王大嘴走四方的故事总是能深深吸引我。

王大嘴说，有次我在贵州的一个山村短暂停留，借宿的那户人家有头母猪，怎么都配不上种，村里的公猪见到他家的母猪都不肯上，哼哼唧唧躲着母猪。没有办法，男主人贺老憨就到邻村去请人赶着公猪到家里猪圈，给那头母猪配种。那头公猪十分雄壮，放进猪栏后，走过去朝母猪拱了拱。贺老憨大声叫喊，快上呀，快上呀！村里人无聊，很多人都来看公猪给母猪配种。大家都在喊，快上呀，快上呀。结果，这头公猪还是像其他公猪一样，哼哼唧唧地躲到一旁边，母猪十分无奈，可怜兮兮地呜呜噜噜。看热闹的人顿时一片嘘声，纷纷散去。贺老憨特别生气，对着母猪破口大骂，我不明白他不骂公猪，骂母猪干什么。公猪的主人脸上挂不住了，准备赶公猪回去。我突然想起在南美行走时，看当地土人给公猪灌朗姆酒使之发情的情景，于是对他们说，等等，我有办法。贺老憨聚光的小眼珠子瞪着我，你有什么办法，你一个城里人还知道怎么给母猪配种？我笑了笑说，我这个办法兴许有用。我让他们给公猪灌白酒。贺老憨抓挠着头皮，这办法倒是没有试过。公猪的主人也说没有听说过这种办法。贺老憨对公猪主人说，死马当活马医，试试吧。他又对我说，王兄弟，要是配种成功，晚上请你喝酒吃肉。村里人听说要给公猪灌酒，又都跑回来看热闹。我有点提心吊胆，要是不成功，他们会不会怨恨我。贺老憨他们给公猪灌了整整一瓶苞谷烧。喝完酒的公猪倒在地上，一会就睡着了，还打起了呼噜。大家哄笑起来。我有点尴尬。没想到贺老憨和公猪主人也哈哈大笑，我也跟着笑了起来。贺老憨止住了笑，瞪了我一眼说，你还笑，都是你出的馊主意。过了好大一会，公猪突然醒过来，翻身起来，嗷嗷直叫，朝母猪扑了过去。大家不笑了，都用直勾勾的眼睛看着公猪骑上母猪。配种成功，贺老憨兴奋极了，他狠狠地拍了我肩膀一下，说，老弟，有你的，你干脆不要走了，就留在村里专门给母猪配种吧。那一掌拍得我肩膀痛了两天，问题是，我怎么能够留下来给村里的母猪配种，我又不是公猪。

杨琼听完，笑得花枝乱颤。

我也笑了。

王大嘴没笑，不动声色。

越野车拐进了一条坎坷的小道。这不是我们要去的方向，王大嘴要将我们带哪里去？杨琼狐疑，大嘴老师，这是去哪里？王大嘴说，到了你们就知道了。越野车摇摇晃晃，像个醉汉，在坑坑洼洼的路上穿行。二十几分钟后，就开始爬坡，翻过一个雪山垭口，就看到了一片偌大的草原。有条小河弯弯曲曲地穿过草原，阳光下，小河像一条银色的长蛇，闪闪发亮。七月的草地上开满了各种各样的野花。我想起来了王大嘴的一句话：只要有草和水的地方，都算不上荒凉，荒凉的是人心，而不是旷野。是的，此时，我的心无比荒凉，这是受伤后苍凉的心。

离河不远的地方，有几处低矮的房子。车开到房子边上，王大嘴使劲地长按了几次喇叭。听到声响，从那些屋子里走出四个人，一个年轻女子牵着个男孩，还有个老阿妈，一个壮年汉子。老阿妈走起路来，一瘸一拐。王大嘴跳下了车，朝他们招了招手。壮年汉子满脸笑容走过来，拉着王大嘴的手说，好久没有见到你了，你好吧。王大嘴说，我很好，次成，你看看，我是不是壮实了。次成笑了，还是那么瘦。王大嘴哈哈大笑。老阿妈和年轻女子以及孩子站在一边笑，不说话，他们的笑容都很祥和。

王大嘴打开后备厢，取出两大袋的东西，交给他们，说，这是次仁和我给你们准备的一些衣服和鞋子，够你们过冬穿的了，次仁这次没有来，他说下次来，还会给你们带东西过来。次成说，下次你还来吗？王大嘴说，说不准了，走完这一趟，我就离开西藏了，下次来就不知道猴年马月了，也许永远也来不了了。次成说，你要来。王大嘴又从后备厢里取出一包东西，交给老阿妈，老阿妈，这是我两个月前从马来西亚带回来的膏药，据说对治疗关节炎很有效果，你先用着，如果有用，让次成给我打电话，我托人买来寄给次仁，让他带团到这里时捎给你。老阿妈接过那包膏药，说了声，扎西德勒。王大嘴也说，扎西德勒。

王大嘴将我介绍给次成，这是我侄儿小烟。

次成笑着对我说，小烟，好帅的小伙子。

我脸发烫，有点不好意思。

次成指了指车上的杨琼，说，是你女朋友？

我摇了摇头。

王大嘴说，噢，她叫杨琼，是旅伴。

杨琼朝次成挥了挥手。杨琼说，大嘴老师，我给你们拍张照片吧。王大嘴说，好吧。他和次成留下了一张合影。杨琼又说，大嘴老师，让他们拿着你送给他们的东西，合个影呗。王大嘴拉下了脸，合你个头。杨琼吐了吐舌头。

次成要让我们留下来住一夜，晚上喝酒。王大嘴说，这回喝不成了，今天要赶到札达。次成也没有挽留。车开出好长一段路，我回头张望，发现他们还站在原地，朝我们挥手。王大嘴说，真想留下来住一夜。接着，长叹了一声。杨琼问，大嘴老师，为何叹气？王大嘴没有回答。

过了雪山垭口，走下坡路时，王大嘴突然急刹车，我的头撞到前面座位靠背上。王大嘴说，野牦牛！

在哪里？杨琼问。

王大嘴指了指右边的山坡。果然，我们看到了两头黑色的野牦牛。王大嘴说，这是成年的野牦牛，看看，它们多么健壮，它们的体重最少五百公斤，那牛角多么犀利，看它们身上的毛，都拖到地上了，太雄奇了。

那两头野牦牛果然是庞然大物，我看得眼睛都直了，出拉萨时，就听王大嘴说过，野牦牛很难见到，现在看到野牦牛，应该是运气。王大嘴不会放过这样的好机会，拿着相机下了车。我也下了车，跟在王大嘴后面。王大嘴弓着腰，轻手轻脚向野牦牛靠近。我也学着王大嘴，弓着腰，小心翼翼地往前走。王大嘴回过头，小烟，记住，千万不要惊动野牦牛。我点了点头。

那两头野牦牛站在山坡上，像是在眺望远方，也像是在寻找对手，在高原上的动物里面，好斗的野牦牛的战力绝对是无可匹敌的。在离野牦牛约莫两百米远的地方，王大嘴停住了脚步，单腿跪在地上，开始拍照。我也拿着相机蹲在地上拍照。王大嘴轻声自言自语，太棒了，大片，又是大片。

天空中掠过一只褐色的猎隼，沙哑的叫声尖锐地划破稀薄的空气。猎隼飞翔的姿态优美得让我神往。我的目光落在了猎隼上，并且追随着它，我想拍下它在阳光中翱翔的样子，却无法捕捉。我站起来，不小心踩落了块石头，石头滚下山坡，顺带很多石头滚下了山坡。我低头看了看脚下，再抬头，猎隼已经没有了踪影，天空中也没有留下它飞翔的轨迹。

我犯了个巨大的错误。

滚石惊动了野牦牛，野牦牛发现了我们。就在我抬头寻找猎隼的那一刻，王大嘴大喊了一声，快跑！我来不及考虑什么问题，就开始朝越野车方向狂奔，我不敢回头张望。王大嘴跑得比我快，不一会就超越了我。我听到身后很多石头滚下山坡的声音。我心惊肉跳，听到杨琼在车上大声喊叫，小烟，快跑。王大嘴很快地上了车，他也大喊，小烟，快跑。我觉得自己的脚步十分沉重，但是我不能懈怠，被暴怒的野牦牛追上，我必死无疑。好不容易，我跑到了车边，快速地上了车。王大嘴一踩油门，越野车就飞了出去。

我回过头，看到那两头野牦牛疯狂地追赶着越野车。

车开出了两公里，才摆脱了野牦牛的追击。

我吓得不轻，心一直扑扑狂跳。

杨琼说，小烟，你只要慢几分钟就完了，你不知道野牦牛追赶你时，跑得有多快。

好长时间，王大嘴没有说话。

车开上通往札达的公路上后，王大嘴停下车，拿起保温杯，咕嘟咕嘟地喝了几口水，用手掌抹了抹嘴巴，回过头朝我吼叫，你想找死呀，让你小心，你还是坏了事，我们的小命差点就断送在你手里，我要是车熄火了，野牦牛就将车掀翻了，下次再这样不小心，我就把你扔在路上，你自己走路回去。

我低声说，凡叔，我错了。

王大嘴叹了叹，缓和了口气，不是我要和你发火，你的确太不小心了，旅途上，随时都会有危险，千万不能大意，一个小小的失误，都有可能让我们万劫不复，还好拍到了几张大片，就原谅你了。

惊吓和委屈，让我流下了滚烫的泪水。

一路上，王大嘴沉默。杨琼也沉默。我也什么话都说不出口。

十

过了巴尔兵站,翻过那座苍凉的大山,就看到了壮观的土林和远处边境连绵的雪山,其实那连绵的雪山,一路上都可以看到。札达土林的确是西藏的一大奇观,也是中国的一大奇观,更是世界的一大奇观。相传,古远的时候,这里是一片汪洋,后来土林渐渐从海里冒出来。科学家考证,这里曾经是个方圆五百公里的大湖,喜马拉雅造山运动使湖盆升高,水位递减,露出水面的山岩经风雨长期侵蚀风化成了现在的土林。

时值黄昏,夕阳下的土林,披上了金色的外衣,象泉河从土林中间蜿蜒穿过,美得让人心醉。这是一片黄土的森林,除了土就是黄沙,看上去一片死寂,却又让人浮想联翩,仿佛这里埋藏了千军万马,又仿佛有无数魂魄在无声地呐喊。越野车进入土林,穿行在土林中时,可以清晰地看到路两边千奇百怪的土林造像,高低错落达数十米的土树,有的像树木,有的像站立的人,有的像城堡……鬼斧神工,是自然的力量雕刻了这里的一切。

进入象泉河河谷,过了一座大桥,就到了札达县城。我们在县城里找了个小旅馆住下,我和王大嘴住一个房间,杨琼住一个房间。杨琼的脚伤好了不少,可以慢慢地一步一步地走动,但还是不能太用力,爬山是肯定不行的,对她来说,明天去古格王朝遗址有相当大的难度,除非今夜发生奇迹,天亮后脚伤完全恢复,否则就是到了那里,她也还得坐在车上，远远地观看，而不能去领略古迹细节之美。我们找了个小饭馆，一人吃了碗面条。吃完饭，天就黑了。我看到天上的星星明亮而又密集，王大嘴说，古格的星空更美，他决定凌晨就去古格拍星空。

杨琼对古格充满了向往，她很想进入遗址，去看里面的壁画和王朝留下的痕迹，甚至是那些藏尸洞。她来之前做过攻略，说起古格，像是那里的解说员。神秘的古格王朝就建立在土林之上，那是一个巨大的城堡，吐蕃王朝灭亡后，王室的后裔逃到了阿里，在这里建立了古格王朝。三百多年前，这个鼎盛一时的王朝突然风一般消失。相传古格王朝的最后一个国王信奉了天主教，引发了国王和大臣之间的矛盾，邻国拉达克王国趁其内乱，出兵将古格王朝灭了。四百多个古格王朝贵族的头颅被割走，尸体却留在了藏尸洞里，至今，那些尸骨还在，有些衣物还是原来的样子。

杨琼被自己的讲述说得心痒痒的，她希望明天能够去看那些地方，央求王大嘴连夜带她去医院，治疗脚伤。我没有和他们去医院，也不知道他们在医院发生了什么。我躺在简易的床上，睁着眼睛，无法入睡。我不能不想叶子，想起她，我就心烦意乱，无所适从，头又开始疼痛。我受不了两个太阳穴被两个无形的锤子不停地敲打，于是吃了一片散利痛，希望能够睡去。只要有一条狗在黑夜里叫唤，所有的狗都会跟着叫唤，连成一片的狗叫声让我无端恐惧，寂寞和孤独像黑暗一样将我包裹得严严实实。

就在我要昏昏沉沉睡去之际，我的手机响了。是我爸打来的电话，他告诉了我一个不祥的消息，我妈脑溢血倒在麻将桌上，被送到医院抢救。我爸的声音颤抖，要我赶紧回上海。挂掉电话后，我坐起来，大口地喘气，泪水直流。这个消息比叶子和我分手的消息更加让我悲伤，让我觉得这次意外的旅行，是一次不折不扣的悲伤之旅。

不知过了多久，王大嘴和杨琼才回来。我听到了脚步声，然后听到旁边的房间门打开的声音。旁边的房门关上了，王大嘴没有回到我们的房间里。我竖起耳朵，企图用耳朵发现他们在干什么。王大嘴和杨琼在这个夜里一定不会干什么好事，心里鄙视王大嘴，我自言自语，王大嘴，你是个混蛋，我要是见不到我妈了，我会恨你一辈子！他们好像在吵架，杨琼在哭。过了一会，王大嘴回来了，他用手电照了照我，没好气地说，你怎么还不睡，坐在那里等死呀！我哽咽地说，我妈脑溢血了，我爸打电话告诉我的。

啊！他呆立在那里。

良久，他才沙哑着嗓子说，你明天回去吧。

他上了床，躺下，顷刻间，呼噜声就响了起来，这家伙真是个没心没肺的人，也没有一句安慰。杨琼的哭声还是从旁边的房间里传来，随着时间一分一秒过去，她的哭声也渐渐低落，直至消失。我的泪水却一直在流，直到天亮。

我们没有去古格王朝遗址，而是直奔狮泉河。王大嘴要赶在飞机起飞之前,将我送到阿里的昆莎机场。昆莎机场每天都有飞机飞拉萨,但是航班很少,要是赶不上最后一班航班,就要等到明天了,虽然我和王大嘴都保持沉默,他知道我归心似箭,所以一大早就赶往狮泉河。杨琼的眼睛红肿,她已经哭不出来了,也没有话语,和我们一样保持沉默。

越野车一路狂奔,我担心这快要报废的老式丰田越野车会在中途散架,它像一个风烛残年的老人,随时都有可能报销。

王大嘴打破了沉闷。

他说,我这一生,最不喜欢送别,我一般不去送人,也不需要别人送我。

接着,他给我们讲了一件事情。

当初在非洲,我从死人堆里爬出来,浑身发冷,脸上的伤口剧烈地疼痛。那已经是深夜了,我举目无亲,害怕黑暗中冲过来一个人,将我砍死,或者一颗子弹飞过来,将我击毙。就在我茫然无措之际,有一个女人走过来,拉住了我的手,她操着一口刚果金的英语腔对我说,先生,请跟我走。那时,她是我唯一的救命稻草。小镇死一般宁静。她将我带进了一间简易的木头屋里,点亮了蜡烛。我看清了她的脸,那是张饱满的黑人姑娘的脸,皮肤黑得油亮,眼睛又大又圆,闪烁着迷人的光泽。我还看到,角落的小床上,坐着三四岁的小女孩,皮肤和她一样油亮,也有一双大眼睛,那应该是她的女儿。她对小女孩说,桑,快睡觉。桑听话地躺下了，闭上了眼睛。接着，她就给我处理伤口，用一种草药剁烂后敷在我脸上，然后用布条包扎好。在处理伤口的过程中，桑不时睁开眼睛偷偷地看我。这个黑人女人叫娜，是我对她英文名的译音。娜的行动多于语言，她给我食物，给我换药，让我不要出门，就待在屋里。桑有时会跟她出去，有时留在家里陪我，她的话也不多，大多时候，静静地坐在那里，听我给她讲故事，当然，我讲的大都是中国的神话故事，她听得入迷，又不是很理解。几天后，我给桑讲故事时，她就会过来，静静地坐在我跟前，偶尔伸出纤弱的手，摸摸我的手背。我在娜家里住了很长一段时间，我对娜和她女儿桑的感情是复杂的，分不清是感激还是爱。我的伤好之后，暴乱也平息了。我是个浪子，没有办法在一个地方长久居住，不管这个地方有什么东西深深吸引我，我可以再来，却需要启程。那天晚上，娜和我相拥而眠，她突然说，你是不是想走。这个忧郁的女人心里感觉到了什么。我没有说话，不知道怎么开口。她又说，桑需要一个爸爸。我理解她的意思，是要我留下来。桑的父亲两年前登革热死去，他要不死，或许就没有我什么事情了。问题是，我知道娜对我有了感情，而且桑也对我有了依赖。那时，我只要和娜结婚，就可以永久留在那里。娜是个聪明人，我的沉默就是不同意留下来，她就没有再说什么了，只是紧紧地抱着我。第二天一大早，她就出去了。太阳出来的时候，她回来了。她让桑出去，桑就坐在门外。她关上了门，脱掉了衣服，扑上来，疯狂地扒我的衣服。我也紧紧地抱住了她，那是我们最后一次做爱。完事后，她平静地穿好衣服对我说，凡，我表哥在他家等你，他会送你去机场。打开门，桑站在那里，仰着脸，默默地望着我，什么也没有说，但是我看到她眼睛里有泪花。我抱起她，在她耳朵边轻声说，桑，我会回来看你的。她在我的脸上轻轻吻了一下，然后挣脱下来，走进屋子，重重地关上了门。我和娜去她表哥家，走出几步，回头望了望，我知道桑的眼睛透过门缝，看着我离开。我们朝镇子外走去，娜走在后面，我不时回头看她，心里有点不舍，她表情平静，脸上还有微笑，眼睛大而明亮。快到她表哥家的时候，她叫住了我，指了指前面路边停着的一辆破旧的皮卡，说，那车就是我表哥的，他在车上等你。我回转身，默默地看着她，我想最后拥抱她一下，却没有如愿。她就扭过身体，往回走了。她走得很慢，偶尔回头，朝我微笑。我不敢再看她的微笑，怕自己会被她的微笑留下来，我也转过身，快步朝皮卡走去，我不敢回头，也不知道娜有没有再回头，我们俩有各自的方向，终归要回到各自的生活。

讲完，王大嘴继续沉默。

我和杨琼也继续沉默，什么话也没有说。

王大嘴将我们送到机场门口，没有送我们进去，他说，我真的不喜欢送别，就此别过。我没有想到杨琼也要离开他，和我乘坐一班飞机到拉萨，然后从拉萨转机回成都。杨琼扑进他的怀里，泪流满面，她哽咽地说，大嘴老师，不要忘记我。王大嘴说，记住，对于像我这样中年浪子说过的话，不要全信，这样你会过得舒服些。他转身朝越野车走去，背影显得十分的落寞和决绝，他必须一个人走完漫长而又艰难的道路。

事实上，我妈并没有脑溢血，是我爸我妈骗了我，因为我妈在电视新闻上看到几个到西藏旅游的人，碰到了泥石流，越野车被埋，死于非命。我妈吓坏了，担心我也会死在路上。回上海后，我还会经常回忆那段难忘的旅程，想念那里湛蓝的天空和低垂的白云，还有那里的荒凉和纯净，尽管当时是那么的不堪，很多美好只是在回忆之中呈现。当然，我也会想念叔叔王大嘴，希望他哪天出现在我面前，给我讲旅途中发生的故事，无论真假。后来我在地理杂志上看到了他写的文章，前半部分是我和他一起经历的，他没有吹牛，后面的事情我就不敢断言真实与否了，他最后还是独自走完了大北线所有的路程，还去了双湖冰川。很久没有他的消息，有天我在网上的一段视频上看到了他，那是缅甸政府军和果敢同盟军打仗的场景，王大嘴端着相机在枪林弹雨中拍照。他不是旅行家吗，怎么去当战地记者了，也许他正旅行到那里，恰好碰到了战争。王大嘴也许是孤独的，也许并不孤独，最起码他会在路上陪伴要死的人，并在他死后，为他种上一棵树；最起码他有一次次的艳遇，有一次次的离别；最起码救人也被救，一次次地死里逃生……可是，我还是像我爸一样担心他某天死在路上也无人知晓，尸体在苍凉荒野一点点腐烂掉，或者成为食腐动物的美食,在苍天下留下一副不可辨析的森森白骨。

2017年1月18日清晨定稿于上海家中

(发表于《福建文学》2017年第4期,《小说月报》2017年增刊第3期选载)

无处告别

1

宋杨来到榆树镇之际,已是黄昏,夕阳是个巨大的火球,缓缓滚落西山,半边天烧得通红。虽说是初夏时节,残阳已经没有了温度。榆树镇是个西部小镇,小得放个屁全镇都可以闻到臭味。镇子小归小,却五脏俱全,乡政府、派出所、卫生院、旅店、饭馆、小超市……该有的都有。短而宽的街上,没有几个行人,显得冷清。走进镇街,一阵大风刮过,扬起漫天尘土。尘土迷住了宋杨的眼睛,灌进了他的气管,他剧烈地咳嗽。

目光模糊,宋杨伸出右手,揉擦眼睛,有泪水淌出。

风沙过后,一个女人站在他面前。

女人肥胖,眼睛挤成一条缝,脸上的肉往下巴上赘,巨大的乳房似乎要将花布上衣涨破,水桶般的腰,圆滚滚的两条腿,比上身要短。宋杨估摸着她的体重,瞟了瞟她粉白的脸。

女人笑了,五官挤在一起,好似哈哈镜中显现的人物。她说:"先生,你打哪里来?"

宋杨惊异于女人略带口味的嘴巴里发出的声音，居然如此的甜美柔软，让他产生了某种进入甜蜜梦乡的错觉。不过，这不是梦境，站在面前的肥胖女人伸手就可以触摸得到，尽管他无意触摸，对陌生女人随意触摸是人生大忌。

宋杨说："我从上海来。"

女人说："没有找到落脚的地方吧？"

宋杨摇了摇头。

女人说："这不正好，到我那里住。"说着，上来要拿宋杨的背包。宋杨躲开，警惕地说："你那是什么地方？"女人咧开嘴巴："哎哟，你以为我要害你呀。也怪我没有说清楚，喏，你看到没有，那是我开的客栈。"宋杨顺着她手指的方向望去，看到了亮起的灯箱，上面写着四个红字："二娘客栈"。宋杨脑海里晃过《水浒传》中孙二娘的形象，轻声说："孙二娘。"女人连声说："对，对，我就叫孙二娘。"宋杨头皮一阵发麻，浑身微微颤动。

孙二娘还是将他背上的背包抢到手中，一手提着，往客栈走，背包带拖在地上。宋杨有些心疼背包带，想对她说点什么，还是没有说出口，好在就那么一小段路，很快就到了。客栈是平房，进了门，左边是柜台，柜台后面是厨房，右边是饭厅，摆了几张方桌。宋杨闻到了韭菜炒鸡蛋的香味。孙二娘将背包放在柜台上，笑着说："登记一下身份证吧。"

宋杨说："这么小的地方也要登记身份证？"

孙二娘说："以前不要，现在要了，不登记的话，派出所查出来了，要罚我的钱。他们好像和我有仇，总是看我不顺眼。"

宋杨将身份证递给她："这地方很少人来吧？"

孙二娘在登记本上写歪歪扭扭的字，埋着头："夏天和秋天人会多些，我们这里有条榆树沟，有不少人去玩。我们本地人都不会去的地方，这两年突然就成了风景区，还真有人去。"

宋杨笑了笑："审美不一样？"

"啥审美？"孙二娘登记完，身份证还给他。

宋杨说："简单地说，就是看法不一样。"

孙二娘说："我们的客房是80元一天，你住多少天？"

宋杨说："先住三天吧。"

"三八二十四，加上100元押金，交340元吧，押金走时退还你。"孙二娘审视着他苍白而瘦削的脸，声音还是那么柔和甜美。宋杨说："能微信支付吗？"孙二娘说："可以，可以。"说着，从柜子底下拿出个二维码，让他扫。支付完房费和押金，孙二娘大声喊："驼子，出来。"没有人回答她。宋杨问："驼子是谁？"孙二娘说："我们客栈跑腿做饭的，客栈就我们俩，有什么照顾不周的地方，宋先生你多多关照。"

一个驼背的男人悄无声息地从厨房走出来，站在柜台边。

孙二娘对他说："带宋先生去房间吧，开104房吧，干净些，人家从大上海来，要讲究些。"

驼子没有说话，拿起柜台上的那串钥匙，往后院走去。宋杨拿起背包，跟在他后面。孙二娘对着宋杨的背影说："宋先生，安顿好过来吃饭，晚饭免费，我请了。"宋杨回头说："谢谢。"驼子突然瓮声瓮气地说："穷大方。"后院有个小院子，还有一排平房，看上去有五六间房。院子里有一棵老柿子树，粗壮的枝干，浓密的树叶，枝条上挂着鸽子蛋大小的青果。驼子开了门，将房间钥匙取下来，递给他。宋杨进了房间，要关门，发现驼子站在门口，没有走的意思。宋杨说："你还有事？"驼子抬起头，宋杨这才看清他的脸，这是张黑乎乎的丑陋不堪的脸，鼻子扁塌塌的，额头上还有一条刀疤，眼珠子暴突，随时都有可能像玻璃弹珠般飞射出来。

宋杨不忍看他这张脸，目光慌乱地避开。

驼子嘿嘿一笑："我只想问你，你为什么一个人来榆树镇？"

宋杨说："非要回答吗？"

驼子又干笑了两声："那倒不是，我这个人好奇心很重，只是想问问，否则我整个晚上都会在想这个问题。明天见了你，还得问你。"

宋杨冷冷地说："我是来寻死的。"

"寻死？"驼子有些诧异，"寻死跑那么远，上海离榆树镇少说也有几千里，在上海不能死吗？"

宋杨拉下脸："我在哪里寻死要经过你批准吗？"

驼子没再说什么，转身走了。宋杨注视着他的背影，一阵恶心,头晕眼花,有一头栽倒在地的危险。他重重地关上房门,踉踉跄跄地走到床边,倒在床上,大口喘息。房间里有股怪味,像是某个角落里,有只死去多日的老鼠,散发出的腐尸气味。他没有去吃晚餐的欲望,只想躺在床上,一动不动。窗外的天完全黑了,他也不想开灯,任凭黑暗的潮水将他淹没。

2

房间里的怪味难以驱除,考验着宋杨的忍耐程度。他从床上爬起来,打开窗户。窗外一片漆黑,风在呜咽,夹带着沙尘。他知道那是片荒野,也许有神秘的怪兽在风中朝他临近。他赶紧关上窗门,拉上了脏兮兮的窗帘。这地方温差大,宋杨觉得冷,和衣躺进被窝里。躺了会,十分不舒服,只好坐起来,将牛仔服外套脱了。重新躺下后,宋杨企图让自己沉睡,就什么也不会想了,不会想这黑夜的黑如何浸染每根骨头,不会想房间里的怪味堵塞每个毛孔,也不会想惶恐的生和绝望的死……双手放在胸前,伸直双腿,他闭上眼睛。

脚步声传来。

脚步停在房间门口。孙二娘柔和甜美的声音:"宋先生,吃饭啦——"

宋杨睁开眼,大声说:"我不想吃了,你们吃吧,谢谢你呀。"

孙二娘说:"还是吃点吧,夜很长,饿的滋味难受。"

宋杨有些烦躁，有时别人的关心反而是个麻烦。他耐着性子说："我真的不饿，也不想动，只想躺着。谢谢你。"

这时，传来男人的声音："他一个寻死的人，吃不吃又有什么关系。"宋杨听出来了，那是驼子在说话。孙二娘说："去你的，怎么能这么说话。"接着，孙二娘说："宋先生，你好好休息吧，不打扰了。"他们走后，院子里清静了，窗外风掠过荒野的声音还在继续，宋杨在狂暴的风声中辨析出另外一种细微的声响，那是啮齿动物啃咬什么东西发出的窸窸窣窣的动静。宋杨显得不安和恐惧，脑袋开始疼痛。

头痛已经折磨了他好多日子，就像有人将他的脑神经当作琴弦弹拨，弹出的不是动听的乐曲，而是痛苦的呻吟，有时还是野狼般的嚎叫。这个孤寂的夜晚，在陌生的榆树镇，宋杨没有呻吟，也没有喊叫出来，尽管旅馆里只有他一个客人。他起了床，摸索着打开了灯。灯管闪了几下，光亮才平稳下来。宋杨找出了止痛药，发现没有水。他来到卫生间，拧开水龙头，一股浊黄的水流出来。他皱了皱眉头，不知所措。过了好大一会，水流才清澈了些。他想用那脏兮兮的电水壶烧点水，想了想，放弃了，直接用凉水吞服了止痛药。

宋杨站在床边，迟疑了会，还是脱掉了衣服，穿着衣服睡觉太不舒服了，仿佛身体被绳索紧紧捆绑，没有自由。都到这个地步了，连水龙头里淌出的凉水都喝了，嫌床单被子脏，的确过分。他赤裸着瘦得排骨暴突的上身，只穿着内裤,钻进被窝里,感觉放松了许多。在黑暗中,他又闭上了双眼。头还是很痛,但这也阻止不了他想念祝小鱼。祝小鱼离开,飞往澳大利亚之后,他就想将她遗忘,可她是深深扎进他心脏里的一根铁刺,怎么也忘不了,想起来还会心疼。尽管忘不了她,可她的面容却那么模糊,怎么也显现不出清晰的五官。他心里懊恼,怨恨自己,无能为力,泪水漫出眼眶,从眼角滑落,流进耳朵里。他想给祝小鱼打个越洋电话,遥远西澳的珀斯,现在也是夜晚,她在那个孤独之城,是否也和他一样疼痛和伤感?不,不,她也许和某个男人在温柔乡里缠绵。宋杨突然觉得自己活着真是难堪。

纷沓的脚步声在院子里响起,打断了宋杨的胡思乱想。

不一会,敲门声和一个男人的喊叫同时传来:"开门开门,查房。"

搞什么鬼?宋杨打开灯,起床,套上外衣,走到门边,说:"你们是谁?"

"警察,开门!"口气凶巴巴的。

宋杨打开门,三个警察站在门口。其中一个高大警察对他说:"身份证?"宋杨说:"让我看看你们的证件。"那警察愣了愣,然后提高了声音,瞪着眼说:"别废话,身份证!"宋杨也瞪着他:"我要先看你的证件。"旁边的瘦警察掏出警官证,在宋杨面前晃了一下:"看到了吗?"宋杨说:"没看清楚。"高大警察说:"我让你出示身份证,你听到没有?"宋杨身体发冷,打了个寒战,心想,不和他们计较了,赶紧打发他们走吧。他找出了身份证,递给了高大警察。高大警察将身份证给了另外一个矮警察;矮警察接过身份证,在一个本本上记录。高大警察在房间里转了一圈,回到宋杨身边,对瘦警察说:"给他验尿。"

"为什么?"宋杨问。

宋杨说话间瘦一点的警察已经从工作包里拿出个小塑料杯塞在宋杨手中,推了推:"进去。"进卫生间之前,宋杨往院子里瞟了瞟,发现驼子站在老柿子树下往这边张望,老柿子树被风刮得飒飒作响。宋杨进了卫生间,瘦警察也跟了进来。宋杨说:"你在这里我怎么撒尿?"瘦警察说:"我不看着你,怎么知道尿是不是你撒出来的。"宋杨憋了好大一阵,才撒出一点尿。瘦警察将他的尿分别滴在三条试纸上。高大警察还用手机拍了照。检测完毕,瘦警察对高大警察说:"没有问题。"

高大警察说:"收队。"

他们走后,宋杨重重地关上门,头痛欲裂,止痛药仿佛失去了效力。他走进卫生间,发现那三条试纸分别测试的是海洛因、冰毒和大麻。原来他们怀疑他是吸毒者。宋杨觉得自己受了莫大的侮辱,可是拿他们一点办法都没有,不得不咽下这口恶气。

整整一夜,宋杨没有合眼。

他在床上,辗转反侧,脑海一片混乱。

晨光从窗帘布上透进来的时候,他发现风停了,其实风什么时候停止的,他没有留意,他的注意力早已不在风上了。脑袋还是隐隐作痛,但是比夜里发作时要好了许多。头痛的缓解,让宋杨感觉到自己还是个活人,能看到新一天的晨光,心里还是有点小幸运。和受到的屈辱相比,活着还是比较重要的,尽管他很清楚,死亡是他此行的唯一目的。

宋杨有个习惯,早上不赖床,醒着就要起来。起床,简单洗漱了一下,对着有条裂痕的镜子,看到一张苍白的脸,眼圈黑黑的,颧骨高高隆起,像鬼一样。他真想一拳砸碎镜子,还是忍住了,怪味让他呼吸困难,产生了逃离房间的念头,他想外面的空气应该是鲜活的。

3

走出房间,宋杨的确呼吸到了清新的空气,一丝风都没有,老柿子树的叶子凝固在凉丝丝的晨光之中,透出生命的亮泽。宋杨大口呼吸着,像是将要渴死的鱼突逢一泓清水。他抬头仰望天空,天蓝得无可比拟。这时,驼子从前屋的后门走出来,拿着大扫把。他仰起脸,看了看宋杨,脸上浮现出古怪的笑意,然后就开始扫院子。院子其实很干净,只有几片落叶,驼子还是尽心尽责地扫地。宋杨觉得奇怪,孙二娘为什么会雇这样一个怪物在旅馆里做事,他和孙二娘之间或许有什么瓜葛。

宋杨听到驼子叽叽地笑。

宋杨走到他跟前,沉着脸说:"你笑什么?"

驼子头也不抬:"笑你。"

宋杨说:"我有什么好笑的。"

驼子的声音有些苍凉:"我以为你不会醒来了,结果你还活着。一个寻死的人,经历了那么难熬的一个夜晚,竟然没死,这是多么好笑的事情啊。"

宋杨:"你怎么知道我难熬?"

驼子说:"你以为这地方是天堂?"

宋杨无语。

驼子也没有再说什么,继续扫地。

宋杨走出客栈的大门,左顾右盼。街上空空荡荡的,只有一个女人的背影,她走出小镇,不一会就消失在透明的晨光之中。二娘客栈斜对面、镇政府旁边的王记饭馆已经开张,放在门口的蒸笼冒着白雾般的热气,一个戴着白帽子的矮胖中年男子在一边炸油饼。油饼的香味飘过来,宋杨抽动了几下鼻子,有了食欲,肚子也的确饿了,馋虫被勾起来,咕咕叫唤。他朝王记饭馆走去。走到饭馆门口时,他看到孙二娘从一条巷子里钻出来,快步走来,浑身的肥肉不停地颤动。她朝宋杨大声说:"宋先生,客栈有早餐的。"炸油饼的男子探出头:"二娘,你也管得太宽了,这位兄弟想吃什么,是他自己的事情。"孙二娘走近前:"哎哟,王矮子,你看你小心眼了吧,我不过这么一说,你就来劲了。宋先生,你随便吧,我只是给你提个建议,客栈早餐是免费的。"

宋杨笑了笑:"我还是在这里随便吃点吧。"

孙二娘也没再说什么,屁颠屁颠回客栈去了。

一条大黄狗吐着舌头跑过来，宋杨往后躲了躲，生怕大黄狗扑上来咬他。

王矮子满脸堆笑："兄弟，不要怕，这是我们家的狗，不咬人的。里面请。"

大黄狗坐在门边，在等待着什么。

宋杨找了个座位坐下。里屋走出个瘦高个女人，她的脸很黑，说话时露出黄黄的牙齿："吃点啥？有包子油饼小米粥豆浆面条。"宋杨说："包子什么馅的？"女人说："有猪肉粉条馅，牛肉馅，豆腐白菜馅。"王矮子插了句："都是大馅包子，皮薄馅多，咬一口满嘴流油，不是吹牛皮，方圆百里，你打灯笼也难找这么好吃的大馅包子。"女人说："还真不是吹牛皮。"宋杨笑笑："就来一个牛肉馅的，一个猪肉粉条馅的，然后再来一碗豆浆和一个油饼。"王矮子说："这位兄弟胃口真好。"

咬了口热乎乎的牛肉包子，真的满嘴流油，馅料鲜美入味，面发得恰到好处，松软，还有点嚼劲。宋杨真没有吃过如此好吃的包子，说："真好吃。"王矮子乐了："我没骗你吧，我在榆树镇是出了名的实在人，从来没有蒙过人。"包着包子的女人说："对呀，你是没有蒙过别人，就是蒙我。"王矮子瞪了她一眼："你这婆娘，皮肉又痒了？"女人冷笑了一声："你有种打死我。"宋杨喝了口豆浆说："怎么能打女人。"王矮子讪笑："我哪敢动她，我要动她一下，她就会撕了我，女人难伺候。"女人白了他一眼："你打得还少吗，你对谁都好，就是拿我当老妈子使唤。"

宋杨不想卷入他们的家事，自顾自地啃包子。

王矮子的嘴巴闲不住："兄弟，你怎么敢在孙二娘客栈住？"宋杨警惕地问："孙二娘会谋财害命？"王矮子压低声音："那倒不是，你知道她和派出所张所长是什么关系？死对头。昨天晚上查房了吧，验你尿了吧？张所长就是不想让孙二娘安生，她的客栈要是关门，张所长会笑掉大牙。"宋杨说："此话怎讲？"

女人说："好好炸你的油饼，一个大男人，总是嚼舌根子，也不嫌丢人。我要是你，一头栽进油锅里，把自己炸了得了。"

"去去去。"王矮子说，"张所长和孙二娘曾经是夫妻，后来离了，变成了仇人。他们有一个儿子，法院断给张所长了，孙二娘总是想拐他走。因为这个儿子，他们的仇恨就越来越深。有次，张所长在我这里喝酒，气得说，真想一枪崩了她。"

"王矮子，又在胡说什么？"

一个穿警服的高个子站在店门口，这时太阳已经升起，橘红色的阳光打在他的半边脸上。宋杨发现他就是昨天晚上查房的那个高个子警察，见到他，宋杨沉下了脸，屈辱感涌上心头。王矮子尴尬地说："杜警官来了，吃点什么？"杜警官面无表情："来三个牛肉包子，一碗豆浆。"王矮子说；"好咧。里面坐，里面坐。"杜警官瞟了宋杨一眼，坐在一边。宋杨有种被压迫的感觉，吃完包子，那个油饼来不及吃，就站起身，付完钱，朝外面走去。王矮子说："慢走，再来呀。"宋杨没有回应他，走到了街上，阳光有了暖意。街上的人也多了起来，有些人朝王记饭馆走来。他清楚，王矮子的早餐生意这才真正开始。

宋杨站在镇街的中央，茫然四顾，不知道自己该干些什么。

他想到了祝小鱼，她是不是还在沉睡，西澳的阳光是不是从窗口照进房间，洒在她的床上，她盖的被单是纯白色的，还是印花的？她在阳光中醒来时，长长的眼睫毛是不是会轻轻地颤动，就像微风拂过的细嫩草叶？她是不是睁开眼睛，就像明媚的春光乍现？她是不是会伸出双手，等待一个温暖又深情的拥抱？那拥抱她的人是谁？他会不会俯下身，轻轻地吻她红润的唇，感受着她如兰的鼻息……就在他想入非非的时候，孙二娘气呼呼地走出客栈，朝王记饭馆走过来。她走到饭馆门口，一手叉腰，一手指着正在吃包子的杜警官大声说："杜坤，我到底犯了什么法，你们三番五次来查房，你查出什么来了？告诉我，查出什么来了？多长时间了，我们客栈才来了个客人，你们又想赶走，是不是？你们不想让我活，就把我弄死好了，别来阴的，老娘不怕死。杜坤，你回去告诉那个混蛋，有种就自己出面，直接冲我来，我分分钟在客栈等着他，他要不把我弄死，我的客栈就要开下去。"

听到孙二娘的声音，镇街上的人纷纷走到街上，朝王记饭馆围拢过来，宋杨突然觉得榆树镇也是有不少人的。宋杨的脑袋有些乱，一下子无法消化那么多信息，他呆呆地站在那里，人们眼睛里仿佛没有他的存在，此时的主角是孙二娘。孙二娘不停地说着什么，宋杨不一会就不知道她说的是什么了，只能够听到她的声音，就像一只鸟儿在叽叽喳喳叫唤。杜坤没有理会孙二娘，沉着脸，吃完包子，对王矮子说："记账。"说完就走出去，穿过人群，往镇子东头的派出所走去，头也不回。孙二娘像是对一块石头喋喋不休，一点反应都没有，气呼呼地回客栈去了。孙二娘踏入客栈，围观者就三三两两地散了，他们窃窃私语，说着宋杨听不懂的话。

最后，剩下宋杨独自站在街中央，似乎和这个西部小镇格格不入。

他像是在梦幻之中，不知道自己从哪里来，要到哪里去。他依稀记得，有个女人拉着他的手，告诉他，要陪他走很长的路，直到他的生命消逝。那个女人却不见了，留下他独自上路，通向死亡之路短暂还是漫长，还是个未知数。一个流着鼻涕的傻子走到他身后，拉了拉他的衣尾，他回过头，看清了傻子无辜的脸，才从梦幻中醒悟过来。傻子光着脚，脏兮兮的手指塞进嘴巴里，直愣愣地盯着他，嗫嚅地说："饿，我饿。"

饭馆里吃早餐的人都对傻子视而不见。

王矮子往他们这边看了看，低下头炸油饼。傻子可怜兮兮地看着他。宋杨动了恻隐之心，走到王矮子面前，说："给我来两个包子吧，牛肉馅的。"饭馆里的人发现了怪物似的，目光落在了他的脸上。王矮子小声说："两个包子不够他吃的。"宋杨叹了口气:"那来四个吧。"他拿着四个包子走到傻子面前,递给他:"吃吧。"傻子接过包子,坐在地上,狼吞虎咽。宋杨怕他噎着,买了豆浆,女人没有给他碗盛豆浆,而是用一次性的塑料碗盛豆浆,也许是怕傻子弄脏了他们的碗。宋杨端着豆浆走近傻子时,饭馆里有个人轻声说了句:"这个外地人也是个傻子,只有傻子才会给傻子买东西吃。"那些人窃窃地笑起来。

4

傻子说要带他去一个地方。宋杨问他去哪里。傻子笑嘻嘻,没有回答他,而是往镇子外走去,边走边回头,朝他招手。宋杨迟疑了会,还是跟上了他。宋杨有个怪异的想法,小镇上的每个人似乎都不正常,傻子才是唯一的正常人。在傻子面前,宋杨觉得自己也是个十三点。

宋杨不清楚傻子要带他去何处,未知的地方才有吸引力,就像死亡一样,有时,他急于想去探索死亡背后的世界,却不忍心向自己下手,还有,就是不舍,心里存有牵挂的人。所有对死亡的恐惧,也来源于未知。人活着,是巨大的矛盾体,他就是在矛盾中,跟着傻子走。

傻子走向荒野。

荒野上,布满了低矮的骆驼刺,傻子赤脚选择自己的路,每一步都避过骆驼刺,碎石和沙子硌着宋杨的脚,傻子脚上无鞋,却像是走在平坦的地上,没有丝毫的违和感。阳光的温度越来越高,荒野渐渐蒸腾起热浪。宋杨脱掉了外套，露出白色的衬衣，这件圆领的白衬衣，是祝小鱼给他买的，他脱下来的牛仔衣，包括他下身穿着的牛仔裤，脚上穿的耐克鞋，甚至连内裤也是祝小鱼买的。他离开上海，带的所有的衣服和鞋子，都是祝小鱼当初给他选购的，这是他保留的和她仅存的联系。

穿过一片荒原，宋杨看到了一条小河。

傻子趟入河中，裤脚也忘了绾起来，清澈的河水将他裤脚上的泥尘冲刷掉，裤脚变干净了，裤子的上半部分和破烂的上衣还是脏污的。河水很浅，连膝盖也没不过去。傻子弯下腰，双手捧起清水，往嘴巴里送。喝完水，他扭过头，朝宋杨笑。宋杨也渴了，脱了鞋，将衣服放在鞋子上面，绾起裤管，快步趟入小河中，也像傻子那样喝水。清甜的河水顺着喉管进入胃里，五脏六腑也清澈起来。阳光照耀下，河水扑闪出迷幻的光泽。宋杨突然有个想法，他用清水给傻子洗脸。傻子的脸在阳光中明亮起来，他原来也是个英俊少年。傻子的笑脸触动了宋杨心中最柔软的部分，隐隐作痛。他无法改变傻子的命运，也无法改变自身的宿命。

他说："你有名字吗？"

傻子摇了摇头。

"你爸爸妈妈呢，他们怎么不管你？"宋杨又问。

"死了，死了，埋在坟里。"傻子开心的样子，也许他对死亡的认识是正确的，没有悲伤，没有惋惜，流水一样自然。谁都没有看到过悲伤的流水，没有见到过忧郁的树，还有天上飘动的白云,也不会思虑生和死。宋杨有些感动。傻子活在自然之中,他不能像傻子那样,像一棵野草或者一粒沙子那么自然地活着。

傻子突然撩起水,朝他泼过来。

猝不及防,宋杨被泼了一脸的水。他还没有反应过来,傻子笑出了声,水不停地朝他飞溅而来。宋杨也乐了,发起了反击。他们在小河里追逐,嬉闹。宋杨暂且忘记了一切,和傻子一样,融入大自然之中,那时,他也是一滴水,或者清水之中的一块鹅卵石,无忧无虑。

临近中午,阳光强烈,晒得小河边的草地都冒着热气。他们也玩累了。

他们的衣服都湿了。傻子脱掉衣服,铺在小河边的嫩绿的草地上,光溜溜地躺在那棵两个人都抱不过来的老榆树下的阴影里,闭上了眼睛。他的皮肤被清水濯洗后,变得光洁、紧绷、活力。宋杨也像他那样,脱光了衣服,躺在树荫下,闭上了眼睛。很奇怪的是,他的头竟然没有疼痛。柔软的嫩草,是天然的褥子,开始背部皮肤有些微痒,渐渐地,皮肤和青草融合在一起,舒适安然。微风轻拂,树叶发出细微的声响,青草的甜味丝丝缕缕地渗进鼻孔,宋杨迷醉其中,像是找到了归宿。

有多长时间,没有如此放松了。长久以来的焦虑、悔恨、无助、屈辱……一扫而光,他误打误撞走进榆树镇,没有想到一个傻子会将他引入这个清幽之地。他身体上的每个毛孔,都在张开,都在自由地呼吸。渐渐地,他进入了梦乡。

他像一片羽毛,轻轻地飘起来,一直飘到半空中。阳光下的旷野,小河蜿蜒,是一条晶亮的白蛇。他想带着白蛇一起飞翔。他想降落下来,可是太轻了,越飘越高,高空中的风也越来越猛烈,吹得太阳也晃动起来。他突然有些紧张,离地面越高,心就越悬,越不踏实。他的身体越来越轻,像一滴水很快就要被蒸发。他喊道:"我不要消失——"大地离他越来越远,那条小河也要在他眼中消失,他心中充满了恐惧。就在这时,他发现一朵云飘了过来。有个声音传来:"宋杨,别怕,我在——"那是多么熟悉的声音,一如青草熟悉阳光雨露。

那是祝小鱼的声音。

她的声音比孙二娘甜美,当初爱上她,就是因为她的声音。他没有想到,通过声音就可以爱上一个人,这比许仙遇见白娘子还神奇。祝小鱼穿着洁白的纱裙,站在白云上面,目光里充满了爱意,她伸出粉嫩的手臂,一把抓住了他。他也站在云朵上,祝小鱼紧紧地挽着他的手臂,嘴巴凑近他耳朵,柔声说:"别怕,我在,一直在。"宋杨眼睛里充满了泪水:"你再不离开我了?"祝小鱼说:"我从来没有离开过。"宋杨和她依偎在一起,那是一种巨大的幸福感。云朵将他们送回地面,飘走了,那是朵心形的云。

祝小鱼微笑地说:"宋杨,我们到水中去,好吗?"宋杨点了点头:"你让我干什么,我就干什么。"祝小鱼走入河中,他跟着踏进了河水里。祝小鱼的身体慢慢地缩小,缩小……宋杨呆呆地凝视着她,想伸出手抓住她,手却不被大脑控制,僵硬,无法动弹。祝小鱼渐渐地变成了一条红色的小鱼,他可以听见她柔美的声音,还是像从前那样令他心动:"来,宋杨,快来——"宋杨发现自己的身体也在缩小,最后也变成了一条游鱼。他看不到自己的身体:"小鱼,你是红色的,好美,我是什么颜色的鱼?"祝小鱼微微地摆动尾巴:"你是蓝色的,天空一样的蓝色。"宋杨说:"我们要到哪里去?"祝小鱼说:"随波逐流。"宋杨说:"随波逐流好吗?"祝小鱼说:"那我们逆流而上吧。"宋杨说:"那好吧,我听你的。"祝小鱼说:"你会永远听我的话?"宋杨不假思索:"永远。"祝小鱼说:"知道这是假话,不过我还是相信是真的。逆流而上很辛苦的,你要有思想准备,说不定要付出代价。"宋杨说:"只要跟你在一起,什么都不是问题,我不能再失去你了。"祝小鱼说:"我说过,我从未离开过。"

天空风云突变,下起了暴雨。荒原上的沙子泥浆被四处横流的雨水冲到小河里,河水暴涨,清澈的河水变得浊浪滔天。祝小鱼被洪水冲散了,宋杨使劲地喊叫:"小鱼,小鱼,你在哪里——"他的声音被雷声、雨声、浪声淹没了,他听不见小鱼的回应,也无法听到小鱼的呼唤。他心里再度充满了恐惧,混浊的水中,他看不清任何东西,不知道小鱼被冲到哪里去了,他随波逐流,凄厉地喊叫:"小鱼,你在哪里,不要离开我,不要——"

……

宋杨在精疲力尽中睁开了眼睛。天空还是那么蓝，太阳还是挂在天上，不过是西斜了。树叶还是在微风中低吟。一只乌鸦站在老榆树的树枝上叫唤，那只乌鸦什么时候飞来的，从哪里飞来的，宋杨一无所知。乌鸦和傻子一样充满了神秘感。他还是赤身裸体地站在树下，仰头看着那只乌鸦，乌鸦的羽毛黑得发亮，在阳光下，像黑色的金子。从梦境回到现实，是一刹那间的事情，心理来不及充分地转换。宋杨喃喃地说："小鱼——"小鱼离他遥远，在南半球的西澳，无法相见。宋杨站起来，寻找着傻子。他发现傻子不见了踪影，傻子晾晒在绿草上的衣服也不见了。他想问乌鸦傻子的去向，可是乌鸦不会告诉他，乌鸦扑棱棱地飞走，在天空中成了一个黑色的小点，最后被阳光完全吞没。他遗憾地收回了追逐乌鸦的目光，心里无比的怅惘。他有个神奇的想法，那只乌鸦是不是傻子变成的，或者说，傻子是这只乌鸦的化身。他的衣服已经晒干了，穿好衣服，便四处寻找傻子。他找了很久，直到黄昏，也没有找到傻子。他怎么就不见了，就像梦中的小鱼，怎么也找不到了。宋杨拖着沉重的步子，往榆树镇方向走去。寂静中，他可以听见自己擂鼓般的心跳。

5

宋杨是被抬回榆树镇的。他醒过来时，在镇卫生院简陋的病房里。窗外风声呼啸，旷野又受到无情肆虐。宋杨右手手背上扎着针，吊瓶中的液体一点一滴地注入血管，清凉。他自言自语:"我怎么会在这里?"脑袋隐隐作痛,他竭力地回忆之前的情景。他在荒野迷失了,怎么也走不上那条通往榆树镇的道路,也找不回那条小河。天黑之后,星星一颗一颗地在天空闪现,实在是走不动了,头也晕眩,他躺在骆驼刺旁边,感觉到了寒冷。满天的星斗模糊起来,接下来,他就没有了记忆。

一个年轻护士走进来,她脸上有些雀斑,眼睛大而明亮。她朝宋杨笑了笑:"醒了。"宋杨也朝她笑了笑,挣扎着要坐起来。护士制止了他:"你还是躺着吧,烧还没有退呢。"宋杨说:"我没事。"护士:"没事?都差点死在野外了。"宋杨说:"我怎么会在这里?"

护士调了调点滴的速度,淡淡地说:"要不是孙二娘,也许现在野狼正在掏空你的内脏。"

宋杨心惊胆战:"这——"

护士站在床边,俯视他:"入夜后,孙二娘发现你没有回客栈,让驼子到处去找你。他找遍了镇子里你可能去的场所,都没有找到你的影子。孙二娘这人平常像个泼妇,可她热心肠,担心你会发生什么事情,叫了镇上十几个青壮年,点着火把到野外去找你。是王矮子家的大黄狗发现了你,将找你的人引到你昏倒的地方,他们就把你抬到卫生院来了。你烧得厉害,满口胡话,叫着什么小鱼。小鱼是你什么人呀。"

宋杨说:"是我前妻。"

护士笑了:"舍不得她?"

宋杨说:"岂止。"

护士说:"那怎么要离婚?看样子,是她不要你了吧。你们上海的女人是不是特别放得开?"

宋杨苦笑:"哪里的人都一样,都有七情六欲,都有自己的品性。如果你深爱的人对你的态度有了变化,对你不好,变成了你厌恶的人,你会怎么样?是忍辱负重和他继续生活下去,还是离开,去寻找自己的新生活?"

护士脸红了,脸上的雀斑反而使她多了几分妩媚:"对不起,我回答不了你的问题,我还单身,连对象都还没有。我还不知道被爱的感觉,有时也会有冲动,可是,爱是可遇不可求的,我看上了别人,别人不一定能看上我。"

宋杨说:"喜欢上谁,一定要让他知道,也许他也暗恋着你呢。"

护士说:"你说的有道理,我试试吧。"

宋杨说:"值得去尝试。"

护士说:"卫生院里就你一个病人,晚上我值班,你知道一个人值夜班很孤独吗?"

宋杨说:"知道。我也值过夜班。"

护士说:"你这个样子,我还找你聊天,是不是很自私。"

宋杨笑笑:"其实你是在陪我。"

护士说:"你这个人看上去不错嘛,挺善解人意的,也会说话。我就想不通,为什么你对你前妻会不好呢?"

宋杨说:"因为你不是我亲近的人,人真的很奇怪,有时会对一个陌生人充满善意，却对和自己朝夕相处的人冷漠，甚至伤害。我想一定是在什么方面出了问题，得到的不晓得好好珍惜，失去后已经覆水难收。"

"我很好奇，你前妻长得漂亮吗？"

"她很美，我很难描述她的美，她和所有的女人都不一样。其实我现在也快想不起她的模样了，只是还能感觉到她的风情，她身上散发出的淡淡的香味，举手投足的那种温婉和雅致，想起她，我就会想到雨中的丁香。让我记忆深刻的还是她的声音。也许你不会相信，我当初没有见到她真身，通过她的声音就爱上了她。"

"真的？"

"真的。我们相识也是偶然，之前虽说同在一个城市里，但相互根本就不知道有对方这样一个人，像是两棵梧桐树上的叶子，没有交集。有天晚上，我突然接到一个电话，刚开始以为这个陌生电话是广告电话，就摁掉了。不一会，这个陌生的手机号码又出现在我的手机屏幕上。我接听了这个电话。是个年轻女人的声音。听到她的声音，我的神经紊乱了，浑身触电般痉挛。她问我是不是某某某。我好大一会才想起要回答，我说我不是某某某。她很有礼貌地说了声对不起，就挂了电话。那个晚上，我一直想入非非，可以那么说，我从来没有听过那么美妙的声音。我脑海里搜寻着听过的女歌手或者女播音员，企图找出和她有相似之处的声音，结果没有相匹配的，她的声音是独一无二的。我想用夜莺或者什么别的来形容她的声音都不过分，我迷上了她的声音，尽管只是简短的两句话。我存下了她的电话。渴了。"

"喝点水吧。"

"谢谢。"

"后来呢？"

"后来，后来我们就认识了。有天，我实在忍不住了，就给她打了个电话。我告诉她我是谁，而且迷恋她的声音，欲罢不能。她什么都没有和我说，就挂掉了电话。我理解她，我贸然给她去电，无异于一个马路求爱者，会让她厌恶。从那以后，我有事没事就打个电话给她。那段时间，她将我屏蔽了，怎么打也打不通她的电话。我就给她发消息，几乎是每天一条消息，告诉她我的思念之情。这样过了半年之久，有天，她给我来了电话，约我出去喝咖啡。见面后，我才知道，是我的坚持打动了她，她其实是个内向的姑娘，能够主动打电话约我，是下了很大决心的。"

他们的谈话被中断了。孙二娘提着一个小保温桶走进了病房。她笑着说："沈护士，你也在。"沈护士脸红了："宋先生点滴很快输完了，等会给他拔针。"孙二娘看着宋杨说："宋先生，你吓死我了，你要是在我们这地方出个什么事，我一辈子也过意不去的。没事了吧？"

沈护士说："烧退了就应该没事了。"

宋杨说："孙老板，谢谢你。"

孙二娘说："谢啥呀，你住我客栈，照顾好你，是我的本分，住我们客栈的人，我都把他们当自己家人。来，喝点鸡汤，驼子炖了两个多小时。他烧的菜好吃，王矮子没法比。"

沈护士说："真的呀？"

孙二娘说："你们卫生院的人，都喜欢往王矮子那里跑，什么时候也光顾一下我们客栈，让驼子烧桌好菜给你们吃。"

沈护士说："好呀，好呀。"

孙二娘十分体贴，从小保温桶里舀出一碗鸡汤，一勺子一勺子地喂宋杨鸡汤。鸡汤熬得的确鲜美，沈护士闻到鸡汤的味道，忍不住往肚子里咽口水。宋杨喝了小半碗鸡汤后，脸上有了亮色，他也觉得温暖了起来。孙二娘仿佛是在对待自己的丈夫或者儿子，那神态，专注而用情，特别是她把鸡汤放在嘴边吹凉后，喂进宋杨嘴里的样子，沈护士看在眼里，感动在心里。

喝完鸡汤，吊瓶里的液体也滴完了。沈护士拔掉针头后，让宋杨用酒精棉球按住针口。宋杨说："沈护士，我要回客栈去。"沈护士说："不行，你烧还没有退。"宋杨下了床，边穿鞋子，边说："我真的要走，我没事了，待在医院里，我更不舒服，对医院，我有种恐惧感。"沈护士面露难色："可是我做不了主，我要去问问值班医生。"沈护士拿着吊瓶出去了。宋杨听到她在敲值班医生的房门，医生也许睡了。孙二娘说："真的要回客栈？"宋杨说："我要不回去，会死在这里。"孙二娘说："别总把死挂在嘴边，晦气，你是不是对驼子说过，你来榆树镇，是寻死的？"宋杨说:"说过。"孙二娘说:"我不管你心里是怎么想的,有一点,我要说清楚,你千万不能死在客栈里,否则派出所会认为我是杀人犯的。"宋杨没有言语。

沈护士回来了:"医生说,你要真走,就走吧,带上点药,有什么问题赶紧回来。"

宋杨点了点头。

沈护士说:"真想再听你讲故事。"

宋杨笑笑:"恐怕没有机会了。"

沈护士说:"能加你微信吗?"

宋杨说:"没那个必要了吧,我只是个过客。"

6

宋杨听到了雨声。狂雨在密集地抽打原野、屋顶,还有院子里的老柿子树。从屋檐流下的雨水稀里哗啦,宋杨突然想起了傻子。他此时在何处?狂雨是不是也抽打着他年轻的身体,像是要洗清某种与生俱来的罪孽。宋杨从床上爬起来,拉开窗帘,窗外迷茫一片,分不清天和地。

"这场雨水好哇,都两个多月没有下雨了,东煌谷地的麦子有救了。"

驼子在瓮声瓮气地说。

孙二娘说:"你又不种地,旱不旱关你屁事?"

驼子说:"妇人之见。"

孙二娘说:"哎哟,就你这龟样,还瞧不起女人。"

驼子说:"当年刘罗锅也是我这龟样。"

孙二娘说:"刘罗锅和你球关系,别扯了,快去下碗面,煎两个荷包蛋,一会我给宋杨送去。"

驼子说:"你咋对那小白脸那么上心,是不是瞧上他了?"

孙二娘说:"驼子,你想哪了?老娘对你不好吗?一个客人,生病了,天可怜见,我关心关心他,你就吃醋了,我看该把你扔醋缸里淹死。况且,就是老娘瞧得上他,他还能瞧得上我?快滚去做饭吧,别在这说些丢人现眼的话。"

驼子不说话了。

宋杨打开门,院子地上淌着水,还有些落叶和青果。孙二娘从前屋后门探出头:"宋先生,下雨天,你该多睡一会,别起那么早。"宋杨说:"醒了就躺不住了,习惯。"孙二娘说:"身体好些了吗?"宋杨说:"没事了,没事了。"孙二娘说:"那就好,我吩咐驼子给你做早饭去了,你稍等,做好了我叫你。"宋杨笑了笑:"谢谢孙老板,你不必对我这么好的,不值,我是个狼心狗肺、忘恩负义之人。"孙二娘说:"只要是住我们客栈的客人,我都一样对待。"宋杨说:"孙老板,我还是到王记饭馆去吃吧,我喜欢吃包子。"孙二娘脸上掠过一丝不快,但很快恢复了常态:"也好,你自己想到哪吃,就到哪里吃。你先别过来,雨大,我给你拿把伞。"

孙二娘给他送了把黑布伞过来。

撑开,伞很大,三个人躲在里面,都不会淋到雨。宋杨来到前屋，驼子从厨房里走出来，叽叽地笑。宋杨说："你是不是又笑我没死。"驼子说："我笑有些人自作多情。"宋杨没理会他，走出客栈大门，撑着伞到斜对面的王记饭馆去了。孙二娘踹了驼子一脚："死驼子，快去给老娘把鸡蛋面端出来，别人不吃，老娘自个吃。"驼子说："这才对了。"

镇街上成了一条小河，污泥浊水横流。雨水打在路面上，接连不断地惊起一个个水泡。成片的水泡破灭又呈现，在宋杨眼里，像是一种启示。走到王记饭馆门口时，宋杨的鞋子已经湿透了，脚底凉津津的，不是很舒服。饭馆里蒸汽腾腾，浓重的尘世烟火气。吃客不多，也许是因为下雨。王矮子还是在炸油饼，油饼在油锅里翻滚，焦灼的香味。宋杨没有发现女人，王矮子的脸上有几道抓痕，深深浅浅，深的还有血丝，浅的发红。王矮子见到他，堆起笑脸："兄弟来了，里面请，里面请。"宋杨说："我不是你兄弟，叫我宋杨好了。"王矮子说："得，得，宋兄弟里面坐，需要什么，说一声，我帮你拿。"宋杨站在那里，低下头，这里看看，那里瞅瞅，寻找着什么。王矮子说："宋兄弟，你这是干啥，里面坐啊。"宋杨说："黄狗呢？"王矮子说："跟那婆娘回娘家了，狗是她养的。"

宋杨瞪着他："她为什么要回娘家？"

王矮子脸色难看："你就别问了，坐下来吃东西吧。"

店里一个老者说："王矮子又把他老婆打走了。这怂货，不喝酒是个好人，灌几杯马尿，就成恶鬼了。看看，老婆又被他打回娘家去了。我要是他丈人，早就让他们离婚了。"

王矮子扭转头，愤愤地说："我打她，你看看我的脸，她就是匹母狼，动不动就伸出爪子撕我的脸。这婆娘下手忒狠，我都怕她了，还敢打她？况且，昨夜我根本就没有喝酒，就说了一句，她这块地怎么就种不出苗，她就急眼了。你们评评理，我和她结婚都八年了，八年呀，连个蛋蛋都没有给我下。就这样，我都没有嫌弃她，她还撕我的脸。她走就走，打死我也不会再去接她回来了。"

老者冷笑："嘿嘿，自己没用，还怪媳妇。你不动手，她会撕你？我们眼睛又没瞎，嫁给你她享过你的福吗，你把她当牛当马，还嫌她不会生孩子，良心都被狗吃了。王矮子，你真是怂货，我就要看看你有多硬气，你要超过三天不去接她回来，我就是你儿子。"

王矮子气急败坏地说："我才不稀罕你这个老杂毛当我儿子，你要是养活我，我当你儿子。"

宋杨的心一阵悸痛。

他一点食欲都没有了，转身就走。王矮子朝他的背影喊："宋兄弟，你怎么走了。"宋杨没有回头，也懒得回答他。他想到了祝小鱼的泪，那个冬天的夜晚，祝小鱼拖着沉重的大旅行箱出门，回头时眼睛里的泪水，是绝望的冰珠，凝固在他的记忆里，那是他对祝小鱼最后的记忆。他没有帮她拿箱子，没有像往昔出差一般送她去机场，只是冷冷地坐在沙发上，装模作样地翻看一本时尚杂志，他一抬头，就看到了祝小鱼回头的泪。祝小鱼的泪滴没有得到回应，伤心地走了。宋杨一直在想，如果那时，他能真诚地挽留，她会不会留下来？那只是个假如，"假如"是尘世最不靠谱的词语。

雨滴打在雨伞上，砰砰作响。遥远的珀斯是不是也在落雨，雨水是不是也在击打着某把雨伞，雨伞下那张脸是否忧郁，像一片雨中愁绪的叶子。宋杨不能再想祝小鱼，头又隐隐作痛，头痛发作是他目前最不愿意经历的事情，他很清楚自己的身体状况。他不想回到客栈去，顺着镇街往西行走，两边高高矮矮的房屋，缓缓地晃过，只有镇街中央一幢三层的楼房是榆树镇最气派的建筑。在这幢楼房旁边一处民居的屋檐下，宋杨惊喜地看见了傻子。他还是流着鼻涕，脸比昨天早上去河边之前干净了许多。他的衣服湿透了，头发上也往下淌水。傻子迷茫地仰头望着天空，张着嘴巴。宋杨走过去，关切地说："你饿吗？"傻子从天空中收回目光，咧嘴笑了："天漏了。"宋杨说："天是漏了。你饿吗？"傻子摇了摇头，然后走入雨中，赤脚朝镇子外走去，他的脚板有力地踩在淌水的路面上，溅出灿烂水花。他边走边回头朝宋杨笑，像是在说："跟我来——"

想起昨天，宋杨有些迟疑，不过，傻子对他而言，有种莫名其妙的吸引力，在污浊的人世，傻子也许是最纯洁的存在。宋杨的心还是被打动了，他加快脚步，追了上去。

就在这时，街上有人喊："张所长又和孙二娘吵起来了。"

不管雨下得多猛，就是天上落刀子，榆树镇的人也不会放过观看好戏的机会，死水般的生活总要有些波澜。榆树镇的人像蚂蚁般拥出巢穴，纷纷聚拢在二娘客栈门口。宋杨停住脚步，回转身，目睹着小镇空前的"盛况"。宋杨又回头看了看已经走出镇子的傻子，傻子对小镇上发生的事无动于衷，他走自己的路，还不时回头朝宋杨微笑。宋杨没有追上去，回到了客栈，站在人群之中，伸长脖子，和人们一起观看"演出"。他心里忐忑不安，又想看他们吵什么，心又被傻子牵动，他去了哪里？

演出场地是室内，客栈里的柜台里外。主角是派出所张所长和客栈老板孙二娘，配角是驼子和杜坤以及所有围观者。张所长穿着雨衣，没有穿警服，雨衣帽子垂在脑后，乌黑的头发湿漉漉的，站在柜台外。孙二娘站在柜台里面，穿一套宽松的白色的卫衣。杜坤高出张所长半个头，穿着警服，站在张所长身后，手上拿着滴水的雨伞。驼子坐在厨房门口的小板凳上，低着头，用一把锋利的刀子有一搭没一搭地刮猪蹄上的毛，门外的人看不到他的头，只能看到他隆起的背部。围观者在外面雨中窃窃私语，有的打伞，有的穿雨衣，有的什么雨具也没有带，躲在别人的伞下，半个肩膀被雨淋着。他们都伸长脖子，像一只只被抓住头提起来的鸭子。

张所长商量的语气："二娘，孩子前天就不见了，他要上学，耽误了学业，可是了不得的事情。他也是你的儿子，你就忍心让他将来考不上大学，在社会上游荡？我劝你还是让他跟我回家吧，这样下去，对谁都不好，别让乡亲们看笑话了。"

孙二娘气呼呼地说："孩子不见了，你就来找我要人，这算什么事。孩子当初断给你，你还要求法院判我不能去见他，你还是人吗？你不好好管教孩子，每次他不见了，你就赖我拐走了他。他都已经十三岁了，有自己的想法了，他到哪里去，我怎么会知道。我告诉你，张大强，你找错人了。"

杜坤插嘴说："孙二娘，有人说，张小南来找过你，是在前天晚上 8 点左右。而且，那天晚上我们到客栈查房，也没有发现你，你一直都住在客栈，为什么就那天晚上不在呢，是不是带张小南到哪里藏起来了。"

孙二娘说："姓杜的，我和张大强的事，你老掺和什么，别狗拿耗子多管闲事。我到哪里去了，要向你汇报吗？敢情你三番五次来查房，就是查我的岗呀。我和张大强离婚都快十年了，你们让我安生过吗？你没事滚一边去。"

驼子边刮猪蹄边说："每次查也查不出个子丑寅卯，也不能这么折腾的。"

张大强瞪了他一眼："驼子，没查出问题是好事，你别忘了，没有我那一枪，你早就见阎王去了，还能在这里刮猪蹄。"

孙二娘冷笑着说："没有驼子挡住毒贩，挨了他一刀，你儿子也没命了。"

张大强说:"难道那不是你儿子吗?他要不来找你,会碰到危险吗?别废话了,赶紧把小南交出来,否则——"

孙二娘走出了柜台,站在张大强面前,用葱白般的食指指着他的鼻尖,一手叉在水桶般的腰际,仰起脸说:"否则怎么样?一枪将我崩了?来呀,张大强,掏出你的枪,打死我呀。我死了,就一了百了了,你也再不会诬陷我拐你的儿子了。老娘早就活够了,自从被你抛弃,我得了肾病的那天,我就活够了。"

说着,孙二娘的泪水就像门外的大雨一样,纷纷洒落。

张大强的脸发青,太阳穴上的青筋暴突,眼睛血红。他挥了挥手:"孙二娘,你别来这一套,我给你一个时间,明天早上,小南要是没有回家,你看我怎么收拾你。"说完,他走出客栈大门。围观者让开了一条路,他悻悻而去。杜坤也跟在他后面,快步离开。走出一段,他回过头,对人群说:"散了,散了,该干啥干啥去,别成天寻思着看热闹。"

7

围观者散去之后,宋杨还站在雨中。张大强和孙二娘谁是谁非,他无法判断,也没有心思去判断,只知道在这个雨天里,心里特别牵挂祝小鱼。想起昨日躺在老榆树下做的那个梦,还是有些温暖。他突然往镇子外头跑去,已经早没有了傻子的踪影。一条乡间沙土公路通向更远的远方,路两边是长满骆驼刺的荒野。他想着昨天傻子是带他往哪边走的,却记不起来了,脑袋里一片糨糊。

他沿着乡间公路缓缓而行,在荒原上搜寻着傻子的影子。他后悔去看孙二娘和张大强吵架,失去了傻子。今天能够再度见到他,宋杨心里是又惊又喜的,想跟他去些美好的地方,而且还要问他,昨天撇下自己去了哪里,他又是在哪里栖居,度过漫漫长夜的。也不知道走了多久,雨就停了,云在天上狼奔豕突,渐渐散去。他收起了伞,对着空旷的原野,大声吼叫。此时,他是一匹绝望的苍狼,吼叫声凄厉而又悲怆。

雨雾散去后,远处巍峨的山脉清晰可见,绵延不断。记得新婚之际,他和祝小鱼到西部旅行,曾指着莽莽苍苍的大山说:"我弥留之际,要来这里和群山告别。"当时祝小鱼捂住他的嘴巴:"不许你说这些话,我们要活很久,很久。"那时的他们,真是恩爱呀,仿佛对方就是自己的生命,不可替代。谁想到,那么恩爱的一对夫妻,会沦落到这个地步,天各一方,再也不能牵手。

宋杨累了,找了路边比较干净一块石头,坐在上面。雨后的石头湿漉漉的,屁股凉丝丝的,天空露出了蓝天,太阳投下灼热的光芒,高原的气候就是瞬息万变。在阳光的炙烤下,宋杨的身体有了温度,像一块冰在融化。他真希望傻子像神一样降临在他面前,将他带回到那条小河边,他想躺在老榆树下做梦,梦见祝小鱼,一起变成游鱼,如果真有机会,他会紧紧地跟着她,不让洪水将她冲走。

傻子并没有出现,他是荒野的精灵,不知游荡到哪里去了。

想到王矮子，想到张大强，不管王矮子做的包子多么好吃，不管张大强的业务水平有多高，破过多少案子，作为丈夫，他们的面目可憎。从他们身上，宋杨看到了自身的丑陋，某种意义上，他们是一路人，宋杨十分地揪心，祝小鱼走后，在许多长夜里，他扪心自问，和祝小鱼生活了那么几年，对得起那份爱情吗？正如祝小鱼说的那样，他根本就不知道什么是爱。

在通往西部的列车上，坐在宋杨前面的两个女人一直在说一个男人，她们都认识的一个男人，是她们闺蜜的丈夫。听着她们一路聊天，宋杨如坐针毡，几次都想中途下车，脑袋要爆裂，良心受到痛苦的折磨。

"之前，我一直劝朱芳和肖飞离婚，可是朱芳鬼迷心窍，她怎么能够容忍他，我都替她不值，气死人了。好在她终于下了决心，离开了他。"

"可是，朱芳一个铜板都没要，净身出户，这太便宜他了，公司是他们一起创建的，这些年，朱芳东跑西颠，为公司费尽了心血。她离开肖飞，一切都留给他了。他非但没有说一句良心话，或者主动分一些财产给朱芳，还要她到公证处立下字据，说她是主动放弃一切财产的。做人怎么可以如此无耻。"

"我理解朱芳，这些年来，她一直心存希望。你想想，他们当初是多么恩爱，让大家都十分羡慕，我们都以为她找到了可以托付终生的伴侣。没想到，不到一年，事情就发生了变化。那天晚上,肖飞对她动粗了。她跑到我家里哭,我都不知道怎么安慰她。你是知道我的脾气的,我拨通肖飞的电话,就是一通臭骂,当然,他没有听完我的话就挂了电话。我为什么不结婚,是因为我不相信男人,特别是某些中国男人,大都不懂爱。追求你的时候,什么手段都可以使出来,甚至给你下跪。当然,也会用一些从国外爱情电影里学来的桥段,比如每天给你送一束玫瑰花,比如每天守在公司门口等你下班,或者在你生日时给你一个意想不到的浪漫惊喜,等等。可是,只要追求到手,结婚后,一切都变了,所有的浪漫都消失了,他们追求的目的,是为了占有,而不是发自内心的爱。哪怕当时是真心爱恋,结婚后也会变质,当你成了他的妻子,他就觉得你是他的私有物品,连最起码的尊重都谈不上。婚姻出现问题,他们从来不从自身找问题,什么都是女人造成的。肖飞当初也是每天一束玫瑰花,把朱芳捧得像个幸福的公主,到头来还不是拳脚相向,原形毕露。那天晚上,我的确很生气,劝朱芳不能再和他生活下去了,动手一次,就会有第二次。第二天,她回去了,说着什么能走到一块不容易。"

"不过,肖飞后来还真没有打过她。"

"冷暴力比动拳头更加可怕。肖飞是个有心机的男人,他知道,再动手,真的会失去朱芳。他还要利用朱芳,朱芳多厉害呀,没有她,公司就难以为继,那时,公司刚刚起步,他离不开朱芳。公司稍微有点起色,他对朱芳的态度又不一样了。你还记得有一次,朱芳约我们出去吃饭,说肖飞已经三个月没有碰过她的身体了，她想要，他总是推三推四，后来干脆每天深夜回家，回来就倒床便睡，连一句话都不说，也不说去哪里了。我认为他在外面有女人了，你还不相信。"

"对的，我当时是不相信，他要有女人，干脆就不回家了，我还是太善良了。后来，朱芳发现他竟然藏着女人的蕾丝内裤，哭着喊着要和他离婚时，却发现有了身孕，我还觉得奇怪，他不是不和她上床了吗，怎么就怀上了。她哭着说，有一次公司拿下个大单，肖飞很高兴，奖励她，和她上了床。朱芳真的是鬼迷心窍呀，就这样，还相信他的鬼话，原谅了他。孩子生下来后，他又故态复萌，对她冷漠有加。"

"哪里等到孩子生下来呀。就在朱芳怀孕六个月的时候，他就带着外面的女人到处活动了，根本就不顾朱芳的死活。可怜的朱芳，还希望有了孩子后，他会有所改变，会对她另眼相看。"

……

她们的谈话，触动着宋杨的神经。

尽管他在外面没有女人，可是，她们说的那个叫肖飞的男人，难道就不是从前的自己吗？想到那些残忍对待祝小鱼的日日夜夜，宋杨羞愧难当，觉得自己死有余辜。他在一个西部县城，下了火车，然后搭乘长途汽车，莫名其妙地来到了榆树镇。

8

宋杨回到榆树镇时，已经入夜了。他刚刚走进榆树镇，就看到几个青壮年，举着火把，准备去寻找他。他们见到宋杨后，就各自回家了。二娘客栈的大门洞开。孙二娘坐在饭桌旁边看着一桌子菜发呆。驼子坐在厨房门外的小板凳上抽烟。宋杨跨过门槛，踏进客栈，驼子抬头就看见了他。驼子叽叽一笑，摁灭了烟头，站起来："我以为你死了。"

"我没死，你是不是很不开心？"宋杨冷冷地说。

驼子说："你说呢？"

孙二娘站起身，愣愣地看了宋杨一会，眼睛睁大了："你回来了——"

宋杨笑了笑："我回来了。"

驼子说："我说他会回来的吧，你不信，你以为他真的会死在野地里，野狼会掏空他的内脏？"

孙二娘说："滚，没有你说话的地方。"

驼子说："好，我闭嘴。"

孙二娘说："最好找针线把嘴巴缝上。"

驼子没再说话，进厨房去了。

孙二娘的眼睛又眯成了一条线："回来就好，回来就好。我还请人去找你，还担心找不到你，因为王矮子老婆把黄狗带走了。你要真死在野外，我就完了，张大强会以为我谋杀了你。"

宋杨说："刚才我碰见找我的人了，你不要担心，我不会死在这里的，也不想拖累你。"

孙二娘叹了口气："宋先生，你一定是饿了吧。来，来，坐着吃饭。"

饭桌上，摆着几盘小菜。宋杨也不推让，坐了下来。孙二娘坐在他对面，朝厨房方向喊了一声："驼子，把猪蹄端上来。"驼子默默地端着一大盆红烧猪蹄走出来，那盆热气腾腾的红烧猪蹄上桌后，驼子坐回到了小板凳上，低着头抽烟。猪蹄的香味勾起了宋杨的食欲，口舌生津，满嘴都是口水。孙二娘夹了块肉多的猪蹄放在他碗里，温柔地说："吃吧。"盛情难却，宋杨拿起筷子，夹起那块油亮的猪蹄，往嘴巴里送，咬下一口，满嘴香味，肥而不腻。孙二娘微笑地看着他吃，一动不动。吃完这块猪蹄，宋杨说："真香，这是我有生以来吃过的最好吃的红烧猪蹄。"孙二娘又挑了一块，夹起来，放进他的碗里。宋杨说："孙老板，你也吃。"孙二娘脸上的肉都在颤动："好，我也吃。"宋杨扭过头，对驼子说："你也来吃吧。"驼子头也不抬，吐出了一口浓烟。孙二娘说："不要管他，我们客栈有规矩，他是不能上桌和客人一起吃饭的，我们吃完了，他再吃，饿不着他的。"

宋杨低着头继续啃猪蹄。

孙二娘拍了一下脑门："哎哟，我怎么忘了这茬，你看我这记性，人老了，真的是不中用了。驼子，快把我房间柜子里的那瓶五粮液拿出来。"

宋杨说:"孙老板,不用了,我平常不喝酒的。"

孙二娘说:"我想喝点,你就陪我喝几杯吧。"

宋杨想了想:"也好,喝几杯。"

孙二娘见驼子没动,提高了声音:"驼子,你聋了,还不快去。"

驼子极不情愿地站起来,一摇三晃地走进后院,那排平房最靠右的那间房间是孙二娘的卧室。孙二娘说:"这驼子勤快,菜也烧得好吃,就是怪。宋先生,你可别见怪呀。"宋杨说:"怎么会。"不一会,驼子回到厅里,重重地把酒瓶放在桌子上。孙二娘说:"驼子,去把大门关上吧,不会有人来了。"驼子瓮声瓮气地说:"不会来查房了?"

"人都送回去了,查什么房。"孙二娘气呼呼地说。

驼子关好大门,坐回小板凳上去了,又点燃了一根烟。孙二娘倒了两杯酒,一杯放在自己面前,一杯放在宋杨面前。她端起酒杯:"宋先生,来,走一个。"说完,她咻溜一声就干了这杯酒,五官挤在一起,随着"哇"的一声后,脸才舒展开来。见宋杨没喝,她将空酒杯在宋杨眼前晃了晃:"我一个女人都干了,你怎么不动,快快,干了。"放下酒杯,她夹了一粒花生米,放进嘴巴里,咀嚼。宋杨皱着眉头,端起酒杯,咪了一点酒,咂巴着嘴巴。孙二娘乐了:"宋先生,你还是男人吗,一口喝了。来来来,我陪你干了这杯酒。"说着,她又往杯里倒满酒,端起来,和他碰了杯,两个瓷杯相碰的余音还没有消尽,那杯酒已经滚落进了孙二娘的胃里。宋杨有点豁出去的味道,闭着眼睛喝下了那杯酒，呛得他一阵猛咳。孙二娘被他的窘态惹得哈哈大笑，脸都扭曲了。驼子发出叽叽的笑声，像是老鼠的叫声。

宋杨好不容易恢复了常态："这酒太辣了。"

孙二娘说："这酒还辣，因为你，我才把藏了几年的好酒拿出来喝，真不识货。"

宋杨说："我真不喝酒。"

孙二娘说："怪不得弱不禁风，都是不喝酒闹的，男人不喝酒，筋骨不壮呀。"

宋杨说："谬论。"

孙二娘给他酒杯满上，又夹了块猪蹄放在他碗里："先吃点东西，再喝，今夜拿出男人的样子来。"

宋杨叹了口气："那我就舍命陪烈女了。"

孙二娘说："什么话，喝点小酒还用舍命。我们这里的男人，除了驼子，谁不会喝酒。酒量大得都吓死你，就说那王矮子，平常不怎么喝，喝起来两斤打不住，不过，这怂货有个坏毛病，喝完酒就欺负老婆，其实他打不过老婆，吃亏的是他自己，也挺可怜的。说起喝酒，就不能不提张大强，他当小刑警的时候，喜欢喝酒，破了案子，就要到我这里来喝酒，那时还没有开客栈，这里是个酒馆，我爹和我操持。他的酒量惊人，可能方圆百里，没有人能喝过他的。有天晚上，他抓了个毒贩，在我这里喝了两斤半老白干，突然又接到任务，他竟然还像个没事人一样出警，办完案子，回来继续喝。说实话，我鬼迷心窍，就是被他的酒量打动的，要不当初也不会嫁给他。"

说起张大强，孙二娘的眼睛放光，不过一会又黯淡下来："唉，我们是冤家，我前世一定是欠他的。我们恋爱，我爹发现后，劝我悬崖勒马，说我们没有好结果。我不相信。我妈死得早，我爹就我一个女儿，什么都由着我，我和他结婚，他也没有反对。结婚后，我的确提心吊胆，担心他出什么事，他出去执行任务，我都整夜睡不着觉，就是睡着了，也会在噩梦中惊醒，我总是梦见他血淋淋地站在我跟前，和我道别。当时想，这种担惊受怕的日子不知什么时候到头，我就提出来，让他辞职不要干了，回来一起经营小酒馆，过普通人平静的生活，踏实。他根本就不答应我的要求，说他喜欢做警察，这辈子也不会脱警服。于是，我们的冷战就开始了。吵吵闹闹两年多，什么感情都吵没有了。不过说句公道话，他还真从来没有动手打过我，他力气大呀，一巴掌就会拍晕我。我决意要和他离婚，是因为我爹咽气时，他都不在场，我爹重病，他都没有陪过完整的一天。唉，离婚后，我们就真的成仇人了。我也想过，是不是自己不对，应该支持他的工作，但是晚了，覆水难收。来，来，喝酒。"

驼子咳嗽了一声说："二娘年轻时是榆树镇的西施，不会比电视上的明星差，很多明星和她没法比。"

孙二娘笑了笑："驼子，别说了，那都是过去式了。"

宋杨说："我很好奇，你年轻的时候是什么样子的。"

驼子默默地站起来，走进后院。他重新出现在宋杨面前时，手中多了个相框，相框里镶着一张照片。宋杨接过来，眼睛直了，照片中的女子亭亭玉立，面容秀美，明眸皓齿，就是那朴素的衣裳，穿在她身上，也显得风情万种。宋杨目光在孙二娘脸上和照片之间不停地转换，喃喃："天哪，照片中的女人真的是你吗？"

孙二娘的脸红了，不知道是因为酒，还是羞涩："驼子，谁让你把我照片拿出来的，快放回去，快放回去，你再这样自作主张，我就不让你保管我房间的钥匙了。"

驼子没有说话，叽叽地笑了两声，从宋杨手中夺回相框，又进后院去了。

宋杨盯着孙二娘红扑扑的肥脸："孙老板，怪不得张大强当初会被你迷上，这下我信了。问个问题呀，是不是当初，很多人追求你呀？"

孙二娘喝了杯酒："那当然，我们小酒馆一到夜晚，都爆满，阿猫阿狗都来喝酒吃肉，就是想和我套近乎。有胆大的摸我屁股，会被我用一盆冷水从头浇下去。他也不恼，笑着离开，还扬言明天晚上还得来。我就对他说，你来欢迎，要是不管好你那狼爪子，我就要动刀子了。"

宋杨说："好厉害。"

驼子坐回小板凳上，又点燃了一根烟："她真敢动刀子。对过的王矮子，年轻时，也想占二娘的便宜，灌了几杯马尿，就动手动脚。二娘一刀劈过去，差点把他的耳朵劈了。吓得他落荒而逃，再不敢对二娘乱来了。不过，这家伙总是贼心不死，总是色眯眯地偷窥二娘。"

孙二娘说:"驼子,别乱说,我现在这样子,就是一头大肥猪,谁还想看我呀。你说说,宋先生,你会喜欢我吗?"

宋杨笑笑,没有表态,他原本苍白的脸,也变成了一块红布,那是酒精的作用。孙二娘说:"瞅瞅,瞅瞅,连宋先生都看不起我,驼子,你真的不要再乱说话了,你那张臭嘴,败人胃口。还是喝酒吧,来,宋先生,干了这杯。"宋杨举起酒杯,和她碰了一下,一口喝下,似乎喝顺了,酒也不辣了。驼子不言语了,低着头,不知道心里在琢磨什么。

宋杨说:"我没有看不起你,只是喜欢这两个字不能随便说的。我敬重你,但是还谈不上喜欢。我实话实说,你别见怪。"

孙二娘笑笑:"我都滚刀肉了,怎么会见怪,况且你也没有说得罪我的话。你说的没错,喜欢这两个字是不能乱说的,我认同,所以,我也不能说喜欢你。"

宋杨说:"有一个问题,我想不明白,你年轻时那么漂亮,怎么现在就成了这个模样?这变化也太大了,简直就变成了另外一个人,匪夷所思,就是现在,我也还半信半疑。"

孙二娘叹了口气说:"宋先生,你信命吗?"

"信。"宋杨也叹了口气,"不过,很多时候,和自己造孽有关。"

孙二娘说:"可是,我造了什么孽,离婚后不到两年,肾就出了问题。为了治疗肾病，几乎倾家荡产。而且人也变成了这个样子，有的时候，我对着镜子里的自己，真想一死了之。你理解我吗，宋先生？"

"理解。"宋杨说，"十分理解，这是人间悲剧。"

孙二娘抹了抹眼睛："唉，这还多亏了驼子。他是我恩人。他原先不在榆树镇，是城里人。我两个肾都坏掉了，长期的血透，我哪有那么多钱。如果能换个肾，就不用长期血透了。可是，换肾也要一大笔钱呀，我就是卖了小酒馆，也买不起一个肾。况且，就是有钱，要找个相匹配的肾，也比登天还难。我都不想活了，到头来，一无所有，还落下这种病。你说，我活着有什么意思。"

驼子站起身："别说了。"

他打开大门，一股风吹进来，宋杨的额头顿觉清凉，孙二娘的头发也被吹乱。驼子出门去了，关上了门。孙二娘说："他不想听，就让他出去吹吹风吧，一会他会回来的。"

宋杨说："是驼子给了你肾？"

孙二娘泪水流淌下来："是的，是他。他是好人哪。那天晚上，我是想去寻死，想找棵老榆树上吊。他就在后面跟着我。我从走出医院大门开始，他就跟着我。我正要上吊，他扑过来抱住了我的腰。我还以为他是坏人。就哭着对他说，我都要死的人了，你还想凌辱我。他气愤地说，你这个人好没有道理，我是来救你的，怎么是要凌辱你。我说，你让我死，我活不下去了。他说，死太容易了，我只要放手,你马上就可以去见阎王。我挣扎着,让他放手。他死死地抱着我,就是不放手。他说,妹子,你有什么难处,对我说,我要能帮你,就是要了我的命也会帮你。我说,我要你一颗肾,你能给我吗?他笑了,笑得十分难听。他说,能,我连命都可以给你,肾算什么。我说,你说的是真话?他说,那还有假吗,我就是不让你去死,你死了,一切都没有了,我的承诺又算什么,我珍惜你的生命!难道不是吗,有什么比生命更加重要的?我听了他的话,觉得他说的也在理,就说,你放开我吧,我不想死了。他又笑了,说,这才是我应该救的人。他放松了手,我转过身,对他说,如果你的肾和我不匹配,我再去死,你不要拦我。他说,我陪你一起死。我突然眼泪流出来,接着号啕大哭。几年来,没有人这样对我,没有人这样和我说让我心痛的话,他说了,那个夜晚,他是我的救命恩人,我服从了他。真的像是在梦境一样,我鬼使神差地跟他回了医院。神奇的是,他的肾竟然和我是相匹配的,他无偿地给了我一个肾,而且,用他多年的积蓄,给我付了手术费。在手术室里,我们各自躺在手术台上,麻醉之前,他对我笑了一下,他的笑容十分难看,但是我觉得他是天使。他说,等你醒来,一切都改变了,答应我,你要重新面对生活。我含泪点了点头,说,你是个傻子。他说,我愿意做个傻子,只要你活着。就这样,他给了我第二次生命。"

宋杨的泪水也流淌出来,像早晨的雨。

孙二娘说:"你一定会很奇怪,驼子为什么会跟着我。

我告诉你吧,他是医院的清洁工,那天晚上,他无所事事,就在医院里转悠,看到我魂不守舍的样子,就感觉我会出事,就一直跟在我身后。驼子吹嘘说,他会观相,看面相就知道人的生死。我不相信。但是,我的命的确是他给我的。奇怪的是,我出院后,他就辞了医院的工作,跟着我来到了榆树镇。他在医院的那份工作,还是一个远房亲戚给他找的。远房亲戚忧虑地对他说,你还是慎重考虑一下吧,失去了工作,你有可能会饿死的。驼子说,我反正孤独一人,死了就死了,无牵无挂,你就别担心了,我余生就在榆树镇过了,我心甘情愿做孙二娘的奴仆。远房亲戚觉得他不可理喻,就没有再劝他什么。我也孤独一人,就接纳了他,我们相依为命。"

9

宋杨很难想象,当初美如天仙的孙二娘变成了一个臃肿肥胖的妇人,身后跟着奇丑无比的驼子,回到榆树镇的情景是如何的令人震惊。小镇的人们,一定是走到街上,注视着他们,眼神各异,每个人心里都有不同的想法。

驼子刚来到榆树镇时,榆树镇的人实在是看不起这个貌似百无一用的驼子。有些人还故意给他使绊子,让他难堪。比如,驼子开了块荒地,种些菜。有人在通往菜地的必经之路上挖了个陷阱,看着驼子掉入陷阱,像乌龟一般老半天才爬出来,灰头土脸。驼子仿佛什么也没有发生,就是全镇人都和他作对,他也无所谓,他就当他们是荒漠里的一颗石子，或是一株小草，构不成威胁。

自从驼子挨了毒贩于一铭那一刀后，榆树镇的人才对他刮目相看，一个可以为他人舍命的人，不能不让大家敬重。

那是个深夜。后院孙二娘的房间里的灯还亮着。她搂着六岁的儿子张小南，张小南依偎在她怀里，眼泪汪汪。张小南说："妈，我想你，做梦都梦到你。我不知道为什么爸爸不让我来看你，我不喜欢在城里和爷爷奶奶一起，他们都说你的坏话。"孙二娘抚摸着儿子的头："小南，他们说我什么都没有关系，你要好好地跟他们在一起，无论如何，他们都是你的爷爷奶奶。明天妈妈送你回去，你这样偷跑过来，你爸爸和爷爷奶奶会着急的，他们又会怪罪我。"张小南说："我才不管，我就想和妈妈在一起。"孙二娘的泪水滴落在儿子头上，张小南哭出了声。孙二娘说："小南别哭，妈妈好好的，你不用担心。"张小南说："是妈妈先哭的，妈妈不哭我就不哭。"

一个黑影从屋顶跳到院子里。

黑影站在老柿子树下，风吹得树叶飒飒作响，一片叶子飘落在黑影面前，黑影微微晃动了一下。睡在前屋厅里行军床上的驼子睁开了眼睛，屏住呼吸，倾听后面院子里的动静。他轻手轻脚地爬下行军床，摸进厨房，拿起了一把菜刀。老柿子树下的黑影飘到孙二娘房间门口，飞起一脚，踹开了门。孙二娘惊恐地看着手里操着一把明晃晃利刃的彪形大汉。孙二娘紧紧地抱住儿子，瞪着眼睛说：

"你，你要干什么？"大汉冷冷地说："你就是张大强的前妻？这孩子就是张大强的宝贝儿子？"孙二娘吓得气都喘不过来："你，你不要过来。"大汉说："让孩子跟我走，只要张大强放了我兄弟，我就放了他。"孙二娘什么话都说不出来了，死死地抱着同样惊恐的儿子。

驼子打开了大门，大声喊："我们家进贼了，我们家进贼了——"

喊叫完，他就跑到后院，扑进了孙二娘的房间，站在了大汉和孙二娘母子中间。大汉冷笑："嘿嘿，一个驼子，看看，你拿菜刀的手都在发抖，敢和我拼？"驼子声音颤抖："你不能伤害女人和孩子。"

街上传来喊叫声和纷乱的脚步声。大汉的额头上冒出了汗珠："老子一不做二不休，全劈了你们。"说着，他举着利刃朝驼子扑过去。驼子手上的菜刀和大汉手中的利刃相碰在一起，菜刀当啷一声掉落在地上。驼子喊了声："二娘，保护好孩子。"大汉的利刃劈在了驼子的额头上，驼子扑倒在他脚下，不顾一切地伸出双手，死死地抱住了大汉的小腿。

大汉睁着血红的双眼，正要举起利刃，再次劈落，一声枪响，大汉扑倒在地上。张大强站在房门口，呆呆地看着床上的孙二娘母子，孙二娘也愣愣地看着他，张大强的嘴巴久久没有合上。

……

讲到这里，孙二娘抹了抹眼睛里的泪水。宋杨心里潮水翻滚，如果自己像驼子那样对待祝小鱼，她一定不会离开。他的眼中也流出了忏悔的泪。孙二娘说："从那以后，张大强就对我十分仇恨，只要小南来找我，他就会气得半死，觉得小南和我在一起太危险，他也不允许我去看小南。你来的那天晚上，小南的确来找我了。我把他藏在巷子里的吴嫂家里，吴嫂是我在榆树镇唯一可以说心里话的女人。唉，我也想通了，只要儿子好，见不见又如何呢，所以，下午我就送他回张大强那里了。"宋杨说："可是你还是舍不得儿子，你心里疼。"孙二娘说："心都烂了，能不疼吗。宋先生，我说的是自己的事，喝得有点多了，什么都说，别怪我啰唆。"

宋杨端起一杯酒，泪滴落到酒杯里，溅起一朵酒花。他喝下了这杯苦酒，凝视着孙二娘："驼子对你是真爱呀。"孙二娘说："他是我恩人，也是我的守护神，说到爱，我不懂，我也不知道自己爱不爱他，没有那种欲望。只要每天看着他，心里踏实就好了。"

宋杨说："可是，他有欲望吗？"

孙二娘摇了摇头："我不知道，也许我忽略了他的感受。"

宋杨说："从他看你的眼神中，我可以感觉到他内心的火焰，他也是男人，但是他克制了心里的那团火焰，他的心是一座活火山。"

孙二娘喝了杯酒："这酒真好。"

宋杨说："孙老板，你说，要是张大强得了绝症，你会同情他吗？"

孙二娘："他毕竟是小南的爸爸。"

宋杨的脸红得像火："如果他回心转意，要和你复合，你会考虑吗？"

孙二娘哀怨地说："那是不可能的，他恨死我了。"

宋杨讷讷："可是我不恨她，还爱着她，她怎么就走了呢，连我的忏悔都不愿意听，也听不到了。我做人真的很失败。"

孙二娘说："她是谁？"

宋杨说："祝小鱼。"

孙二娘笑了笑："很好听的名字，她是你什么人？"

宋杨说："曾经是我的妻子。"

孙二娘说："她去了哪里？"

宋杨说："澳大利亚。"

孙二娘说："那很远很远吧？"

宋杨说："在南半球。"

孙二娘说："你还那么爱她，为什么不去找她？"

宋杨泪水哗哗落下："她不会再回心转意了，不会再见我了，我怎么能够找到她，她真的就是一条鱼，潜入深海的鱼，我怎么也找不到了。我曾想漂洋过海去找她，一直下不了决心。现在，现在我不可能去找她了，我已经这个样子了，她更不会接纳我了，我也不想给她添麻烦，她应该有新的生活，有真正疼爱她的人，就像驼子对你一样，守着你，呵护着你，不离不弃，生死相依。"

孙二娘递过纸巾:"宋先生,你别哭,我特别害怕看到男人哭,心里难过。你到底怎么了?"

"我,我——"宋杨接过纸巾,擦了擦眼睛,也擦了擦脸上的泪水,"我,我得了绝症。"

孙二娘站起来,走到他身后,双手放在他肩膀上:"你不是醉话吧?"

宋杨哽咽,泪水又如雨滚落:"不,不是,我知道,我喝多了,头很痛。我不能喝酒的,喝了酒,头就更痛了。我,我得的是脑瘤,恶性的,晚期了。医生让我动手术。我说,动手术能够治好吗?医生说,没有人可以打包票,如果成功,可能多活几年,如果不成功,就很难说了。那天,我同病房里的一个病友,做完手术后,就再也没有醒来。当天晚上,我就出院,回了家。我对医院有种刻骨的恐惧感。出院时,我问医生,我还可以活多久。他说,最多半年。我觉得一切都没意义了,悄悄离开了上海。"

孙二娘说:"可怜的宋先生,年纪轻轻就得了这种病,祝小鱼的心也忒狠了,怎么样也该回来安慰安慰你呀。"

宋杨转过身,突然抱紧孙二娘的腰,头埋在她柔软的胸脯上,泣不成声:"不,不,不怪她,一切都是我的错,如果我对她好一点点,她也不会离开,我不是人,我死有余辜呀。"孙二娘抱着他的头,泪水落在他蓬乱枯槁的头发上,什么话也没说,这个善良的女人一时间也不知如何安慰这个伤心的男人,有些痛苦,虽说不能完全感同身受,却是会传染的。

门被推开了，风肆无忌惮地灌进来。驼子冷冷地看着他们，不知道发生了什么。他关上门，什么也没有说。驼子从角落里搬出折叠的行军床，打开，铺上被褥。孙二娘抱着宋杨的头，没有松手："驼子，你要睡了？你还没有吃饭呢。"驼子冷漠地说："累，心累，肚子里有股气，撑得很饱。"说完，就爬上行军床，罗锅对着孙二娘，蜷缩成一团。宋杨挣脱开孙二娘，眼泪汪汪地说："对不起，对不起，我喝多了。"他站起来，摇摇晃晃地朝后院走去。孙二娘站在那里，一动不动，石化了一般。

10

黑暗中，宋杨和衣躺在床上，感觉床边站着一个人。他伸出手，想抓住她，可是什么也抓不住。他嗫嚅地说："小鱼，你不是说一直在吗，小鱼。"没有人回应，空气仿佛在凝固，连同他的呼吸。泪水也已经干涸，像荒原中冬天的季节河。

门外传来脚步声。

还有说话的声音。

"驼子，对不起，我一直都没有在乎你的感受，宋先生说得对，你是男人，也会有欲望，我不能如此自私，只顾自己的感受，忽略了你。驼子，走，和我一起睡大床去。从今往后，我们就在一个被窝里睡觉，再不让你独自一人睡在厅里了。"

"二娘，有一件事，我一直没有说，怕你说我乘人之危，瞧不起我。不过，在进入你房间，和你同床共枕之前，我一定要说出来，否则我会不安。"

"傻瓜，你说呀，你说什么，我都接受，不会怪罪你，我的命都是你给的，还有什么比这更能体现你对我的情意。"

"那我说了。心里还是有障碍，很难说出口。可是，不说出来，我会更难受。我还是说了吧。很早以前，我来过榆树镇，那时我妈还没有死，带我去三河走亲戚，长途汽车停在榆树镇车站的时候，我趴在车窗上，看见了一个漂亮的姑娘，她扎着两条辫子，从汽车旁边走过。我当时真想伸出手，去摸她的辫子。我朝她一直傻笑，看着她的背影。她走着走着，突然回过头，朝我嫣然一笑。那一笑勾走了我的魂。我知道我这个鬼样子，这一生无法接近那美丽的姑娘，只能将那美好的瞬间埋在心里。榆树镇有个上车的人，我问他，那姑娘叫什么名字。他说，她的名字叫孙雪萍。那人说，你问孙雪萍的名字做啥，是不是想找她当媳妇。车上的人都笑了，我羞愧得低下了头。我妈紧紧地握着我的手，她粗糙的手硌痛了我，我没有挣扎，她是我慈爱的母亲。她轻声在我耳边说，孩子，不要在乎别人的嘲笑，你在我心里，是最优秀的人，孩子，放心，只要妈妈活着，一定会给你找个媳妇的，我要让她披红挂彩地嫁入我们家里，你会成为光鲜的新郎。当时，我是多么相信母亲的话，她从来说一不二。我还想，母亲嘴里那个披红挂彩嫁入我们家的新娘，就是那个叫孙雪萍的美丽姑娘。"

"孙雪萍是谁？"

"是你呀。"

"哎哟，你看看，你看看，我连自个的真名都忘了。要死，你这个坏驼子，原来早就心怀不轨呀，怪不得肯捐肾给我。你这个大阴谋家，滚回你的行军床上去，老娘不伺候你了。"

"唉，我说嘛，早知这样，我不说出来，烂在肚子里就好了。有些话还真的是不能说哇。得，我回行军床上去，反正都睡这么多年了，习惯了，说不定和你一起睡还膈应人呢。"

"死驼子，还来劲了，说你胖你就喘。告诉你，你要是胆敢回行军床上睡，明天一早你就给我卷铺盖走人，走得越远越好。"

"我的姑奶奶，小声点，别吵着宋先生。"

"宋先生孤苦伶仃，让人心疼。你以后对人家好点，少挤对人家。"

"看看，又母性泛滥了，你去陪他睡好了。"

"这是你说的，我真去了。他也的确需要温暖。"

"你敢——"

……

脚步声和说话声消失，万籁俱寂。

宋杨在黑暗中露出了笑容，那是悲悯的笑容，他心里真诚地祝福驼子和孙二娘，他们也是尘世间卑微之人，愿他们的余生少点悲苦，多些幸福。悲悯使人内心宁静。宋杨在迷迷糊糊中进入了梦乡。

在梦中，宋杨回到了过去，一切仿佛都从头来过。他是乘坐时光机回到过去岁月的。那时，祝小鱼拖着沉重的旅行箱，走到门口时，回头望了望他，目光里充满了哀怨。宋杨接触到她的目光，心被触动了，站起来，扑过去，拉住了她冰凉的小手："小鱼，不要走。"祝小鱼淡淡地说："我留下来干什么，遭你的冷漠和猜忌？继续过没有温度的死寂生活？"宋杨说："我错了，求求你，不要抛下我。"祝小鱼扯开手："你不会改变的，我也不想改变你，我们的路已经走到了头，留下来也是相互折磨，没有意义。让我走吧，我们都会有更好的生活。"宋杨激动地说："我离不开你，离开你我会死的，我已经经历过死亡的考验了，我爱你，我发誓，不会再让你难过。"祝小鱼说："发誓有什么用。"宋杨说："我将我的心挖出来给你看，它还是为你跳动的。"说着，他的手变成了一把锋利的刀，插进心房，将一颗有节奏跳动的心掏了出来，双手捧在她面前。祝小鱼流下了泪水："宋杨，我不要你如此残忍，我要的是真爱和理解以及尊重。"她帮他将心塞回胸膛。找来了针线，将伤口一针一针地缝起来。在缝针的过程中，宋杨觉得爱情在一点一滴地回归，幸福感充满了整个世界……

一泡尿将他的美梦破灭，他还是孤独地存在于漆黑的房间里，口干舌燥。起床，打亮灯，走向卫生间。卫生间里还是那股难闻的异味，不过他已适应了，不觉得有多么难以忍受。上完厕所,他觉得整个人清爽了许多。喝了几口水龙头里的水,回到床上,干瞪着眼睛,怎么也无法入眠了。他突然有种逃离榆树镇的念头。是的,他也该上路了,没有一个地方是久留之地,他是天地间的过客,来去匆匆。

一个重大的问题摆在面前,他该往何处去。

这时,他听到有人在敲击窗门。他拉开窗帘,发现窗外站着一个人。他在薄明的天光中,像个天使。宋杨推开窗门,惊喜地说:"你怎么在这里?"傻子擦了擦鼻涕,笑着说:"你是不是要走了?"宋杨惊讶地说:"你怎么知道我要走了?"傻子指了指远方:"是乌鸦告诉我的。"宋杨讷讷:"乌鸦?"傻子点了点头。宋杨说:"告诉我,我该到哪里去?乌鸦有没有对你说?"傻子挠了挠头:"到你该去的地方。"宋杨说:"是乌鸦说的?"傻子连连点头。宋杨说:"你能带我走吗?"傻子点了点头:"我也想和你走。"宋杨做出了重要的决定:"好,我们一起上路,你到客栈门口等我,我一会就出来。"傻子哇地叫了声,欢快地跑开了。宋杨看了看窗外的天色,天很快就要大亮了,他要赶在天亮之前离开客栈,离开榆树镇,他已不忍再向任何人告别,告别是世间最痛苦的事情。

宋杨收拾好行李,又将床铺好,他有个习惯,住在哪里,走时都要将房间整理干净。很快地做好了该做的事情,他背起背包,轻轻地打开房门,又轻轻地关上房门,不想吵醒驼子和孙二娘,甚至不惊动在某个角落里提心吊胆的老鼠。他站在老柿子树下，一丝风也没有，树叶沉默着，似乎还在沉睡。突然，一只乌鸦叫唤了一声，从老柿子树上扑棱棱地飞起，在天空中掠远。宋杨有些吃惊，注视了一会孙二娘的房门，发现房间里没有什么动静，心里说："二娘，驼子，我走了，你们一定要幸福。"此时的驼子和孙二娘，是不是相互搂抱在一起，他们的呼吸也连成一片。宋杨有种莫名的感动，他们是世界上最幸福的人，最起码在这一刻是。他又感觉到自身的凄凉，可是，无论如何，他在梦中已经和祝小鱼达成了和解，不管祝小鱼能否感受得到。他还是有种淳朴的愿望，希望祝小鱼不再忧伤，不再怨恨，而是活在阳光下，不管她和谁在一起。

他默默地走到前屋，打开了客栈的大门，又轻轻地将大门关上。傻子站在街的中央，榆树镇一片寂静，在等待新的一天的苏醒。在朦胧的天光中，宋杨走到傻子跟前，拉起他的手，往镇子外面走去。那时，天上的星星还在闪耀，荒原上所有的骆驼刺还在沉默，在等待阳光的普照，等待另外一场雨水的滋润。

2018年11月20日完稿于海口白沙门

（发表于《福建文学》2019年第2期）

荒原：三个故事

艾米莉

绿松石湾的海滩，潮水一次次在沙滩上留下白色的泡沫，周而复始，永不停息，无论涨潮还是退潮。这是西澳大利亚的北端，虽说是冬季，还是阳光灼人，仿佛空气在燃烧。午后，海滩上的人不是很多，浅海里有些浮潜的人，他们也是一尾尾游鱼，自由舒展。据说，这里的海底世界不输大堡礁，不过没有大堡礁出名。朱丽叶头上戴着遮阳帽，披着红色的纱丽，穿着连体的蓝色泳装，坐在沙滩上。太阳镜遮住了她的双眼，伸直的两条长腿白而光洁，涂成抹茶绿的脚趾甲，使得纤细的双脚生动性感。

朱丽叶也想下海去浮潜，也想变成一条游鱼，海底世界的精彩纷呈是一方面，更重要的是，她要找到一种新的感觉，区别于以往污泥浊水般的生活，这也是她独自来西澳自驾游的最初想法。朱丽叶的浮潜装备是从上海带来的，当时收拾行李的时候，考虑了半天，要不要带这些东西。最终，她还是将面镜、呼吸管和脚蹼装在一个防水袋里，放进了行李箱。章可凡坐在沙发上一言不发，只是冷笑，目光粘在手中翻开的杂志上，朱丽叶觉得他那样子十分滑稽，杂志都拿反了。浮潜设备是章可凡买的，是最好的那种，有一次他们去泰国时置办的，那时他们的感情还尚好。章可凡喜欢买最好的物品，却不会珍惜最好的感情，这是他的弱点。

朱丽叶自言自语："想他干什么，好好享受阳光沙滩和海风吧。"

一条小狗跑过来，站在她前面，像个孩子般好奇地看着她。这是条黄色的柯基犬，脖子以下，以及腹部和四条短腿上，都是白色的毛，狗脸黄白相间，直立的耳朵，卵圆形的棕褐色眼睛被暗黑色的眼圈包围，鼻子和嘴巴十分紧凑优美。朱丽叶见到它，就喜欢上了，伸出双手，做出让它过来的手势。

二十米开外，两个白人老人，一男一女，坐在沙滩上。老头的秃顶，在阳光下发出亮光。老太太还有浓密的头发，不过已经全白，像是雪山的顶峰。他们在说着什么。老太太朝朱丽叶这边望过来，叫唤了一声："艾米莉——"朱丽叶心想，她是不是认错人了，自己不叫艾米莉呀。小狗听到叫唤，扭动着屁股，朝老人的方向跑过去，朱丽叶笑了，原来是狗儿的名字叫艾米莉。

朱丽叶的目光被吸引过去。

艾米莉跑到老太太跟前，老太太抱起它，轻轻地抚摸着它背上的黄毛，艾米莉伸出舌头，舔了舔老太太的脸。老头和老太太说了些什么。老太太放下艾米莉，艾米莉又在沙滩上奔跑起来。老太太背对着蓝天，趴在垫布上。老头跪在她身边，给她身上涂防晒霜。那双大手轻轻地在她皱巴巴的皮肤上摩挲，从耳朵到脖子，又从脖子到背部，再从背部到腰，然后大腿一直到脚踝。老头的摩挲充满耐心和爱意，笑着和她说着什么，老太太不时抬起头来，转过脸，微笑着和他说话。涂完背后，老太太翻过身，老头的双手继续在她的皮肤上摩挲，从脖子到肩膀，两条胳膊，甚至连每个手指都不放过，然后是胸部、肚子，到大腿，顺着大腿到小腿，一直到每个脚趾。老头专注而专业，他每个动作，都像是对待一件珍贵的宝物，也许，他给老太太抹了一生的防晒霜，一点点厌倦之感都没有。

那情景让朱丽叶无端感动，世界变得美好，温情脉脉。

艾米莉又跑回他们面前，老头摸了摸它的头，它就坐在一边，看着他们。

老太太让老头趴在了垫布上，她也跪了下来，给老头涂防晒霜。她的脸上保持着自然的微笑，平静，温存。她的手在老头发红的背上摩挲着，比老头要更加的细腻，连一个细小的毛孔都必须涂抹到。老头身材高大，从身上隆起的肌肉可以想象他年轻时的健壮和有力，金黄色的体毛在老太太的抚摸下，愈发旺盛。

朱丽叶的目光痴迷，她陷入了某种真空之中，仿佛从以往庸常无奈的生活中剥离开来，变成了一缕海风，或者是一束穿透时空的阳光。直到那两个老人戴好了浮潜的面镜和呼吸管，走到海边，穿上脚蹼，相互搀扶着进入碧蓝的海水，朱丽叶才从迷幻的境地走出来，清晰地感觉到自身的孤独存在，心头涌起淡淡的感伤和对某种事物不可企及的懊丧。

朱丽叶不能沉浸在不良情绪的泥淖中，这不是她飞越重洋来到西澳寻找的感受，她要的是像只鸟儿自由飞翔，哪怕时间短暂。放空自己的心身，才能获得继续生活下去的信心。朱丽叶站起身，伸了个懒腰。她的目光又落在了艾米莉身上，可爱的小狗让她内心柔软。

艾米莉站在水边，往海里眺望。朱丽叶已经找不到那两个老人了，他们已经混迹于浮潜的人之间，他们的脸都贴在海水里，分辨不清谁是谁。艾米莉能够分辨出它的主人吗？艾米莉突然叫了几声，跑进浅水之中，像是发现了什么。朱丽叶拿起面镜、呼吸管和脚蹼，走到了水边。艾米莉是发现了一条魔鬼鱼，它想去抓住它，可是魔鬼鱼很快地游走了，艾米莉心有不甘，又朝大海叫唤了几声。潮水涌过来，打湿了它的皮毛，艾米莉赶紧回到了沙滩上。朱丽叶笑着对它说："艾米莉，你捉不到魔鬼鱼的。"艾米莉似乎听懂了她的话，转过身跑了起来，在沙滩上撒着欢，像是一个淘气的孩子。

朱丽叶的双脚踏进了浅水，海水还是有点凉，她迟疑着，要不要下水，一个人下水，还是有点恐惧。在珊瑚湾的时候，她下了海，那是她来西澳第一次下海。那里的海水要比这里凉，入海时，浑身的皮肤缩紧，身体全部泡进海水，慢慢地适应了。她被美丽的海底世界吸引，随着洋流漂动，头也不抬。漂远了，她才发现那片海域只剩自己。朱丽叶产生了恐慌情绪，拼命地往岸边游。费了好大的功夫，才游回浅水地带。她躺在沙滩上，大口地喘息。朱丽叶想，绿松石湾海域的洋流要比珊瑚湾大吧，如果被洋流裹挟，漂到深海，那就麻烦了。身边没有一个可以提醒她的同伴，很可能就被海底世界的美景诱惑，漂远了都不知道。朱丽叶缩回了双脚，回到了沙滩上。

她的目光寻找着艾米莉，可它不见了踪影。

朱丽叶躺在柔软的沙子上，用遮阳帽盖住了脸。在沙滩上安稳地睡一会，也无比惬意，海风、阳光、涛声……让她心灵静谧。朱丽叶在极度放松的状态中，沉沉地进入了梦乡。这的确是个白日梦。梦境里，一个面目模糊的男人，穿着黑色的泳裤，裸露着上身和整个腿部，在她耳边呢喃。她听不清楚他在说些什么，可以感受到那是甜言蜜语。他的身体年轻，健康，她想伸手去触摸他排列整齐的八块腹肌。朱丽叶贪婪地呼吸从他肤肌散发出来的雄性气息，有些灼人，但很受用。她想问他，你是谁？朱丽叶没有开口，而是闭上了眼睛，希望他不要那么快离开。男人试探地抚摸了她的头发，见她没有拒绝，就轻轻地摩挲她的手臂，肩膀，还有她的肚子……男人的手温暖而粗糙，她喜欢那种粗糙，和她细腻柔滑的皮肤产生奇妙的反应。男人充满了爱意，像海风，又像骄阳，她甚至产生了某种饥渴，身体沉睡已久的某个部位被唤醒，渐渐地湿润，就像潮水漫过的沙地。朱丽叶不是特别大胆的女人，羞涩感使她不敢发出销魂的呻吟，那种暗示会让男人疯狂，可她内心又期待他的强暴，一如暴风雨席卷大地。

春梦短暂。

朱丽叶是被老太太的叫唤声吵醒的。醒来后，太阳西斜，她的脸发烫，眼神迷离，生怕被别人窥破了刚刚结束的梦境。

老太太浑身湿漉漉的，大声地喊叫："艾米莉，艾米莉——"

她的神情十分焦虑。

老头和她说了些什么，像是安慰她的话，他比较平静。说完话，老头就跑到另外一边去寻找艾米莉。

艾米莉不见了，朱丽叶的心也提了起来。朱丽叶理解老太太的心情，她以前也养过小狗，失去小狗，无疑是失去了孩子一样，那种不舍带来的痛苦，钝刀子般割着心脏。

老太太惊惶地跑到朱丽叶面前，问："女士，你看见艾米莉了吗？就是那条柯基犬，来过你这里的。"

朱丽叶微笑着说："太太，我没有看见，刚才我睡着了。之前，我见到它在沙滩上跑，喏，就是那边。后来就没有看到了。"她的英文水平还不错，对话、阅读都没有问题。

老太太的目光顺着朱丽叶手指的方向望过去，那是和老头反方向的那片沙滩，一个人都没有，也没有艾米莉的踪迹。老太太勉强笑了笑："谢谢你。"说完就步履蹒跚地朝那片沙滩走去，边走边喊着小狗的名字。朱丽叶希望老头和老太太找到艾米莉,他们应该快乐安详。

从海里走过来一个人。

那是个年轻的白人男子,一头金黄色的头发湿漉漉的,手中拿着浮潜用的东西,面镜在阳光下闪闪发亮。他看见了朱丽叶,朝她走来。朱丽叶见过这个年轻人,还不止一次,他的名字叫琼斯。琼斯走到她面前,笑了,露出洁白整齐的牙齿:"嗨,朱丽叶,又见到你了。"朱丽叶目光落在他浓密的胸毛上,慌乱避开,脸发烫,笑着说:"嗨,琼斯,你好。"琼斯说:"怎么不下海,海底的珊瑚美极了,还有很多鱼,各种各样的鱼。"朱丽叶说:"今天不想下海。琼斯,你的伙伴呢?"琼斯说:"他有急事先回珀斯了,现在,我也是一个人了。"

那次超车,琼斯在朱丽叶脑海里加深了印象。那是快到粉红湖的路上。前面一辆皮卡开得很慢,朱丽叶几次想超车,都没有超过去。皮卡司机像是故意不让她超车。朱丽叶心里有些不开心,到了可以超车的路段,猛摁喇叭,加速冲了过去。这次终于超车成功,朱丽叶心里呼出了口气。到了粉红湖,朱丽叶停好车,准备下到湖边,皮卡车也开过来了。因为超车的事情,朱丽叶有点尴尬,从皮卡车上下来两个年轻高大的白人小伙子,他们朝她笑了笑,很阳光的样子。那其中的一个小伙子,就是琼斯。朱丽叶也朝他们笑笑,松弛下来,她的担心是多余的。记得在珀斯的时候,宋琦说过,西澳的人还是蛮友好的。朱丽叶相信了她的话。在粉红湖,朱丽叶并没有和他们说话,也不知道他们是谁。

过了两天,朱丽叶和琼斯他们又遇见了。那天早上,微雨,天地一片空蒙,海边的卡尔巴里小镇风大,街上看不到人。朱丽叶离开旅馆,找到加油站,给车子加满了油。然后到超市买了面包和热咖啡,站在超市门口,慢条斯理地吃着早点,风吹拂着她的头发。填饱了肚子,朱丽叶驱车进入卡尔巴里国家公园。像西澳的大部分国家公园一样,卡尔巴里国家公园也拥有一望无际的荒原,荒原上长满了低矮的灌木,澳洲的那些动物们就藏在灌木丛中。她要去的地方是荒原深处的自然之窗景点。这是条新修建的柏油路,路两边的野地里,灌木间的空地上,开满了成片成片的野花,有黄色的花,白色的花,紫色的花,这是一条野花之路,朱丽叶的心情爽朗起来,尽管天公不作美。那些野花是当地的一种多肉植物,每年春天来时,就会开花。突然从灌木丛中闯出一只像鸵鸟的动物,在公路上奔跑起来。朱丽叶知道,这是澳大利亚的国鸟鸸鹋,也被称为尤加利鸟或澳洲鸵鸟,不过它比鸵鸟漂亮多了,它在公路上奔跑的样子婀娜多姿,在灰蒙蒙的雨中显得十分惊艳。朱丽叶放慢车速,跟着它跑了一段之后,它就跑进灌木丛中,消失了。一路上,车辆极少,快到自然之窗了,才看到前面有一辆皮卡,那就是琼斯他们的皮卡。朱丽叶没有超车,跟着皮卡车,缓慢行驶,皮卡车闪着尾灯,示意她超车,她也没有超,一直到自然之窗的停车场。朱丽叶没有理会他们,站在高处眺望,广袤的荒野让她的心胸无比开阔。

通向自然之窗的小路蜿蜒如蛇，毛毛雨打在脸上，微痒，湿润，她喜欢这种感觉。游人很少，也就是十几个人，到了自然之窗才发现有这么些人，他们比朱丽叶更早到达。自然之窗就是由突兀在山顶上的土红色嶙峋怪石组成，峭壁之下，是一条闪亮的河流，如果在蓝天丽日下，河流会呈现更美的景致。攀爬一段险峻的峭壁时，朱丽叶踩到一块松动的石头，脚一滑，身体趴倒在岩石上，也要往下滑。那块石头滚落到悬崖底下，无声无息，那可是万丈悬崖。就在这节骨眼上，后面的琼斯不顾一切地扑过来，一把抓住了她的衣服。朱丽叶吓得脸色煞白，缩在那里，两腿打战。她对琼斯喃喃道："谢谢你。"琼斯笑笑："不怕，不怕，你已经安全了。"朱丽叶惊魂未定："能帮助我回到上面吗？"琼斯说："为什么要回去，往前走几步，就可以看到自然之窗了，你来这里，难道不是为了看自然之窗吗？"朱丽叶错乱地点了点头。琼斯伸出手："来，拉着我的手，我带你过去。"朱丽叶说："可以吗？"琼斯认真地说："当然可以，来，勇敢一点。"朱丽叶伸出了手，紧紧握住温暖有力的大手。自然之窗就是峭壁上穿透石头的一个天然的洞洞，从洞洞上看出去，河流旷野，像幅优美的油画。人们都在自然之窗前面留影，朱丽叶把手机递给琼斯，让他帮助拍了张照片，照片中的她脸色恢复了红润。拍完照片，琼斯告诉了她自己的名字，她也说："我叫朱丽叶。"但他们没有留下联系方式，也没有过多的言语，尔后，各自玩耍，像什么也没有发生过，朱丽叶对他还是心存感激。

朱丽叶见到琼斯，像是碰到了老朋友，心里有些激动，和他聊了会，知道他也住在埃克斯茅斯镇上，心里突然有种莫名的安全感。朱丽叶看到了老太太，她没有找到艾米莉，失魂落魄的样子，海风吹乱了她的白发。朱丽叶幽幽地说："她要找不到艾米莉，那会怎么样？"琼斯说："什么？艾米莉？"朱丽叶说："艾米莉是条小狗，现在不见了。"琼斯正要说什么，老太太走过来，声音颤抖："你看见艾米莉了吗？"朱丽叶想，她碰到谁，都会说这句话。琼斯说："我没有看见艾米莉。"老太太朝老头走去，老头也无功而返，正朝她走过来。他们会合在一起，老头抱住她的肩膀，安慰着她，老太太没有说话，依偎在他怀里，背脊微微颤动，显然，她是在哭泣。

琼斯说："你见过艾米莉吗？"

朱丽叶说："见过，我最后看见它的时候，它在那边的沙滩上奔跑。"

琼斯说："也许是跑到荒原上去了。"

朱丽叶扭过头，望了望身后茫茫的荒野，荒野被低矮的灌木覆盖，更远处是大片大片的骆驼刺。这里的荒原，比卡尔巴里国家公园更加荒凉，过了南回归线往北走，就是一望无际的荒漠，荒漠上林立着大大小小碉堡一般的土堆，那是蚂蚁的城堡。朱丽叶说："也许真的是跑到灌木丛中了。"

琼斯微笑着说："我有个提议，我们是不是去帮助他们找艾米莉？"

朱丽叶愉快地响应他的提议："好呀，好呀。"

琼斯和朱丽叶来到了他们面前。琼斯说对老头说："先生，我们一起到荒原上去找找吧，兴许艾米莉正在和袋鼠捉迷藏呢。"老头笑了，替老太太擦了擦脸上的泪水："这位年轻人说得有道理，我们的艾米莉正在和袋鼠捉迷藏，我们要不要加入它们的游戏？"老太太点了点头，眉头舒展了许多。朱丽叶说："太太，我们会找到艾米莉的，它不会离开你们，因为你们爱它。"老太太脸上露出了笑容，看她的眼睛和脸的轮廓，年轻时一定是个大美女。她的声音里充满了感激："谢谢，谢谢。"

这时，沙滩上的人们三三两两地走过来，还有些人是刚刚从海里上岸的，听说了此事，也集拢过来。这些人加起来，也不过是二十来人，有老人，有年轻人，有孩子，有男有女。大家都没有袖手旁观，一起帮助老人找艾米莉。人们分散开来，离开沙滩，走向荒野。朱丽叶和琼斯一起，穿行在低矮灌木的间隙，可以看到各种各样的野草野花，比如常见的澳大利亚土豆，叶子是小提琴的形状，上面有一层白白的霜一样的绒毛，正是开花的季节，紫色的花瓣，黄色的花蕊。这种植物丛丛簇簇，到处都是。琼斯说，这种植物结的果子像土豆，所以才被称为澳大利亚土豆。朱丽叶的目光搜寻着，渴望艾米莉闯进自己的眼帘，漫不经心地说："这土豆能吃吗？"琼斯说："有些能吃，有些不能吃，有毒。"

在搜寻的过程中，琼斯还告诉她，这里的灌木其实也是尤加利树的一种，荒漠里干旱，泥土贫瘠，它们就长得低矮。朱丽叶眼睛一亮，指着灌木丛中说："琼斯，你看，你看——"他们赶紧走过去。朱丽叶沮丧极了，以为是艾米莉伏在草里，原来是一块石头。琼斯也无奈地摇了摇头。有些地方灌木丛茂密，人根本就进不去。他们就弯下腰，透过缝隙寻找，喊着小狗的名字。

不小心，灌木的枝条刮伤了朱丽叶的小腿，白嫩的皮肤起了道血痕。

朱丽叶痛得龇牙咧嘴。

琼斯关切地说："我带了药，到停车场去，我帮你包扎。"

朱丽叶笑了笑："就当时痛一下，这点伤无伤大雅。"

琼斯说："朱丽叶，你是个勇敢的女人。"

朱丽叶说："其实我胆小如鼠。"

琼斯说："为什么？"

朱丽叶说："你对我献殷勤的时候，我就特别害怕。"

琼斯笑了，牙齿雪白："你别误会，别误会，我不是想泡你。"

朱丽叶笑出了声，觉得他就是个大男孩。

一只袋鼠，立在不远处，审视着他们。琼斯发现了它，轻声说："朱丽叶，袋鼠。"朱丽叶说："在哪里？"琼斯指了指袋鼠。朱丽叶说："看见了。"他们往前搜寻，那只袋鼠飞奔而去。琼斯说："这里很多袋鼠，到了黄昏，它们都会跑出来。"朱丽叶说："我知道，一早一晚，袋鼠喜欢横穿公路，所以我几乎不在晚上开车，怕撞到它们。"琼斯说："对，对。"朱丽叶想了想说："琼斯，你说艾米莉真的会去追赶袋鼠吗？"琼斯笑了："不能排除这个可能。"

他们找了很久，都没有找到艾米莉。

一直到黄昏，太阳西沉。人们陆陆续续回到沙滩上，拿着自己的东西离开。每个人走时，都到老头老太太面前，安慰他们几句。琼斯也走了，走时还问朱丽叶脚上的伤要不要处理。朱丽叶说："谢谢，不用了，拜拜。"琼斯走后，朱丽叶心里有些失落。老头老太太没有走，他们坐在沙滩上，相互依偎，等待着艾米莉。停车场传来汽车开走的声音，不一会就寂静下来。朱丽叶没有离开。她默默地坐在一旁，陪伴着这对老人。黄昏的海风凉了，甚至有点冷。朱丽叶来到停车场，取了件外套穿上。她迎着海风回到沙滩上时，太阳正沉落海底，西天一片火红。那两个老人面对着大海，紧紧地搂抱在一起。他们的背影是暗色的，却那么温暖人心。这一幕令朱丽叶热泪盈眶。

她轻轻地走过去，坐在沙滩上，没有发出一点声音，生怕打扰他们。

潮水有节奏地涨落，给等待的老人伴奏。天色渐渐地暗下来，星星也开始在天空闪现，像有无数的眼睛，在凝视着沙滩上那对默默相守的老人，星星投下的微光，也像是在给艾米莉指路，让它尽快地回到老人身边。

泪水从朱丽叶眼中滚落，冰凉地滑过脸颊。

假如她养的小狗丢失了，章可凡会像那个老头一样陪她等待吗？正确的回答是，不会。章可凡甚至会不停地责备她，怪她自己不好好看住小狗，还会责备她，说海风吹得难受，为什么要在这里等待，甚至会发火，丢下她，怒气冲冲地离去。朱丽叶领略过他的粗暴和不耐烦。她以前的确养过一条吉娃娃，那是婚后不久。章可凡并不喜欢小狗，起初还是装出一副喜欢小狗的样子，也就是逗逗小狗，至于给小狗洗澡什么的，他躲得远远的。章可凡也陪过她几次，去遛狗，之后就各种借口不陪了。朱丽叶也没有强求他非要喜欢小狗，只要有爱，他管不管小狗都不重要。问题是，得到她之后，章可凡的一切毛病都渐渐地暴露出来。朱丽叶想，两个人生活在一起，总是有个磨合的过程，对于他的一些问题选择谅解和包容。比如，醉酒回家后撒酒疯，只要他喝酒回家，她就抱着小狗躲到小房间里去睡觉，尽量避免和他发生冲突；他有时会猛拍小房间的门，吼叫："我在你眼里算什么东西，连一条小狗也不如，不就是喝点酒吗，你就如此嫌弃我！"朱丽叶那个时候会觉得他面目可憎，不可理喻，却没有反驳，默不出声。第二天早上，他会向她道歉，朱丽叶只是淡淡一笑，安置好小狗，随便吃点东西，上班去了。让朱丽叶感到绝望的是，她心爱的吉娃娃有天走丢了，她伤心的时候，章可凡非但没有安慰她，而是开了瓶威士忌，得意洋洋地喝酒。朱丽叶身心都充满了寒意，浑身发抖。章可凡还嘲讽她："不就是一条小狗吗，丢就丢了，又不是你儿子。"朱丽叶哽咽地说："它就是我的儿子，就是我的儿子。"章可凡冷笑："它是你儿子，可我不是它爹。"朱丽叶一怒之下，回娘家去了。母亲劝她："可凡不喜欢狗，你非要养条狗，夫妻要相互尊重，不能因为一条小狗，影响了夫妻关系。"她无语。朱丽叶一直认为，章可凡要是去当演员，一定能红，能拿奥斯卡奖，他太会演戏了。他来到朱丽叶娘家，一把鼻涕一把泪地认错，就差点下跪了，还说要给她买条小狗。父母亲就劝她回去，朱丽叶想了想，还是跟他回家了。回家后，章可凡洗洗就睡了，一句话也没说，冷漠极了。有几次，朱丽叶想再买条小狗，最终没有下定那个决心，她也没有想过要孩子。

想到伤心事，朱丽叶浑身冰凉，沉浸在冰窟里。

老人还是在那里等待，他们能等回艾米莉吗？朱丽叶想。她想离开这个海滩，回小镇上去，却心疼这两个老人，坚持在这里守着他们，仿佛自己也在等待什么。时间在海风的呼啸中流逝，朱丽叶越来越冷，老人是不是也很冷？不，他们和她不一样，他们可以互相取暖，而她是孤独的，是这个星球上最孤独的人。就在这时，有车灯从远处照射过来。

她站起，转过身，往远处眺望。

两道光束强烈地撕破黑夜的黑，朝海滩这个方向移动过来，越来越近。老人也站起来，望着那辆驶过来的汽车。老太太喃喃地呼唤："艾米莉，艾米莉——"

朱丽叶也轻声说："艾米莉，艾米莉——"

车停了下来，车灯没有熄灭。

他们都听到了狗的叫声。

老太太跌跌撞撞地朝汽车奔跑过去。

老头跟在后面。

朱丽叶也跑过去。

老太太和艾米莉在中途相遇了。她蹲下身子,抱住了艾米莉,亲吻着艾米莉。老头站在老太太面前,什么话也没有说,脸上露出了松弛的笑容。朱丽叶看着这一幕,百感交集,泪水又流淌下来,她不晓得自己有多长时间没有流泪了,此刻觉得自己的心还是活的,还没有变成铁石。那边,车灯前,站着两个人,一个是中等个子的白人男子,一个是挂着拐杖的小姑娘,她的裙摆在风中飞扬。他们默默地注视着老人与狗,笑容满面。

拐　杖

那个中等个子的白人男子和挂着拐杖的小姑娘是父女俩。他们在回小镇旅馆的路上,发现了艾米莉,那里离走失的海滩几十公里。也许艾米莉真的是在追逐袋鼠时,迷失了。那时天色已晚,夕阳已经沉落海底。男子将迷路的艾米莉抱上了车,小姑娘特别喜欢,抱着艾米莉不放。艾米莉叫唤着,眼神凄迷,像是在说,我想主人了,我要找到他们。男人便和女儿商量,去寻找艾米莉的主人,女儿同意了。他们到附近的每个房车营地去寻找,都没有找到小狗的主人,于是,他们来到了镇上,挨个旅馆去询问。终于,有个帮助老人寻找过艾米莉的游客告诉他们,老人还在绿松石海滩上等待，男子又驱车前往，让老人和艾米莉团聚。

小姑娘在朱丽叶脑海留下了深刻的印象，苍白的脸，瘦小，只有一条腿，那双拐杖好像是特制的，高度正好，银色铝合金的管子，粉红色的加厚腋托，和粉红色的握把十分相配，连脚垫也是粉红色的。朱丽叶驱车回小镇的路上，心里还想着那个大眼睛小姑娘，不知道她为什么会缺一条腿，她快乐吗？夜晚的开普岭国家公园的公路，真的是热闹非凡，大大小小的袋鼠不时地横穿公路，公路两边还站立着许多袋鼠，它们随时都有可能朝车头冲撞过来。朱丽叶小心翼翼地开着车，尽管在这个地方撞到袋鼠是十分正常的事情，路边也常见袋鼠的尸体，她还是觉得让一条鲜活的生命消失，是种罪过。

好不容易回到住处，停好车，她长长地呼出了一口气，夜间行车太费神了。她住的是酒店式小别墅，这是由几十栋小别墅组成的区域，这个时节入住率并不高，她周边几幢小别墅都黑灯瞎火，更里面好像有几栋小别墅亮着灯。每幢小别墅前面都有车库和小院子，墙边蓬勃生长的三角梅开满了紫色的花朵，就是在夜里，也显得热烈，野性十足。小院子里，有桌椅，还有烧烤的炉子和工具。其实这种小别墅，适合三四个朋友来住，里面有两个小房间和一个大房间，小房间里各有两张单人床，大房间里的大床可以并排睡三个人。客厅也是够宽敞的，开放式的厨房，微波炉、冰箱、厨具餐具等十分齐全。

本来，她想叫宋琦一起来的，并且让她带上两个朋友。宋琦在珀斯的一所大学读博士，恰巧她要写毕业论文，实在是走不开。朱丽叶不能强人所难，只好独自开着租来的车，一路向北。如果宋琦和她朋友都来了，小别墅就是另外一番景象，烧烤的香味，啤酒，欢声笑语，不会如此寂寞了。进入屋内，开了灯，朱丽叶茫然地看着客厅里沉默的家具，孤独感顿时袭上心头，甚至有些恐惧。异国他乡，陌生的小镇，一个人住幢小别墅，内心的不安和无助可想而知。朱丽叶反锁上门，检查了各个窗门有没有关好，挨个拉上了窗帘。颓然地坐在布面沙发上，扭头看了看门边的厨房，吞咽了口口水，肚子饿了。她却不想动，很累，脖子和肩膀紧绷绷的，酸胀。此时，要是有人端过来一碗荠菜馄饨，上面洒满了葱花，飘着小磨麻油的香味，她会爱上他，或者一碗白切藏书羊肉面，她也会爱上他，最不济，来碗雪菜肉丝面也行。这是幻想，朱丽叶心里清楚，就是在那冰冷的家里，她也不可能有这样的待遇。朱丽叶想过到镇上找个饭馆吃饭，可实在是懒得行动了。朱丽叶努力地提起精神，站起来，拖着沉重的步子，走到厨房里。打开冰箱，里面有不少东西，鸡蛋、乌冬面、香肠、西红柿……这些都是昨天入住前，在超市里买的。取出一小包乌冬面，两个鸡蛋，一个西红柿，将锅子放在微波炉上，注入清水，调到最高温度。烧水的过程中，朱丽叶洗好切好了西红柿。水开后，放进西红柿，敲开蛋壳，鸡蛋入水后，滚了会便浮起来。鸡蛋快熟时，朱丽叶将乌冬面放进了锅里，用筷子搅散面条，放盐和鸡精，不一会就起锅了。这碗西红柿鸡蛋乌冬面，味道还是不错的，住这样的房子，最大的好处就是可以做饭，自己想吃什么就吃什么，极为方便，房子价格也贵不到哪里去。

吃完乌冬面，收拾好厨房，她脱光了衣服。脱下来的衣服在洗衣机里滚动，朱丽叶则在盥洗室里冲澡。她喜欢热点的水冲洗身体，比较容易解乏，每个毛孔都会张开，充分地释放。洗发水洗两遍头发，头发中的海腥味散去，留下了紫罗兰的香息。她的头发黑而细密，柔美。洁面乳挤出来，双手轻轻揉搓，均匀，在脸上涂抹，冲洗，脸上皮肤洁净滑腻。沐浴露也是紫罗兰香型的，涂抹在脖颈上，胸和腹部，大腿直至脚趾，一遍遍地揉搓，冲洗，白净的身体发出亮光，暖烘烘的。完美的身体，朱丽叶对自己的身体没有什么不满，突出的锁骨，隆起的乳房还没有下垂，平滑的小腹，还算结实的修长大腿，都证明着她的魅力尚存。遗憾的是，章可凡已经厌倦了这一切。朱丽叶在抚摸自己身体之际，有种微微的兴奋，当然不是因为偶尔想到了章可凡冷漠的目光，而是琼斯阳光的笑脸，和那口整齐的白牙，甚至浓密的胸毛。不过，这念头也是很快被埋藏起来，她担心陷进另外一个情感的泥沼。

擦干身体，穿上黑色的丝质吊带睡裙，吹干头发，在脸上贴上了面膜。以前，她不喜欢黑色的内衣，更加偏爱白色和紫色。自从和章可凡的感情发生变化之后，她就常常穿着黑色的内衣，像是无声的抗议，也是祭奠，对即将死去的感情的哀悼。朱丽叶不清楚章可凡有没有别的女人，她也基本上不会管他的事情，哪怕是他夜不归宿，他不回来反而清静，要是醉酒归家，会令她产生极度厌恶的情绪，那个晚上也不要想好好安眠。有时候，朱丽叶想找个男人。生理上的偶尔冲动，心里猫抓般难受，火烧火燎，那时就想随便找个男人解决一下。问题是，朱丽叶不是随便的女人，更害怕没有摆脱章可凡的阴影，又被另一片黑暗笼罩。她偷偷地在情趣用品商店买过一个电动自慰器，来解决生理上的问题。那是宋琦有次回国，谈起男人，她说一个人在珀斯也寂寞难耐，就用自慰器当男朋友。宋琦离婚后才去澳洲的，她前夫看上去是个儒雅的男人，朱丽叶没有问及他们分手的原因，她从来不会主动探听别人的隐私，宋琦也没和她说过这方面的事情。朱丽叶倒是问过她，难道在澳洲就没有一个心仪的男子？宋琦说，你不也一样吗，我们都不是随便可以爱上别人的女人，我们是同类。朱丽叶说，我是还没有离婚，离婚了我就立马去找个男人。宋琦说，你也不过说说而已，找个男人很辛苦的，我觉得嘛，一个人挺好的。一个人挺好的，这话让朱丽叶觉得凄凉。

宋琦不晓得睡了没有，朱丽叶想给她打个电话，想想又不想打了，说什么好呢，说自己思春了？还是说什么别的？洗衣机里的衣服还在滚动，衣服明天早上再去晾晒好了。朱丽叶半躺在床上，想看会美剧，面膜揭掉后却昏昏睡去。

第二天是个晴天，当然，这地方极少下雨，碰到下雨是运气。早上起来,朱丽叶恢复了精神,夜里睡眠还可以,就是梦见了那个挂着拐杖的小姑娘。在梦中,小姑娘一直在远远的荒原上站立,身边是一个巨大的蚂蚁窝,她显得很小。不见她父亲,也没有其他人,荒原上的野草和她一样沉默。朱丽叶朝她奔跑过去,她却消失了,蚂蚁窝旁边只留下了那双拐杖。朱丽叶茫然四顾,怅然若失。

洗漱完,朱丽叶晾晒衣服,橘红色的阳光照在她脸上,温热,也照在墙边的三角梅上,花儿灿烂得近乎残忍。朱丽叶想,要是活得像三角梅那样,一年四季都鲜花盛开,热情妖娆,那该有多好,女人为什么要忍辱负重,委曲求全?晾完衣服,回到屋里,烤了块面包,热了根香肠,冲了杯咖啡,坐在饭桌前细嚼慢咽。窗外的阳光明媚,瓦蓝的天,阳光透过窗户玻璃,照在桌面上,朱丽叶感觉到了恬淡的美好。这时,夜里的那种冲动和焦灼感消失了,没有人打扰,也不去打扰他人的时光是多么平静舒适。

今天她要去的地方是开普岭国家公园的崖地溪,据说,那里是宁格罗海岸的一大亮点。她早就做好了攻略,上午坐游船游览崖地溪,下午徒步。崖地溪离埃克斯茅斯镇有85英里(1英里合1.6093千米)的路程,下午应该能在天黑之前赶回住处,夜行车的确有些危险,不想撞到那些无处不在的袋鼠。

吃完早餐,她就独自开车上路了,出发前,朱丽叶心里隐隐约约有种预感,会碰上琼斯。如果碰到他,会发生什么?朱丽叶心里惴惴不安。暂且还是先放下他,好好开车是最重要的。通向崖地溪的公路并不宽敞，两车相汇时，狭路相逢。在珀斯的时候，她抽了一天的时间，去珀斯东部的波浪岩，那是世界第八大奇迹，其实那是个像波浪的悬崖，在漫长的时光中风化而成，站在波浪岩上拍出的照片，就像是冲浪者将要被巨浪席卷。虽说波浪岩壮观，那天的行程里，另外一个地方让朱丽叶记忆深刻。那是离波浪岩不远的玛卡洞。穿过一片桉树林，看到一块巨大的石头，玛卡洞就隐藏在巨石底下，石头洞穴是穿透的，进口稍大，洞穴上面有个小口，光线从那里透进来，有些刺眼。洞穴中间有块一张床大小的平缓之处，朱丽叶想过，躺在上面是什么感受。洞穴的石壁上，有不少大大小小明显或模糊的手印，不知是怎么刻印上去的。看着这些手印，朱丽叶心里透出一股凉意，这源于关于玛卡洞那个悲伤而恐怖的故事。很久很久以前，当地土著的一个女人，嫁给了一个不该嫁的同族男人，生下了斗鸡眼的玛卡。那时，这里的土著主要靠打猎为生。玛卡身材高大健壮，但毫无用处，因为斗鸡眼，无法获取猎物。暴怒的玛卡杀死了父母，躲到这个石洞里。因为打不到猎物，他就到部落里偷取孩子，吃孩子为生……也许洞壁上那最大的掌印就是传说中玛卡的，而那些小小的掌印是那些孩子的。珀斯东部和西澳大利亚北部的荒凉旷野完全不一样，这里有大片大片的桉树林。正值初春，路边望不到尽头的农田，碧绿的麦地和金黄的油菜花地，赏心悦目。因为时间太紧，天黑了也没有赶回珀斯。朱丽叶坐在中巴车上，望着窗外，大地辽阔而宁静，仿佛只有他们一辆车在奔驰。西边天际线的玫瑰红渐渐地黯淡，原野上的树也变成剪影，最后和黑暗连成一体。这时，那个女导游提醒司机开车要小心。朱丽叶就坐在女导游后面，女导游告诉她，安全是最重要的，前几天，中国来的两个游客自驾游，车开到左边的车道上，忘记了这里的汽车是右反向行驶的，结果撞车身亡。

朱丽叶一直记着女导游的话，时刻提醒自己，安全第一。过了南回归线后，中国游客就稀少了，特别是到了西澳最北端的宁格罗海岸的埃克斯茅斯后，她就没有见过同胞的脸。车开到开普岭国家公园入口处，那个验票的姑娘打着手势让她通过，因为她买的包票，贴在挡风玻璃的左上角，这样一路省了不少钱。沿着宁格罗海岸，两边都是荒野，靠海的这一边，灌木比较茂盛，另一边就苍凉多了，更远一点，是隆起的山峦，裸露出暗红色的岩石。

晌午时分，到达了崖地溪的停车场，停车场上已经停了十几辆车了。因为今天没有下海的打算，朱丽叶上身穿着白色的衬衫，下身穿了条牛仔短裤，脚蹬红色的跑鞋。停好车，上了个厕所，背上小背包，沿着一条小路，去崖地溪码头等待上船。路过一片不大的树林，高大的桉树，阳光透过树叶和枝条的缝隙，落下斑驳的阳光的碎片。树林里，有简便长条桌凳，供游人歇息。树林让朱丽叶惊讶，过了南回归线，就没有见到过这样的树林了，在西澳南部，这根本就不算什么。

朱丽叶看了看腕表，离开船时间还有半个小时，她就坐在树林的长凳上，看了看微信。这次出来，她没有发一条朋友圈，真的是她历史上最孤寂的旅程。从珀斯到埃克斯茅斯，她开车走了两千多公里，心情渐渐地从压抑到开朗，其实一个人行走，也是十分惬意的，有种女汉子的豪迈。朱丽叶看到了好几条宋琦发来的消息。她问她为什么昨天晚上不给她发个消息，是不是碰到什么问题了。宋琦的语气焦虑和担心，朱丽叶脸上露出了笑容，给她回了条消息："我的宋大小姐，放心吧，我很好，现在在崖地溪，一会就要坐游船游览了。"宋琦："吓死我了，你还是每天晚上发个消息给我吧，如果不想说什么，就发个'安'字就可以了，好吗？"朱丽叶："好。你怎么越来越像我妈，不过，我很久没和我妈联系了，也许她认为我已经死了。"宋琦没有再回她消息，她经常这样，突然中断，没有下文，朱丽叶已经习惯了。

上午十一点整，游客们陆陆续续地上了一条游船，游船不大，可以坐四十人左右，基本上坐满了。时间到了，那个满脸胡茬的胖胖的船工兼导游正要开船，岸上小路上有人在喊："等等，等等——"朱丽叶看到了两个人，眼睛一亮。那两个人就是昨天晚上在绿松石海滩上送狗过来的父女俩。船工回头看看他们，对船上的人说："对不起，等等他们吧。"小姑娘双手拄着拐杖，加快了速度，父亲边走边笑着和她说着什么。他们上船后，船工让前排右边的一对年轻男女坐到最后面去了，父女俩坐在了他们的位置，拐杖被放在过道上。朱丽叶也坐在第一排，过道那边就是小姑娘。父亲对大家说:"抱歉,占用大家的时间了。"小姑娘也对大家说:"对不起。"还朝朱丽叶笑了笑,她苍白的脸比昨夜好看多了,有了些潮红。朱丽叶也朝她友好地笑了笑。小姑娘说:"你是日本人吗?"朱丽叶摇了摇头说:"不是,我是中国人。"小姑娘又说:"那你是中国桂林的吗?"朱丽叶笑着说:"不,我来自中国上海。"小姑娘说:"我爸爸去过桂林,他说要带我去看那里的美丽山水。"朱丽叶说:"太好了。"这时,船工对他们说:"你们的声音不要超过我,在船上,要听我说话。"然后,朝小姑娘做了个鬼脸,大家都笑了。

朱丽叶见到小姑娘,心里有喜悦,遗憾的是,没有见到琼斯。

船工是个十分尽职的导游,开船后就不停地说话。起初那段河面比较宽阔,河水十分清澈,可见水里的游鱼。河岸两边有美丽的树木,那些朱丽叶叫不出名字的树木不是很高,却婀娜多姿,有些树开着粉红的花儿。船工好像也介绍了河两岸的植物,朱丽叶一下走神,没有听清,因为他一直在说话,也不好打断他,提问题。船工让大家注意,两岸出现的动物。船行驶了一段,靠在了岸边,船工跳下船,将缆绳绑在一棵树上。他在河滩一段枯木的旁边捡起来个矿泉水瓶子,然后解开缆绳,回到船上,瓶子被放到垃圾桶里。他的行为博得了大家的掌声。朱丽叶蛮有感触,这一路,她没有在海滩、路边发现过扔弃的垃圾。

船往前行驶几百米后,就进入了峡谷,风光发生了变化，仿佛进入了另外一个世界。河流两边都是悬崖峭壁，红色的石灰岩层层叠叠。突然，船工停下了船，指着悬崖上说："看，那里有动物。"大家都朝他手指的方向望去，小姑娘指着岩石缝间站立的小动物，对她爸爸说："爹地，在那里。"父亲笑着说："我看到了，看到了。"朱丽叶也看到了，动物很小，就像一只兔子那么大，看不清楚它的表情。朱丽叶见到这样的小动物，心里就会产生怜爱之情，世间那些幼小的生命总能牵动她的心。

船工告诉大家，这种小袋鼠，是澳大利亚的稀有动物，叫作黑角岩石袋鼠，极为罕见。小姑娘明显很兴奋，不停地拍照，并且和她父亲轻声地说话，父亲也很耐心地回答她的问题，每个小姑娘在父亲面前，都是十万个为什么。朱丽叶对她也充满了怜爱，也对这个父亲的慈爱敬重有加。她在恍然中，想到了自己的父亲，在她童年记忆中，他一直在奔忙，唯一一次带她出去，是到北京的大舅舅家里住了几天。朱丽叶从小到大，几乎很少和父亲交流，父亲就像个木头人。感伤瞬间从心头飘过，微微叹口气，朱丽叶就不去想那么多了。

船工不时停下船，让游客观赏动物，并且滔滔不绝地讲解。

船行到上游大弯处，这里是峡谷最壮观的地方，两边的悬崖峭壁高耸，五彩斑斓，动物也多了起来。不光有黑角岩石袋鼠，还有在峭壁上站立的鱼鹰和白鹦鹉，以及鸥鸟等，岩石洞里，有它们的巢穴。朱丽叶在岸边的一个石洞外面真切地看到了黑角岩石袋鼠，那么小，小得可怜楚楚，眼睛里流露出弱小者的无辜和迷茫。朱丽叶真想将它抱在怀里，抚摸它的皮毛。可她无法企及，无法和它亲近，对于这些袋鼠而言，她不过是匆匆过客。其实，它们也不需要朱丽叶的悲悯，它们自有生存法则和命运。

峭壁中，有一棵小树，在风中摇曳。

朱丽叶用手机拍下了这棵长在石头缝中的树，不知是风还是哪只鸟儿，将种子带到了悬崖峭壁上，生根发芽，坚韧地生长。

在一片峭壁上，有一群水鸟，站在岩石上休憩。突然，天空中传来隼的叫声，嘹亮而凌厉，在峡谷回响。峭壁上的水鸟听到隼的叫声，惊惶地飞起来。只见那美丽又凶狠的隼，翅膀直直地张开，像两片机翼，朝那群水鸟冲过去。水鸟们发出惊恐的尖叫。被隼击中的水鸟，挣扎着，羽毛在阳光中如银色的碎片，纷纷飘落。

船过了大弯，朱丽叶回头张望，她看到了河水中的倒影，湛蓝的水面变得五彩斑斓。朱丽叶无法表达对这美景的惊叹，只是默默地拍下了几张照片。小姑娘和父亲换了个位置，父亲给她拍照，她摆出美美的姿势，眼睛闪亮。父亲给她拍完照，小姑娘请朱丽叶给他们父女拍张合影，朱丽叶欣然应允。朱丽叶接过相机，一连给他们拍了好几张，然后把相机递回父亲手里。父女俩都对她说谢谢。他们看了照片，小姑娘开心极了，说她拍得好，父亲也竖起大拇指，连声说好。得到夸赞，朱丽叶心里美滋滋的，似乎很久没有人如此赞美她了。

大弯往前一段，船就不能往上行驶了，那是浅水地带，溪水在乱石中穿流，悦耳的声响。停留了一会，船工就掉转船头，往回走。这一趟行程下来，两个多小时，朱丽叶觉得也是很好的体验。下船后，已经是下午一点多了。因为她还要进行陆地的徒步，就没有像一些游客那样开车离去。朱丽叶从车上取下食物，来到树林里，将食物放在长条桌上，坐在长凳的一边，准备享用午餐。她的午餐十分简单，两个煮鸡蛋，一块蛋糕，加上一瓶奶茶。朱丽叶吃饭历来都是慢吞吞的，细嚼慢咽，和章可凡一起在家里吃饭，他三口两口地吃完了，朱丽叶却要吃上二十分钟。吃食是美好的事情，需要慢慢品味，生活如此悲凉，她会在食物上找回一点安慰，这是她平衡心理的有效方式。经常在和章可凡吵架或者生气之后，她就会跑出去，找家馆子，点两三样喜欢的菜，慢条斯理地吃着，火气在吃食的过程中，渐渐消散。她喜欢吃，奇怪的是，怎么吃也吃不胖，有些姐妹向她取经，她无言以对。

朱丽叶吃完一个鸡蛋的时候，那对父女又出现了。父亲抱着一个纸盒子，背着背包，小姑娘拄着拐杖，走在前面。看得出来，他们也是来这里休息和吃午餐的。小姑娘见到朱丽叶，笑了，她笑的样子好看极了，让朱丽叶的心变得柔软。朱丽叶也朝她笑笑，挥了挥手。父亲也朝朱丽叶笑了笑。父亲将纸盒放在桌面上，取下小姑娘腋下的拐杖，放在一边，抱起她，放在长凳子上。小姑娘微笑地望着吃第二个鸡蛋的朱丽叶。父亲从背包里取出大瓶的橙汁，又拿出两个纸杯。橙汁倒在纸杯里，一杯放在小姑娘面前，一杯放在他自己面前。他打开盒子，从里面取出一块比萨，递给她。他又取出一块比萨，大口地吃起来，瘦削的脸生动起来。小姑娘也吃将起来，他们吃比萨时，都没有说话，小姑娘偶尔会瞟朱丽叶一眼。他们坐在朱丽叶斜对面，同一条长桌。

朱丽叶突然想到了一个问题。

小姑娘的妈妈呢？这一路上，有不少是一家三口出来旅行的，父亲带着女儿的还是第一次遇见。朱丽叶心里有许多疑问，比如，小姑娘的左脚是怎么失去的，父亲为什么带她出来旅行，等等。这些都是他们的隐私，朱丽叶是个明事理的人，自然不会开口提问。

朱丽叶吃东西真的是太慢了，这是小时候养成的习惯，父亲嫌她吃饭慢，总是呵斥她，越是这样，她就吃得越慢。朱丽叶还没有吃完那块蛋糕，小姑娘已经吃完比萨了，用湿纸巾擦嘴巴和小手，她的手指细而长。父亲也吃完了，在收拾垃圾，收拾好后，找垃圾桶去了。小姑娘扑闪着大眼睛说："阿姨，上海美丽吗？"朱丽叶笑着说："上海是个很大的城市，很美丽的。"小姑娘说："有悉尼大吗？"朱丽叶说："比悉尼大多了。"小姑娘说："哇，那里有歌剧院吗，像悉尼那样的？"朱丽叶摇了摇头："没有，但有很多悉尼没有的，有黄浦江，有外滩，有豫园……"小姑娘听得云里雾里的："我不懂。"朱丽叶说："如果你爸爸带你去上海，我可以陪你们玩。"小姑娘欣喜地说："真的吗？"朱丽叶认真地说："真的。"随即，小姑娘脸上的笑容消失了："可是，我不知道自己还能够活多久，还能不能等到去桂林和上海。"此话从她的嘴巴里说出来，朱丽叶感到不可思议，也顿觉忧伤，一时无语。父亲走过来，他似乎听到了女儿刚刚说的话，在她额头上吻了一下："你是世界上最勇敢的女孩子，没有什么可以打垮你，爸爸会带你走遍天涯，看尽天下风光。"小姑娘笑了，点了点头。父亲去上厕所的时候，小姑娘对朱丽叶说："爸爸爱我，我不想让他悲伤，所以，我要快乐地活着，我快乐他才会快乐。"朱丽叶心里难过，可还是面带微笑："你爸爸说得对，你是世界上最勇敢的小姑娘。"小姑娘笑笑："阿姨，你想知道我为什么会这样吗？"朱丽叶不知道怎么回答她，沉默。小姑娘说："阿姨，你真善良，你是怕我难过，是吗？我不会难过的。我得了骨癌，截掉了一条腿。阿姨，我现在有拐杖，拐杖就是我的腿，我能自己走的。爸爸说了，等我再长大点，就给我装条假肢。告诉你一个秘密，我的拐杖是爸爸亲手给我做的。"

朱丽叶心里明白了许多，眼睛热乎乎的，有流泪的冲动，强忍着不让泪水滚落，面带笑容。父亲回来后，朱丽叶收起垃圾，朝厕所外面的垃圾桶走去，边走边落泪。她走进洗手间，洗了一把脸，努力地平复自己的情绪。朱丽叶回到树林，小姑娘和父亲已经走了。

朱丽叶也要开始下午的行程，徒步观赏崖地溪峡谷风光。背起背包，戴上墨镜和遮阳帽，出发。她进入了崖地溪步道，这是一条平坦的沙土路，右边是崖地溪沿岸，左边是茫茫的荒漠，丛丛簇簇的骆驼草，苍凉。骆驼草叶像针刺一样竖立着，锋利，一不小心就会划破皮肤。走上步道后，朱丽叶又一次看到了小姑娘和她父亲，他们缓慢地走在前面。朱丽叶加快了脚步，跟在他们后面。走了一会，他们停住了脚步。

走近前，她才知道他们为什么停下来。

步道的右边，有一棵阔叶的树，两米多高，树上结满了黄色的果子，有一两个果子熟透了，橘红色。朱丽叶不知道这是什么树，从来没有见过这样的果子。估计父亲也不清楚这是什么果子，女儿抬起头问他："爹地，这果子好漂亮。"父亲笑笑："是的，美极了。"女儿转过头，望了望长满骆驼草的荒漠，幽幽地说："要是这里全长着这种果树，那会有多美。"父亲说："荒漠太干旱了，要是有水，就会长满果树。"女儿说："爹地，你要是超人就好了，让水流进荒漠，果树的种子就可以发芽了。"父亲说："可是爹地不是超人。"女儿笑了，父亲也笑了。

小姑娘看见了朱丽叶，笑着说："阿姨，你变成超人吧。"

朱丽叶笑笑："我只能在梦中变成超人。"

小姑娘笑出了声，父亲也哈哈大笑。

接着，他们继续往前走。

平坦的步道持续了约莫一公里多，就到头了，如果继续往前走，就会进入一条艰难的小道，小道可以到达最高处，据说在那里可以看见峡谷最美的景象。朱丽叶以为他们会由此止步，因为在这个位置，也可以看到崖地溪峡谷的壮美和瑰丽。但是，走到最高点，可以将崖地溪峡谷尽收眼底，还可以饱览宁格罗礁的风光。朱丽叶是要走完那条近八百米有四级难度的小道。没想到，小姑娘和父亲也踏上了那条小道，开始了挑战。父亲走在前面，探路，让后面的女儿不至于太费力。朱丽叶跟在小姑娘后面，心想，这样对她也有个保护。路的确太难走了，这是火山岩浆留下来的地表，坑坑洼洼，没有一段路是平坦的，而且一直是上坡，中途还有沟壑。要不是有些植物长在石缝里，朱丽叶感觉自己就是走在火星表面。

小姑娘在一丛澳大利亚土豆旁边停了下来，抽出手，拍了张照片。朱丽叶看着这丛澳大利亚土豆，觉得和在别的地方见到的不一样，准确地说，是花儿不一样，花瓣不是紫色的，和花蕊一样，都是金黄色的，花瓣在底下，衬托着金丝般的一根根竖立的花蕊，在阳光下让人迷醉。朱丽叶也拍了张照片，能够发现同一种植物的差异，也是很美妙的事情，在钢筋水泥的丛林里，想都不敢想，这里虽然苍凉，却也生机勃勃。

路难走，朱丽叶小心翼翼，生怕一脚踩到坑里，崴了脚。对拄着双拐行走的小姑娘而言，难度更大了。她没有说话，跟在父亲后面，一步步吃力地往前迈进。在跨过一条沟壑的时候，小姑娘手中的拐杖没有撑好，连人带拐，重重地摔在了火山石上,胳膊肘擦破了。小姑娘眼睛里有泪水,脸上却笑着。朱丽叶惊叫了一声,过去蹲下来,抱起了她。小姑娘胳膊肘上流出了血,滴在洁白的裙子上。父亲没有说话,放下背包,从背包里取出一个急救包,给她的手肘消毒后,包扎好,笑着说:"还想走吗?"小姑娘没有逞强,摇了摇头:"不。"父亲将背包背在前面,小姑娘趴在他背上,双手紧紧地抓住父亲宽宽的肩膀。朱丽叶帮她拿着双拐,拐杖并不重,腋托和握把上似乎还留着小姑娘的体温。父亲背着女儿,往上面一步一步地走着,朱丽叶站在原地,看着他们的背影,心里涌过汹涌的潮水,她又一次被感动,眼泪在眼眶里打转,还是扑簌簌地滚落到滚烫的火山石上。朱丽叶觉得怪异,原本被生活折磨得心如死灰,对一切都无感的自己,怎么就变得如此容易被感动。

座头鲸

回到埃克斯茅斯,太阳刚刚西沉,终归还是没有夜行车。收了衣服,冲了个热水澡,身体和精神都轻松了许多。站在门外眺望燃烧得火红的西天,她想起了朱里恩的落日。那个黄昏,她来到朱里恩栈桥上,这里是观赏落日最佳的地方,朱里恩也是因为落日而闻名。栈桥上有人在钓鱿鱼,钓者的脚边,有几只钓起的鱿鱼。三三两两的游客从海边的旅馆和房车营地走到栈桥上,等待火球般的太阳沉入海底。太阳将要入海的那一刹那,整个大海都被染红了,天海连成一片的红。朱丽叶从来没有见过如此之大的夕阳，置身在夕阳的红光之中，有种脱离了尘世之感。一只海鸥朝夕阳飞去，融化在夕阳里，朱丽叶觉得自己就是那只海鸥，飞越苦海，抵达幸福的天堂。夕阳渐渐沉落海底，带走了她所有幻想，心被掏空了，有些迷茫和怅惘。她用手机拍下了夕阳，也拍下了一对相互依偎的老人的剪影，心想，等自己老迈，谁会陪她来看夕阳。如果真有那样一个伴侣，她一定会在老年的时候，带他来朱里恩看夕阳，这是落日的圣地。还要和他在栈桥边上的酒吧喝上一杯。

这个酒吧也因朱里恩落日而享有盛名。从栈桥上回到陆地，朱丽叶进入了落日酒吧。落日酒吧里的热闹，仿佛从天堂回到了尘世，食物和酒的浓郁香味，还有人味，还有温暖，都区别于海风寒凉的栈桥。朱丽叶找了个地方坐下来，要了杯威士忌，小口小口地抿着。几乎所有人都有陪伴，都在交谈，只有她孑然一身，酒精和酒吧的氛围让她冰凉僵硬的身体渐渐地温暖柔软，恢复女人的质感。她身后那一桌，是两个年轻白人，在聊着一个姑娘，像是其中一个追求不得，另外一个年轻人在给他出主意，不过那些主意都没有什么创意，都是些不值一提的老掉牙的桥段。听他们聊天，朱丽叶觉得甚是有趣，她没有听过两个男人一起议论女人。年轻人谈到，他们口中的那个女孩是因为性感吸引了他，他梦中都在和她做爱，欲罢不能。可是在现实中，他连靠近她、追求她的机会都没有，说着说着，追求姑娘的年轻人就有些沮丧。她对这两个年轻人产生了浓烈的好奇心，于是回过头，微笑地看了他们一眼，还别说，这两个年轻人都长得蛮帅的，看来长得帅有时并没有什么用，如果他迷恋的姑娘对他不屑一顾。出主意的那个年轻人发现了朱丽叶，他站起身，走到她面前，笑着说："一起喝一杯？"朱丽叶感觉到他的眼神十分轻佻，喝完杯中的酒，站起身离开了酒吧。那年轻人就是琼斯，那是他们第一次见面。

想到落日酒吧的事情，朱丽叶嫣然一笑。

琼斯是不是也像他朋友那样离开了埃克斯茅斯？

朱丽叶锁上了小别墅的门，挎着小皮包，决定到镇子里走走，找个地方吃点东西，或者喝上一杯。入夜后的埃克斯茅斯十分安静，街上基本上没有行人，偶尔会驶过一辆汽车，不一会就恢复了平静。她觉得自己还是有些胆子的，敢在陌生的地方独自行走。是一路走下来，碰到或接触过的人让她有了一种安全感。走着走着，心里有些忐忑，要是碰到一个变态，就那么一个，她的人生也许就会改变。尽管这样想，她还是没有回头，没有躲回小别墅里去，而是继续行走。好不容易，找到了一家可以吃东西喝酒的地方，她毫不犹豫地走了进去。

店里人不多，她点了份烤龙虾，和一瓶啤酒。菜上来时，她有点吃惊，这份龙虾货真价实，还配了薯条和面包，光薯条和面包就可以填饱肚子，遑论那一劈两半的大龙虾。这时，宋琦打来了电话。朱丽叶到珀斯后，就买了当地的电话卡，这样打电话和上网就不用担心漫游的巨额收费。

"丽叶，在干嘛呢？"

"吃饭。"

"吃什么好吃的？"

"烤龙虾。"

"哇，你小日子过得不错嘛，挺会享受的。"

"好不容易吃顿好的，就被你逮着了，我也不能总亏待自己呀。出来走了一圈，才发现过去几年活得不值。"

"对自己好点总归是对的，不要现在是想明白了，一回上海又难以挣脱。"

"不想那么多，过好眼前的生活吧。"

"丽叶，告诉我，这两天有艳遇吗？"

"哪有什么艳遇！你在珀斯待了这么久，都没有艳遇，我才来十来天，和谁艳遇。"

"艳遇和时间长短根本就不搭界。我不是没有艳遇，而是不想艳遇，内心包了一层钢铁，不想让任何人突破。有时晚上在天鹅河边散步，也会有帅哥上前搭讪，要带我一起开车出去度假，碰到这种情况，我都一概拒绝。"

"好了好了，别说了，我要吃龙虾了。"

"嘿嘿，真有什么艳遇，要告诉我呀，让我分享分享。"

"你就喜欢八卦，多少年都改不了。就这样吧，我挂了。"

"拜拜。"

终止了通话，朱丽叶拿起刀叉，正要享用美味的龙虾，有个人站在了她跟前。朱丽叶抬头一看，心里咯噔了一下，这不是琼斯吗。琼斯微笑着注视她："你好，朱丽叶。"他竟然还记得她的名字。朱丽叶觉得不太真实，这也太巧了吧，好像是谁故意安排好的，这种巧遇的桥段真的十分狗血。朱丽叶不能不接受这个现实，笑了笑："你好，琼斯。你怎么也在这里？"琼斯说："像你一样，也是来吃饭，很奇怪吗？"朱丽叶说："不奇怪，是人就要吃饭。"琼斯指了指她对面的椅子："我能坐这里吗？"朱丽叶无法拒绝，点了点头。琼斯坐下来后，点了份牛排，然后笑着说："你吃你的，不用管我。"朱丽叶早就想动刀叉了，肚子也饿了。她给琼斯倒了杯啤酒，也给自己倒了杯，举起杯说："晚上的酒算我请客。"琼斯说："为什么？"朱丽叶说："你救我的命，我还没有感谢你呢。"琼斯说："那不算什么。"朱丽叶说："给我一个感谢你的机会，干杯。"琼斯没有再拒绝，端起杯子，说："干杯。"他喝了一口，放下了杯子。朱丽叶不知哪来的豪气，将那杯啤酒一气喝完，在他面前晃了晃空杯子："我们说干杯是要喝光杯中的酒。"琼斯说："为什么？"朱丽叶说："只是一种习惯。"琼斯说："好，我服从你的习惯。"说完，喝光了杯中酒。朱丽叶说："真好。琼斯，我不管你了，我要吃龙虾了。"琼斯说："好的，好的。"

朱丽叶的动作轻微，细致而缓慢地吃着龙虾。她将龙虾从坚硬的壳中取出，切成小块，叉起，头稍稍往前倾，轻轻地放进嘴里，慢吞吞地咀嚼，不露出牙齿。此时，美食对她而言是一种享受，而不是发泄，也不是单纯为了填饱肚子。琼斯在等待牛排，见朱丽叶旁若无人地享用龙虾，打开手机，看着什么，偶尔瞟朱丽叶一眼。牛排上来后，他就立马开动了，他吃得也比较慢，但是和朱丽叶相比，还是快了些，他吃完了，朱丽叶还在细嚼慢咽。吃东西的过程中，朱丽叶举了两次杯，不过没有说什么话。

朱丽叶吃完，用白色餐布擦了擦嘴巴，在服务生将餐具收走后，又叫了两瓶啤酒，和琼斯慢慢地喝着，不再一口一杯豪饮了。朱丽叶和琼斯边喝啤酒，边说着话，也没有什么非要说的话，闲聊。

"朱丽叶，那天老太太的小狗找到了吗？"

"找到了，是被一对父女捡到了，他们送回了海滩。"

"真不错，那天真抱歉，先走了，因为公司的事情，要先回去写个邮件。"

"你不必向我道歉的，你又没有做错事情。"

"中国好吗？没有去过。"

"我能说自己的祖国不好吗？"

"对，对。你喜欢澳大利亚吗？"

"喜欢。我对陌生的地方都充满了期待，如果可能，我会走遍全澳洲，走遍全世界。"

"为什么？"

"我的生活过得十分糟糕，常常会产生一种羞耻感，也许在旅途中，会让我的心灵获得安慰。"

"你很美。"

"美有什么用？"

"美让人赏心悦目,就像在荒野,看到一朵美丽的野花。"

"我不是野花。"

"对不起,我只是比喻。"

"琼斯,问个不礼貌的问题,可以吗?"

"当然可以。"

"你多大年龄?"

"二十五岁。"

"真年轻,我二十五岁的时候,在干什么呢?噢,在恋爱,在被一个男人追求,他的甜言蜜语打动了我,想想那个时候是多么幼稚。你看上去很成熟的样子,不过,从你的眼神中,发现你还是很单纯,单纯的人是可爱的。我现在特别害怕城府很深的人,那样的人是个巨大的陷阱。"

"我真的单纯?"

"是的。"

"谢谢,希望我能够一直单纯下去。"

"你结婚了吗,琼斯?"

"没有,结婚是件重大的事情,现在还是忙工作。"

"有女朋友吗?"

"现在没有,上大学时喜欢过一个女生,恋爱过,后来分手了,双方都觉得不合适,不过,我们还是朋友。她也长得很美,现在她在和别人恋爱,也许那人更适合她。"

"你还爱她吗?"

"不爱了,但还是喜欢。"

"真遗憾。"

"朱丽叶，我有个想法。你明天和我一起去看鲸鱼，可以吗？"

"看鲸鱼？"

"是的，坐游艇出海，可以到海里去，和鲸鱼一起游泳，很刺激的。正好我朋友回去了，还剩一张船票，可以送给你。"

"不会给你添麻烦吗？"

"不会，你能和我一起去，我会很开心。"

"那……那好吧。"

"你答应了。"

"答应了。"

饭馆打烊了，他们才离开，那时饭馆已经没有一个客人了。路上也没有人了，车辆也没有了，马路上空空荡荡，只有风刮过，卷不走一片树叶，路灯也显得无比寂寞。世界宁静得仿佛只剩下他们两人，琼斯送她回到住处。朱丽叶站在门口，仰着头，凝视着他的眼睛："琼斯，我到了。"琼斯比她高出一个头，她心里隐隐约约地感觉到，该会和这个大男孩发生点什么。琼斯笑着说："晚安，明天早上九点钟，我来接你出海。"朱丽叶克制着自己内心潮水般波动的情绪："晚安，琼斯。"

琼斯转身走了。

孤独的朱丽叶一阵惆怅，像是失去了什么。

这个夜晚，被朱丽叶体内原始的躁动拉长。她躺在床上，翻来覆去，怎么也睡不着，胡思乱想，每一秒钟都那么难熬。实在不行了，她要制止内心癫狂的躁动，吃了一片安眠药，才沉沉地睡去。睡前，朱丽叶在手机上设了闹钟，否则早上不一定能醒来。她以为会做个美梦，在梦中完成现实中的未竟之事，结果到闹钟响起，也没有做梦。

早上八点钟醒来，在床上赖了会，想起昨夜的癫狂情绪，朱丽叶羞愧难当，脸皮滚烫。平静下来后，才起床洗漱。今天要下海，里面穿了泳衣，外面套上了宽松短袖的花色亚麻布袍子。吃了点东西，在脸上手上腿上抹上防晒霜，将需要用的东西装入防水袋里，然后坐在沙发上，静静地等待琼斯的到来。阳光从窗口倾泻进屋，照在她穿着人字拖的脚上，抹茶绿的脚趾甲晶晶闪亮。临近约定时间之际，朱丽叶的心脏噗噗直跳，有些担心琼斯不会来，毕竟不是太熟，兴许昨夜的话是顺口一说，早上起来就忘得干干净净了，就像海滩上的脚印被潮水抚平，不留一点痕迹。

朱丽叶多虑了，九点刚到，她就听到了汽车喇叭的声音。她打开了门，一股清新空气扑面而来，她看到了琼斯和他的皮卡。琼斯的笑脸在阳光下天真无邪，他跳下车，接过朱丽叶手中的防水袋，放到后面的货箱上。然后，他打开车门，朱丽叶上了车，坐在副驾驶上。琼斯开车往码头方向行驶，阳光十分刺眼，朱丽叶戴上了墨镜。琼斯也戴着墨镜，看不清他的眼神，他说："希望这是愉快的一天，朱丽叶。"朱丽叶笑笑："我的心里已经开始觉得愉悦了，这是美好的一个早晨。"

几分钟后，就到达了码头。

港湾上停泊了许多帆船和游艇，那一根根竖立的白色桅杆在蓝天和海水之间，借着阳光的映照，散发出迷人的光亮。他们要上的是一艘平底游艇，十几米长，三四米宽，船有遮阳的顶棚，船舱两边是两排坐的地方，中间是个长条的台子。船头有两层，上面一层是驾驶舱，船尾是平的，从船舱下去，有个小台阶。出海的游客陆陆续续在两个年轻女船员的搀扶下，上了船，那两个女船员一高一矮，都十分健壮，还有一个瘦高个女船员在船头准备着什么。朱丽叶上船时，那两个女船员笑容满面地对她说："早上好。"朱丽叶也礼貌地回了句："早上好。"她们的眼神都十分的清纯，像是没有被污染过的青草地，朱丽叶突然想，自己的眼睛是不是也如此清纯过，那必定是很久远以前的事情。

船上有三个船员，都是年轻的白人姑娘，不过她们的脸都晒得很黑，船长也是舵手，是个瘦瘦的老头，留着小胡子，看上去十分慈祥，眼角和额头上的皱纹，显得饱经风霜。一起出海的游客有十二位，几乎都是年轻人，两对情侣，有一对是黑人男女，六个白人青年，看得出来他们是一伙的，还有就是朱丽叶和琼斯。那六个青年坐在右边的那一排，琼斯和那两对情侣坐在左边一排，朱丽叶在最里面，靠近卫生间。上船后，船长出来，对大家表示欢迎，说了些客气话，然后就从梯子爬到驾驶舱去了。船开动了，缓缓地驶出了港湾。现在是旅行淡季，好像就这一艘游艇出海。

三个女船员在中间的台子上摆上了蛋糕和果盘，还有咖啡、橙汁。大家站起来，围着台子，取自己想要的东西吃喝。那六个年轻人一直站在那里吃喝。黑人情侣取了咖啡和蛋糕坐回原处，边吃东西边说着什么。白人情侣取完东西后，站在船尾，有说有笑的。琼斯拿了杯咖啡，没有拿水果和蛋糕，和一手端着咖啡杯，一手拿着蛋糕的朱丽叶坐着。朱丽叶吃了一口蛋糕，说："好甜呀。"琼斯笑笑："甜点会让人心情变得更好。"朱丽叶说："那你为什么不让自己心情变好一些呢。"琼斯说："我的心情已经很好了，因为有你一起去看鲸鱼。"他的嘴巴真甜，说得朱丽叶心花怒放。

吃完东西，女船员们拿出一堆潜水服，让他们挑自己合适的，海水冷，穿上潜水服可以防寒。潜水服十分厚重，朱丽叶说可以不穿吗，女船员说不可以，于是，她就挑了件合身的潜水服。琼斯没有挑，他自己带了潜水服。然后女船员又拿出面镜、脚蹼和呼吸管，让他们挑选，琼斯也没有挑选，这些东西他也自备了，朱丽叶也没有挑选，她也带了这些物件。

那个个子比较矮且胖乎乎的女船员叫珍妮，她对大家说："到了有鲸鱼出没的海域，大家听我们的指令，穿好潜水服，准备下海。"游客分成了两组，琼斯朱丽叶和那两对情侣一组，那六个年轻人一组。听珍妮说完注意事项，那六个年轻人就爬到驾驶舱前面的甲板上去了，琼斯和朱丽叶说着话，海风将她的头发飘起来。朱丽叶看着港口越来越远，直到看不见。游艇沿着海岸线一直往绿松石湾的方向破浪而行。

一路上，他们会看到海豚成群结队地追逐游艇，或在游艇旁边突然浮出海面，露出来的背脊光滑闪亮。远远的，也可以看到鲸鱼露出海面，琼斯说，那是未成年的鲸鱼，要找到大鲸鱼才能下海和它同游，这里有规定，不能下海和小鲸鱼同游，也不能和带着小鲸鱼的母鲸同游。朱丽叶想，也许是怕人类影响鲸鱼宝宝的成长。事实上，成年母鲸对靠近幼鲸的动物都十分警惕，人如果靠近很可能会造成母鲸的误会，导致它的攻击行为，后果不堪设想。琼斯不停地拍照。朱丽叶用手机拍了几张照片后就不拍了，默默地望着美丽的海岸线。琼斯见她在沉思，没有打扰她，也爬到驾驶舱前面的甲板上和那些年轻人聊天去了，两个女船员也在那里和他们说着什么。珍妮在朱丽叶对面，摆弄着一个硕大无比的海底照相机。朱丽叶目光落在岸边的长长的栈桥上，她想到了朱利安的栈桥。西澳大利亚最有名的还不是朱利安栈桥，而是世界上最长的钢结构的巴瑟尔顿栈桥，在珀斯的南部，她还没有去，等回珀斯后，宋琦答应开车带她去，那里风光和北部荒原完全不一样，玛格丽特河地区还有很多酒庄，可以品尝上好的葡萄酒。还有一个栈桥，给朱丽安留下了遗憾。那是卡那封的一英里栈桥，是1910年修建的木结构的铁路栈桥，伸进海里五百多米，也被称为最后一英里。据说在那里看落日，和任何地方都不一样，而走在破旧的栈桥上，透过缝隙，可以看到底下波涛滚滚的大海。在芒吉米亚和卡那封的旅馆墙壁上，都挂有夕阳下一英里栈桥的大幅作品，视觉冲击力让人震撼。朱丽叶没有去的原因是，一公里栈桥已经破败了，政府没有钱修缮，这个景点已经被封闭，什么时候重新开放，还是个未知数。

想到一英里栈桥，朱丽叶不禁想到了在酷巴喷水孔碰到的那四个武汉姑娘。从卡那封开车到酷巴喷水孔，七十多公里，开车需要一个半小时左右。朱丽叶开车穿过一望无际的农田之后，就进入了海边的荒野，到达酷巴喷水孔的时候，已经临近黄昏。走过大片坑坑洼洼的裸露的礁石，来到海边。此地是狂浪区，海浪撞击着犬牙交错的悬崖下的礁石，发出阵阵怒吼，和红崖的宁静完全不一样。狂浪撞击礁石，从缝隙中喷出几十米高的水柱，阳光下出现道道美丽的彩虹。浪涛撞击礁石，像是在撞击朱丽叶的心脏，她的心脏一阵阵收紧，心脏不像礁石，有无穷无尽的承受力。那时就她一个人站在礁石上，似乎要被怒吼的海妖吞没。就在她感到恐惧之际，一辆白色丰田轿车停在了她的红色三菱越野车旁边。从车上走下来四个年轻的小姑娘。她们走过来，被海浪和喷起的水柱震撼，不停地拍照。她们见到朱丽叶，也很高兴，并且让她给她们拍了几张合影。朱丽叶得知，她们是从武汉来的大学生，也是从珀斯自驾过来。太阳快要落山时，她们就先走了。这一路上，那四个女大学生是她碰到的少见的同胞，过了南回归线，就没有看到她们的踪影,也许她们往回走了。朱丽叶想起她们朝气蓬勃的脸,内心涌起淡淡的忧伤。

游艇开到绿松石湾外海的一处海域停了下来。

游客们穿好潜水服和脚蹼,戴上面镜,嘴咬着呼吸管,在女船员的带领下,从船尾滑到海里,像一只只海豚。姑娘们带着她们,找到了几条鲨鱼,和鲨鱼同游,朱丽叶心里有些害怕,要不是琼斯一直陪在她身边,她会逃回船上。下海前,琼斯告诉过她,这种鲨鱼不会咬人,尽管如此,她还是十分紧张。珍妮不停地给他们拍照,另外两个姑娘一前一后,前面的姑娘引导,后面的姑娘断后,怕他们有人会掉队。鲨鱼游走后,前面的姑娘发现了一只大海龟,指引大家过去看。琼斯一头扎进去,追逐海龟。他是手摸到了海龟的背,然后才浮出水面。琼斯在海里追逐海龟的状态十分优美,朱丽叶心动了一下。她也想像琼斯那样潜下去,摸一下海龟的背部,可是她没有那个胆量。海水很凉,就是穿着潜水服,寒凉还是会透进皮肤。在海里泡了二十多分钟,他们才上船。游艇向另外一个海域驶去。

午饭简单,面包、意大利面和烤鸡腿。

朱丽叶吃了个鸡腿,没有吃面包,也没有吃意大利面,她不怎么饿。在海水里泡过,她头有点晕。吃完鸡腿,靠在护栏上,闭上眼睛。琼斯和那几个年轻人在说话,珍妮也加入了他们的谈话。琼斯问珍妮:"还要多久才能见到鲸鱼。"珍妮笑着说:"运气好的话,一会就可以见到。"

吃完午餐,就到了座头鲸出没的海域。朱丽叶听到了天空中传来的飞机发动机的声音，抬头望去，一架小型飞机在不远处的天空中盘旋，像一只银白色的大鸟。珍妮拿着对讲机，在和飞行员说着话，飞行员也是个女人，声音特别好听。珍妮告诉大家，发现了一头成年的座头鲸，让大家做好下海的准备，一组先下海。珍妮又提醒了注意事项，不能完全靠近鲸鱼，离鲸鱼最少要保持十米远，成年座头鲸长达十几米，是海里的庞然大物。琼斯和朱丽叶是一组的，一组的六个人由瘦高个女船员带队。三男三女穿好脚蹼，戴好面镜，来到船尾，随时准备下海。女飞行员的声音从对讲机中传出，说鲸鱼出现了，并且告诉了方位。游艇朝女飞行员指示的方向冲过去。船停了下来，瘦高个女船员带一组的六个人下了海。一组成员跟着瘦高个女船员游了会，她示意大家停下来。他们等待了几分钟，没有见到鲸鱼，大家只好上船。女飞行员遗憾地告诉珍妮，座头鲸刚才浮出来，结果又沉入了深海。

过了一会，女飞行员说又发现那头座头鲸了，游艇又朝女飞行员指示的方向冲过去。船停下来，另外一个女船员带着那六个年轻人下了海，珍妮也下海，给他们拍照。过了十几分钟，二组的游客上船，他们也没有见到鲸鱼，无功而返。一连几次，都是这样，那头鲸鱼太狡猾了，像是和他们捉迷藏。琼斯对朱丽叶说："别泄气，会看到鲸鱼的。"朱丽叶笑笑："但愿如此。"

一个多小时过去，还是没有见到鲸鱼。珍妮说，这条鲸鱼太讨厌了。女飞行员也说，这条鲸鱼真的是太讨厌了。

她们的对话让大家哈哈大笑。于是,女飞行员放弃了这条鲸鱼。过了半小时左右,女飞行员的声音又响起,她告诉珍妮,又发现了一头成年鲸鱼。游艇朝女飞行员提供的方位冲去。这次是二组的游客先下海,他们看到了鲸鱼,还陪着鲸鱼游了会,直到鲸鱼消失。他们上船后,都十分开心。又过了半个多小时,女飞行员再次发现鲸鱼。朱丽叶和他们下了海。在某个位置停下来。琼斯在海水里指着一个方向,碰了碰朱丽叶。朱丽叶顺着他手指的方向,清晰地看到一头巨大的座头鲸朝他们游过来。朱丽叶屏住呼吸,心都快蹦出来。座头鲸就那样旁若无人地从他们身边游过去,速度很快。琼斯突然拉住她的手,朝座头鲸追过去,他的手温暖而有力,这是她第二次被他的手握住,一股电流传遍全身,朱丽叶有些恍惚,像是在梦境之中。直到座头鲸完全消失,琼斯和朱丽叶才浮出水面,发现与其他人已经拉开了好大的距离,其他人已经返回了。珍妮和瘦高个女船员朝他们打着手势,让他们回游上船。琼斯没有放开她的手,朱丽叶觉得自己浑身松软,没有力气了,要不是琼斯拉着她,她会被洋流卷走。有一瞬间,朱丽叶想,这样一直被他的手握着,永不放开,那会不会抵达幸福的彼岸。

上船后,朱丽叶的头还晕晕的,满脸潮红,羞涩的模样。琼斯似乎没有什么感觉,和那几个年轻人说笑,仿佛什么也没有发生过。在其他游客和女船员眼里,朱丽叶也许就是琼斯的女友。返航的时候,女船员在台子上摆上了点心和水果,还有香槟。朱丽叶吃了一块甜得发腻的白巧克力慕斯，还喝了杯香槟。她不时用目光瞟琼斯，脱掉了潜水服的琼斯，光着上半身，浓密的胸毛和铁块般的腹肌，让朱丽叶心动。

游艇在夕照中往码头的方向航行，一路上，还是有海豚追逐着游艇，也有座头鲸突然浮出海面，露出闪闪发亮的背鳍和尾巴，然后没入浑厚深蓝的海水。朱丽叶无心观看这些海里的动物，心里想的全是琼斯在海里拉着她手的情景，她的手心还存留着他的体温。

上岸后，朱丽叶坐在副驾驶上，隐隐约约地有种担心，觉得很快就要和琼斯分别，她想和他多待一会，哪怕是一个小时，或者十分钟，不要那么快回到孤独的处境。但是她很清楚，不可能会和琼斯有什么结果，都是对方的匆匆过客，朱丽叶心里伤感而又迷惘。

车开动后，琼斯说："朱丽叶，你还害怕鲸鱼吗？"

朱丽叶说："害怕，在海里时，鲸鱼游过来，真担心它会张开大口，将你吞进去，它游过去的时候，害怕它突然用尾巴将我拍死。"

琼斯笑出了声："这种情况一般不会发生的。"

朱丽叶说："琼斯，我还是不喜欢这个玩法，危险不说，觉得对鲸鱼不公平，影响了它们的自由生活，面对我们这些不速之客，它们心理也许会留下阴影，它们是无辜的。而我们只是为了看它们一眼，就动用了飞机、游艇，有点不可思议。如果有下次，我不会再参加这个活动。"

琼斯无语，思考着什么问题。

朱丽叶也沉默。心里后悔说出这样的话，对琼斯也不公平，似乎是在指责琼斯带她下海看鲸鱼，否定了琼斯给她带来刺激快乐的一天，这种体验，章可凡是不可能给予她的，他是个就算到了风光旖旎的海岛，也喜欢猫在宾馆睡觉的人，无趣，懒惰，对世界失去了好奇心。

快到朱丽叶住处时，琼斯开了口："朱丽叶，晚上我请你吃牛排，可以吗？"

他的眼神透出一种无辜，朱丽叶有点心疼，笑着说："可以。琼斯，对不起，刚才我说的话有些不妥当，请你原谅。其实，我今天过得很充实，很开心。"

琼斯说："我也很开心，朱丽叶，我第一次和一个女孩子下海去看鲸鱼。应该感谢你，给了我这次机会，我会记忆一生。"

朱丽叶说："谢谢你，琼斯，你是个好人。"

车停在小别墅门口，琼斯下了车，从货箱取下朱丽叶的防水袋，递给她："你先洗洗，一个小时后，我来接你去吃牛排。"

朱丽叶点了点头。

朱丽叶洗完澡，化了个淡妆，在身上喷了点香水，穿了条吊带短裙，准备赴约。有多久没和男人约会了，她自己也记不清了。心里激动，充满期待，这个比自己小6岁的大男孩，会给她什么惊喜？另一方面，又隐隐有种不安，这个男人是什么样的人，她一无所知，会不会给自己带来伤害。她已经被章可凡伤得遍体鳞伤了，来西澳，就是疗伤的。促使她这次出走的是章可凡的无情。章可凡结婚买房子的时候,向朱丽叶父亲借了50万元,几年了都没有还,也不提这事,好像没有发生过,当时他拍着胸脯说年底就还清的。那天,父亲找到了朱丽叶,提出了要章可凡还钱,他自己不好说,让她去说。等到深夜,章可凡才醉醺醺地回家。朱丽叶温和地说:"可凡,有件事情想和你说一下。"章可凡没有理她,进盥洗室冲澡。朱丽叶走进盥洗室,隔着浴帘说:"可凡,这话无论如何我要对你说。我爸找我了,是那50万元的事情。"章可凡哗地拉开浴帘,怒气冲冲地说:"什么50万,难道你没有住这房子吗?我没钱,要还你去还。"朱丽叶提高了声音:"你讲不讲道理,当初结婚时,说好房子首付你出的,况且,这房子哪个月我没有给你钱还贷。章可凡,你别耍无赖,你可是给我爸写了借条的。"章可凡吼叫道:"要钱没有,要命有一条!"说完拉上浴帘,不再理她,朱丽叶气得发抖:"章可凡,你等着上法院吧。"……那钱就是到现在也没有还给父亲,朱丽叶想起来心里就堵得慌,他不是没有钱,而是故意不还,给朱丽叶难堪。

天一擦黑,琼斯就来接她了,没有开车。

朱丽叶以为他会带她到饭馆吃牛排,岂料,他带她去了他的住处,离小别墅四百多米远的一个旅馆里。进旅馆房间前,朱丽叶迟疑了一下,看到他清澈的眼睛里流露着善意,她才踏进去的。进入房间,她就闻到了煎牛排的香味。这里的旅馆,大都有简易的厨房。餐桌上摆着两盘牛排，刀叉和餐布摆放整齐，餐桌中间还放着一盆拌好的土豆火腿色拉。还有一瓶起开了瓶塞的红酒，两个高脚玻璃杯放在红酒旁边。朱丽叶惊讶地说："琼斯，这些都是你做的?"琼斯微笑地点了点头，拉开椅子，做了个手势："朱丽叶女士，请——"

朱丽叶坐下来，将鼻子凑近牛排，深深地呼吸了一口，陶醉的样子："哇，好香。"

琼斯边往杯里倒红酒边说："我父亲是个厨师，和他学的。"

朱丽叶说："你为什么不去当厨师?"

琼斯说："人各有志。"

朱丽叶说："你父亲没有要求你继承他的衣钵?"

琼斯说："没有。我做什么，他都不会管的，我有选择职业的自由。他从来都不逼迫我做我不想做的事情。"

朱丽叶说："真好。"

琼斯凝视着她："朱丽叶，你真美。"

朱丽叶脸红了："你是不是碰到漂亮女人都这么说?"

琼斯说："不，不是的，你真的很美，我想，任何一个男人见到你都会这样想的。"

朱丽叶端起红酒杯："琼斯，十分感谢你的晚餐，敬你。"

琼斯眨了眨眼睛："要全喝掉吗?"

朱丽叶笑出了声："不，不，随意，随意。"

琼斯煎的牛排五成熟，火候正好，吃起来十分入味，而且鲜嫩，口感良好。朱丽叶边吃牛排，边夸赞琼斯。琼斯被夸得神采飞扬。朱丽叶喝了几杯酒后，突然就伤感起来，仿佛这是最后的晚餐。她自己也没有料到情绪会如此变化，也许是被琼斯的温存感动，又想到自己凌乱的生活，悲从中来。她的眼睛里流下了泪水。琼斯被她的泪水惊到了，这不是喜悦的泪水。他呆呆地看了她一会，然后站起来，走到她身后，双手放在她光洁的肩膀上，轻轻揉了揉："朱丽叶，你怎么了？是不是我给你带来了不适？"朱丽叶伸出右手，抓住了他毛茸茸的左手，颤抖地说："不，不，和你没有关系。"琼斯说："放松，朱丽叶，你在这里是安全的，没有人会伤害你。"章可凡在恋爱时，也曾经如此温情脉脉，可是怎么就变得面目可憎，纠缠、多疑、占有、粗暴、冷漠……就是没有爱和关怀。很多时候，朱丽叶会努力想他从前的好，可总是持续不下去。对他，她已经心死，可他又不放手，不肯离婚，说死也要和她在一起。朱丽叶站起来，抱住了琼斯。琼斯也抱着她，抚摸她光滑的背。朱丽叶踮起脚尖，嘴唇找到了他的唇，开始是轻轻地吻，接着是吮吸，然后舌头小蛇般探进他口里，和他的舌头绞在一起。朱丽叶的胸脯起伏，发出娇柔的喘息和呻吟，身体被渐渐地唤醒，像某个春天的早晨，嫩芽冒出了丰饶的土壤。琼斯也兴奋起来，他突然抱起朱丽叶，将她放到了床上。他的大手在她身上探索，像一个孩子发现了新鲜的事物，有些毛糙，又有点儿胆怯。朱丽叶抚摸着他的胸膛，浓密的胸毛刺激着她的敏感神经。朱丽叶感觉自己在大海的波峰浪谷中沉浮，被巨浪抛到高空，又急速落下来……朱丽叶要喊出来，期待着琼斯的进入。琼斯没有急于进入她隐秘的身体，而是继续用舌头、嘴唇和手探索着朱丽叶，像是在通过她的肉体探索她的灵魂。

门外有人说话，不一会说话声就消失了。

朱丽叶听到门外的声音，突然想到了章可凡，仿佛他就站在门外。她脑海里晃过一个画面，章可凡用酒精擦着她的皮肤，从头到脚，他脸上浮着不信任的笑意，眼睛里闪着莫测的亮光。他甚至将酒精棉球塞进了她的下身，这种变态的消毒让她疼痛得哭喊出来，章可凡无动于衷，继续做他的事情。那段时间，朱丽叶和他感情还没有完全僵化，她经常出差，章可凡怀疑她在外面有男人，同房时，就用酒精擦她的身体，对她而言，那是痛苦的折磨和羞辱，从那以后，她对性爱就有了刻骨的恐惧感，根本就不想和章可凡做爱。想到这事，朱丽叶的激情顿时被浇灭，她以为这些天会忘了这事，自己的身体在苏醒，还会有欲望，岂料，章可凡像个幽灵一样，在她脑海游荡，在关键的时刻，给她从头浇下一桶极寒的冰水，被琼斯唤醒的心刹那间被冰冻，死人一般。她突然推开了琼斯，滚下床，拉开门，落荒而逃，边跑边整理自己的胸罩。

琼斯追出门外，大声说："朱丽叶，为什么——"

朱丽叶没有回头，也没有回答他，她在奔跑，漫无目的地奔跑。朱丽叶没有跑回住处，而是跑出了埃克斯茅斯镇，跑入黑暗之中。泪水在风中飞扬，这十几天来建立的信心和美好被击得粉碎，她像个孤魂野鬼，茫然地奔跑在旷野之中，猛烈的风撕扯着她的长发，也撕扯着她身上的吊带短裙。旷野的风中，夹带着章可凡的冷笑，阴鸷，充满了恶意。他为什么不能好好爱她，尊重她，而是用各种手段，在她心里种下恐惧和悲伤，还有仇恨。她是他的妻子，不是仇敌呀，满天闪耀的星星不会回答她的迷惑和疑虑。有一只袋鼠也在旷野上奔跑，不止一只，有很多只袋鼠在奔跑，朱丽叶的脚步声惊醒了荒原上的动物，它们吃惊地和这个陌生的闯入者一起奔跑，算是对她的回应。

朱丽叶跑累了，实在是跑不动了，两条腿灌满了铅，沉重而僵硬。她站在荒原之中，急促地喘息，口干舌燥，大汗淋漓。她干脆就坐在了地上，让自己的情绪恢复平静。不知过了多久，她在星光下看到一只袋鼠，站在离她几米之遥的地方，审视着她，像是在审视一个怪物。朱丽叶的呼吸均匀下来之后，突然对着那只袋鼠哑然失笑。那只袋鼠无辜的样子，像琼斯一样无辜。朱丽叶觉得对琼斯不公平，但她不可能再回到他的房间，尽管杯子里的酒还没有喝完，想做的事也没有做。朱丽叶叹了口气，站起来，缓缓地往回走。她边走边抬头寻找南十字星，希望南十字星给自己带来好远，让自己心灵安宁。她想，这次回到上海，无论如何要和章可凡分开，哪怕孤独一生。

2018 年 12 月 3 日完稿于海口白沙门
（发表于《作品》2019 年第 2 期）

驮着你飞升

1

每年的秋天，丁城都要去登一座山。他不是职业登山者，也不可能去挑战珠峰之类的，只能去攀登一些不是那么高也不是那么险恶的山峰。多年来，也征服了不少耸立的山峰，最高的山峰也有四五千米。

丁城是孤独的登山者，没有伙伴，总是独自前往一座山，默默地登上顶峰后，找个背风处，扎好小帐篷，休息一个晚上，在第二天日出后下山。这样其实十分危险，一不小心，他就有可能跌下山谷，或者碰到什么突发事情，命丧黄泉。丁城不惧怕死亡，不登山才会死，会憋死。登山是丁城逃避现实的一种方式，也可以说是排解内心的积郁。

哪怕真的死在哪座山上了，丁城也会接受命运的安排，因为无所牵挂。

丁城父母早逝，没有兄弟姐妹，亲戚们从来都没有来往，也不会在乎他的死活。至于朋友，根本就没有几个，而且都不是那种过命的朋友，若有若无。在公司里，一切都按部就班，丁城对谁都一样，不讨好也不害人，做好自己的技术活，在同事眼中，就是个无害的老好人，没有人和他深交。

丁城有过一次婚姻。

那是他二十五岁那年，他还是部队里的一个副连长，经过领导的介绍，娶了陆军医院的一个护士。护士叫秦兵，长得不算好看，也不算难看，微胖，脸有些黑，住院的士兵们都叫她黑牡丹。黑牡丹相亲时，一眼就瞧上了丁城。尽管瘦点，丁城还算是帅气的军官，而且喜欢文学，业余时间里写些诗，偶尔会在部队内外的小报上发表一两首。秦兵很快就粘上了丁城，不久就结了婚。丁城是通信连副连长，级别不够，结婚后没有分房子，陆军医院的领导照顾秦兵，给了套一室一厅的家属房，他们才有了自己的窝。

丁城的部队离陆军医院有二十多里地，不值夜班时，他就会在傍晚时分，骑着单车回家。秦兵在家里做好了饭菜等着他，如果秦兵值班，饭菜热在锅里，他回到家就能吃。秦兵值夜班，丁城去陪她，在士兵们的眼里，他们是一对恩爱的小夫妻。好景不长，他们结婚一年后，就离婚了。开始时，丁城好长时间不回家，秦兵就到部队闹，一把鼻涕一把泪，弄得丁城十分狼狈，部队领导也十分烦躁。有天晚上，丁城突然回到家里，将秦兵和陆军医院的一个男医生堵在了被窝里，秦兵不得不答应离婚。秦兵后来逢人便说，丁城不是男人。那些怪话传到丁城耳朵里，他也不气恼，只是一笑而过。他从来没有说过秦兵的坏话，最多只是说他们在一起不合适，成为夫妻本来就阴差阳错。

在碰到尚小裳之前，丁城还真怀疑过自己是不是男人。

因为秦兵根本就激不起他的欲望，而秦兵是个欲望如火的女人。遇见尚小裳之后，他才发现，自己对秦兵不是没有欲望，而是没有爱，没有爱情的婚姻注定是座坟墓。那时他已经三十八岁了，早已转业回地方的通信公司上班，诗歌也早已不写，只想平平安安过平淡的日子。丁城不相信什么缘分，第一次婚姻的失败是个教训，像根套在脖子上的绳索，只要他想到婚姻，那根绳索就会自然地勒紧，让他喘不过气来，这也是他一直没有再婚的原因。

尚小裳的出现，仿佛就是一道暗夜之光，照亮了他荒芜许久的心地。

那时他没有热爱上登山，只是每年抽个时间，利用年假，去完成一次旅程。丁城光棍一人，没有什么花销，旅行是他每年最大的花费了。丁城是个生活严谨的人，做什么事情，都会有个良好的计划，旅行也不例外。每年的旅行，对他而言，是最重要的事情，所以都会几个月前就做好攻略。那年的旅行计划是稻城，他准备在成都租一部越野车，自驾完成这次旅程。也就是在这次去稻城的自驾游中，他遇见了尚小裳。

和尚小裳交往的始末，都清晰地印记在丁城的脑海。

每次去登山，他都会深刻地回忆一次尚小裳，尽管早已和她断绝关系，连微信好友都删除了。他承认自己一直爱着尚小裳，如果没有爱，他就不会一次次去登山，一次次回忆。

这是2019年的秋天，丁城计划好了去川西登海拔4860米的达古冰山。丁城今年四十三岁，也是爱上尚小裳的第五个年头。他选择了五年前和尚小裳相识的那天登山，也就是10月21日。出发前，他查看了当地的天气，登山那天，应该是个大晴天，心里踏实了些。不过，对于未来到的日子会发生什么，谁也不能打包票，丁城做好了遇到最危险事情的心理准备。

2

从上海飞往成都，需要两个半小时的航程。从成都开车到黑水县城，需要一天的时间，本来不用那么长时间，汶川那里的高速公路因泥石流被中断，还没有恢复通车，只能绕道而行。丁城一大早驾驶着那辆黑色的丰田越野车，出成都，经茂县，穿过猛河大峡谷，到达黑水县城时已近黄昏。这一路上风光绮丽，丁城都有点审美疲劳了。在预订好的老兵旅馆住下来，冲了热水澡，换了身干净的衣服，出门觅食。

这天是10月19日，为了后天的登山，他必须好好休息一天，习惯如此，他不是那种急匆匆的人。黑水是个很小的城，却很干净，吃饭的地方很多，尽管此时已进入旅游淡季，很多饭馆的门还是开着，肉香依然在空气中飘荡。闻到肉香，丁城嘴角露出一丝笑意，自然地想起了尚小裳。尚小裳是个肉食动物，每顿饭都是肉都没有问题，丁城领教过她吃肉的厉害，曾经戏谑地说她是匹母狼。她说自己真的是匹母狼，碰到饥荒岁月的话，小心把丁城吃了。丁城喃喃自语："小裳，你就是将我啃得尸骨全无，我也心甘情愿，可是，你竟然离我远去。"说完，他走进了一家小饭馆。

点了凉拌牦牛肉和红烧茄子，要了瓶啤酒，丁城开始了晚餐。

长时间的孤独生活，丁城知道如何安慰自己，一块牦牛肉被嚼得有滋有味，吞下去后，再喝口冰凉的啤酒，感觉生存的美好。人如果不学会自我安慰，那注定困难重重。看了看微信，丁城的牙齿停止了嚼肉，凝视着手机屏幕，不敢相信自己的眼睛。

是尚小裳发过来的消息，希望他加回她的微信。

这不是真的，丁城心里一个声音在喊叫。关掉手机，继续吃肉喝酒，心被一把小刀割着，疼痛异常。酒肉无味，丁城打开手机，进入微信，的确，是尚小裳发来的消息。咬了咬牙，丁城加回了她的微信。

他想起最后一次见到尚小裳的情景。

她从苏州到上海来办去美国的签证，一起吃了顿午饭，在一家西餐厅。尚小裳依然那么爱吃肉，而且胃口特别好，一连吃了两份牛排。丁城什么也不想吃，只是看着她吃，这是最后的午餐，他心里十分难过，而尚小裳却像什么也不会发生，纵使"分手"两个字从她红唇白牙间吐出，也显得若无其事，笑容满面。她真切地说："大叔，我很快就要去美国了，我男朋友要我去的，我离不开他，我们分手吧。"

丁城浑身颤抖，努力地控制自己的情绪。

尚小裳笑得纯真，没心没肺的样子："大叔，你怎么了？不高兴？"

丁城苦笑地摇了摇头。

尚小裳说："就是嘛，大叔对我最好了，怎么会生我的气。你也知道，我们不可能在一起的，你说过，你都可以做我爸爸了，你比我大十八岁呢。"

丁城大脑一阵迷茫，傻傻地看着她，什么话也说不出来。

尚小裳说："这里的牛排真的很好吃，我下次来上海，你还要请我吃哟，你答应过我的，要养我一辈子的，让我一辈子都要好好吃肉，否则我就把你吃了，我可是一匹小母狼。"

这是人间喜剧还是悲剧，丁城无从判断，也许正是因为她这副天真的模样，才让他一直念念不忘，尽管她吃完午餐离开后，就将他的微信拉黑了，从此杳无音讯。他是个十分冷静和内敛的人，不会死缠烂打，也不可能再去找她，只是用登山排解一年一度积累下来的思念和怀想。

丁城喝了口酒，眼睛有些潮湿，重新加了尚小裳的微信，一时不知说什么好。尚小裳还是那个尚小裳，她先说了话。

"大叔，还记得我吗？"

她打出的字后面还带着一个吐舌头的淘气表情。

丁城内心波涛汹涌，却冷静地发了两个字："记得。"

尚小裳："哇，我以为你忘了我。"

"怎么会。"

"大叔，你还好吗？"

"还好。"

"别冷冰冰的嘛，我喜欢你叫我小丫头，像从前那样宠着我。"

"小丫头。"

"听到你叫我小丫头，是这些日子以来最开心的事情了。"

"你开心就好。"

"大叔，告诉你一个很不幸的消息。"

"怎么了？"

"我得了病，治不好的病。"

"什么病？"

"脑瘤，不好的那种。其实，去年就得病了，动了手术，医生说，我半个脑子都被挖空了，我说剩下半个脑子也不错，反正人也用不了那么多脑子。医生很好的，也是个大叔，长得没有你帅，可是，他没有抱过我。可能是嫌我丑吧。"

"你不丑。"

"真的变得好丑，脑袋上留下了几道大疤，脸也歪了，都不敢照镜子看自己的脸了，你知道的，我以前是多么爱美。"

"可怜的小丫头。"

"可怜倒是不可怜啦,我都习惯自己的丑了。不过,有个护士姐姐,对我可好了,经常拥抱我。她拥抱我的时候,我就会想起你来,你的拥抱比她温暖。去年做完化疗后,我想可以多活几年了,没想到今年又复发了,前段时间又开了次颅。推进手术室前,我想我不会再活着出来了,那时多想再见你一眼,让你最后拥抱我一回。当时觉得来不及了,也不想给你电话了,你的手机号码我一直留着的。死神可能是觉得我还有愿望未了,又一次放过了我。"

"你现在在哪里?"

"你猜。"

"我猜不出来。"

"嘿嘿。"

"告诉我。"

尚小裳没有回答他这个问题,微信谈话中止。丁城对她的话将信将疑,甚至怀疑和他说话的这个人根本就不是尚小裳,是男是女也搞不清楚,也许是个骗子,盗用了她的微信,这年头,什么事情都有可能发生。丁城也不排除她就是尚小裳,假如真的是她,她真的得了绝症……他心如刀割,哪怕是一生都不要得到她的消息,也不希望她有如此结局。丁城食之无味,结了账,匆匆地回到了旅馆。

3

黑水城的夜宁静得可怕,丁城躺在床上,焦虑不安,不停地看着微信，希望尚小裳告诉她在何方。如果得知她的消息，他将马上驾车离开黑水城，去找她，从来没有如此迫切的冲动。他一连发了几个消息，问她在何处，尚小裳就是不回他的消息。

丁城想起了初遇尚小裳的情景。

之前每次出游，丁城都没想到会有什么艳遇，每一处美景就是最好的艳遇。他不是什么独身主义者，主要是和秦兵的那次婚姻给他心里埋下了恐惧感，觉得婚姻是可怕的，麻烦的。一个人过生活没有什么不好，不欠任何人的，包括感情，连同物质。

那是前不着村后不着店的地方，翻过一座大山，丁城看到了平静的草原和蜿蜒如蛇的河流。停下车拍了几张照片，尚小裳就出现了，她穿着火红的外套，戴着白色的绒线帽子，脸被印花的布包着，眼睛被太阳镜遮住了。这个将自己裹得严严实实的姑娘背着背包，在不远处的路边朝他招手。

丁城观察了一下，前后都没有车辆，这个突然出现的女孩子有些莫名其妙。丁城听说过一些旅途上的奇闻，比如女孩子将你的车拦下来，有什么不可告人的目的。多一事不如少一事，丁城没有理会她，越野车从她身边疾驰而过，扬起一股浓尘，将女孩子淹没。丁城可以感觉到，女孩子一定十分沮丧。车开出了好长一段路，丁城突然动了恻隐之心，假如女孩子一直搭不到车，会不会碰到什么危险？如果她有什么不测，他将是个见死不救的罪人。想着想着，丁城掉转了车头，回到了女孩子拦车的地方。

女孩子坐在路边的草地上，根本就不搭理他，像是在生闷气。

丁城摇下了车窗玻璃，大声说："喂，你不是要搭车吗？"

女孩子瞪着他，不说话，手上拿着手机。

丁城说："奇怪了，难道你不想走了。"

女孩子开了口："有什么了不起，我不需要施舍，不走了，我就不相信，我等不到车。"

丁城下了车，走到她跟前，笑了笑说："小丫头，有个性。不过，我告诉你，这片草原上传说有野狼出没，你要是不跟我走，葬身狼腹可不关我的事了。"

女孩子气呼呼地说："我又不是吓大的，就是葬身狼腹，也比坐你的车强。"

丁城觉得这个女孩子太不讲道理了，上车开车就走。岂料，车一开动，女孩子屁股上像装了弹簧，蹦起来在车后追赶起来，边追边喊："停车，停车——"

丁城刹住了车。

女孩子放好背包，坐在了副驾驶上。

她嘟嘟哝哝："要不是看你长得还算帅气，打死我也不坐你的车。"

丁城乐了："你太刁蛮了，你要搞清楚，是你碰到困难了，我是在帮你。"

"嘿嘿，我看你是没安好心吧，是不是想到我是个女孩子，企图占我便宜，才回来拉我的，你这样的人我见多了，狼心狗肺。我警告你呀，千万别在我身上动歪脑筋，我不是那么好惹的。"女孩子凶巴巴地说。

丁城哈哈大笑。

"你笑什么？"

"我笑你幼稚。你想想，在这荒山野岭的，我就是随便找个地方欺负你，有谁会发现。"

"你，你不会真的起歹心吧。"

"嘿嘿，那可不一定，要看我的心情了。"

"大叔，看你面相也不像是坏人，对不对？"

"难道坏人脸上都刻着'坏人'两个字？"

"大叔，你别逗我了，我这个人脾气倔，可是胆子小，经不起吓的，从小娇生惯养，你大人不记小人过，别吓我了，求你了。"

"我没有吓你，只是和你讲道理。"

"对，对，是我不讲道理，你原谅我了吧。"

"你怎么会一个人在这里。"

"别提了，我和三个同学出来玩，结果在路上我和她们吵架了，就赌气下了车，这些没良心的，真的就把我扔在这里了，见到她们，我可要跟她们打一架，太气人了。"

"一起出来玩，要有团队精神，怎么能由着自己的性子，你是碰到我了，要是出什么事，你父母亲会怎么样，你又怎么对得起自己。"

"大叔，你说得对，太对了，我都后悔死了。"

"很多时候,是没有后悔药可吃的。"

"大叔,真的太感谢你了。你放心,我不白坐你的车,我有钱,需要多少钱,我给你。你只要把我带到稻城就可以了,我找到她们,和她们一起回去。对了,我叫尚小裳,你呢?"

"丁城,甲乙丙丁的丁,城市的城。"

"这名字怪好听的。"

一路上,尚小裳给丁城献着殷勤,又是点烟,又是递水,还给他削苹果。丁城从没有被一个年轻女孩子如此服侍过,心里暖洋洋的,但潜意识里还是有些提防。

那个夜晚,丁城决定在一条河谷的林子里宿营。黄昏的时候,车停进了林子里。在河边开阔的地面上,丁城从车的后备厢里搬下了宿营的东西。尚小裳惊讶的是,丁城太享乐主义了,像是把家装进了后备厢。帐篷、睡袋都是必需品,她也带着。他竟然还带着折叠椅,可以折叠的小桌子,还有铝锅、铁锹之类的。让尚小裳大开眼界的是,他还带了许多新鲜的食物,肉类、蔬菜、水果、咖啡、面包……似乎应有尽有。尚小裳吃惊地问道:"你这是?"丁城淡淡地说:"度假呀。"尚小裳瞪着眼睛说:"没像你这样的。"丁城说:"人生困难重重,什么时候都不能亏待了自己,伺候好了自己,活着才有意思。"尚小裳说:"和你相比,我们都是一些苦行僧。"

丁城说:"别废话了,去找些干树枝,我要野炊了。"

夕阳落山之前,丁城已经支好了帐篷,生好了火。铝锅里熬着西红柿鸡蛋汤，火上还烤着切得很碎的羊肉串，香气飘来荡去。肉烤得差不多后，丁城还开了瓶红酒，小桌子上摆满了食物。丁城和尚小裳面对面坐着，两个人的脸都被篝火映得通红。

"你喝酒吗？"丁城瞟了她一眼，给自己倒了杯酒。

尚小裳说："我不会喝酒。"

丁城说："不喝也好，在高原上，喝酒不好。"

"那你为什么喝？"尚小裳盯着他。

丁城说："我和你不一样。吃吧，我看你饿坏了。"

"说实话，真饿了，开动。"说完，她抓起羊肉串吃了起来。

见她狼吞虎咽的模样，丁城说："慢慢吃，没有人和你抢。"

尚小裳嚼着羊肉，皱着眉头说："好像没熟，咬不动。"

丁城说："在这个地方，能咬就不错了，还要怎么熟，凑合着吃吧。"

尚小裳吞咽着羊肉，像是要被噎住，但她并未停止吞咽。

丁城注视着她，喝了口酒说："你长得还蛮好看的，特别是眉毛和眼睛，迷人极了。"

"大叔，你什么意思，别，别起歹心呀，我可是良家少女。"尚小裳瞪着眼说。

丁城哈哈大笑。

那个晚上，丁城一夜没睡，坐在篝火旁边，想着什么问题,不时往火堆里添柴。其实,帐篷里的尚小裳也没有睡实在,她提防着丁城,生怕他突然闯进来图谋不轨,她手上还握着那把削水果的小刀。直到天渐渐地明亮起来,闻到了咖啡的香味,她才收起了水果刀,从帐篷里爬出来。她发现丁城已准备好了早餐,早餐丰盛,有火腿肠、牛奶、咖啡、面包等。丁城的脸看上去有些憔悴,后来尚小裳知道他一夜都在守护着自己,心里总觉得过意不去。

4

响起了敲门声。

丁城的身体从床上弹起来,问道:"谁——"

没有人回答他,敲门声还在继续。丁城想,是不是警察查房,这两年,警察都喜欢查房。他打开了门,睁大了眼睛:"你——"

门口站着的竟然是尚小裳。她还是穿着红色的衣服,不过此时穿的羽绒服,戴着绒线帽子,眼睛还是那么明亮,脸瘦了一圈,的确有点歪,不过还是那么秀气。长长的头发让丁城产生了怀疑,她真的得了那种病?丁城吃惊得手足无措。尚小裳笑了,她的笑脸还是那么天真,令丁城迷醉。

尚小裳扔掉背包,轻声说:"大叔,能抱我一下吗,我冷。"

丁城眼睛一热,泪水情不自禁地流淌下来,紧紧地抱住了她。

她在他耳边轻声说:"大叔,我是不是很丑。"

丁城哽咽地说:"小丫头,你不丑,你永远是我美丽的小丫头。"

尚小裳说:"我就知道你会这样说。"

丁城说:"为什么。"

尚小裳说:"因为在这个世界上,只有你是真爱我的。"

丁城说:"你的头发还是那么香。"

尚小裳说:"那是假发,是那个护士姐姐送给我的,来时,我喷了些香水。我戴着假发来见你,怕你看到我的头害怕,我不想让你害怕,你不要看我的光头,好吗?等以后头发长长了,再让你看。"

丁城说:"我不怕。"

尚小裳说:"你不怕也不让你看,我要在你心中留下美丽的样子,不要残缺。"

丁城说:"有时,残缺也是一种美,那是饱经磨难之后的美。"

尚小裳说:"我就知道你会这样说,不过,我还是不让你看。答应我,好吗,我亲爱的大叔?"

丁城的热泪滴落在她的假发上:"你怎么找到我的?"

尚小裳说:"有爱就能够找到,不管你在哪里。尽管我没有加过你的微博,但是我知道你有微博,虽然你的微博没几个粉丝,你也没有加过任何人,我却一直默默关注。你每次要去哪里,都会提前几天发一条微博,像是冥冥之中给我指引着一条道路。到黑水后,我挨个宾馆打听,终归被我找到了你。"

丁城说:"傻丫头,为什么不问我我在哪里?"

尚小裳笑了:"我只是想给你一个惊喜。"

5

尚小裳沉睡的样子,像个婴儿。丁城在一旁守护着她,好几次,他想伸出手去抚摸她苍白的脸,却忍住了,生怕吵醒她,睡眠对她而言是多么重要。尚小裳就像梦幻之中的落难公主,突然出现在他面前,这是奇迹,丁城一直想,这一生都不可能再见到她了的。尚小裳和他有说不完的话,她是说着说着就沉睡过去的。

丁城通过和她聊天,才知道她是从家里逃出来的。

尚小裳确诊罹患恶性脑部肿瘤之后,这个家庭陷入了从未有过的恐慌和惊惧,和家人反应截然不同的是,尚小裳觉得没什么了不起,不就是得了脑癌吗,不就是死亡吗。她在动手术的前一天傍晚,在医院的院子里散步时,看到梧桐树下的枯叶上,静静地躺着一只死去的麻雀。她蹲下来,捡起了那只死鸟,双手捧着它。母亲见状,惊惶说:"快扔掉它,多么不吉利。"尚小裳笑了:"妈妈,你看它睡得多安详,它没有死,它是睡着了。"母亲从她手中夺过死鸟,扔回地上,拉着她的手就走。尚小裳还是笑眯眯地说:"妈妈,你不要怕,如果我死了,你就当我睡着了。"母亲被她说得眼泪汪汪。

第一次手术的成功,给尚小裳带来了希望,也给亲人们带来了希望。父母亲说，就是把房子卖了，也要给她治病。那些靶向药贵得离谱，为了给她治病，父母亲倾其所有。父母不是那种特别有钱的人，如果没有大病大灾，靠做些小生意，日子过得还算不错。尚小裳的一场大病，使他们陷入了困境。尚小裳有个亲姐姐，来医院探望她时，信誓旦旦，说花多少钱都要治好她的病，不会袖手旁观。可是，真要她掏钱之际，她就缩手缩脚了。母亲去找她，她不停地诉苦，给了几千块钱打发母亲，还让母亲去网上众筹。尚小裳对母亲说："如果要众筹，我这病就不治了。"父亲也不同意众筹，大不了卖房子，况且还没有到山穷水尽的地步，不能去乞讨。在父亲眼里，众筹就是乞讨。尚小裳和父亲想法不一样，她是不想占用公共资源，觉得有更多需要帮助的人，如果自己去众筹，于心有愧。

化疗结束之后，尚小裳就去上班了。

她的工作是教孩子们绘画。父亲不同意她去上班，毕竟她的身体还十分虚弱。尚小裳在某些时候是很固执的，根本就不听父亲的话。母亲理解她，是想要为家庭分忧。父母亲扭不过尚小裳，只好让她去上班。况且上班也不是什么坏事，和孩子们在一起，她的心情会好些，情绪对她的病有很大的影响。的确，孩子们给尚小裳带来了快乐，她认为自己的病已经稳定下来了，自己还那么年轻，应该还可以活很长很长时间。在这段时间里，尚小裳也想过丁城，有时会有种去找他的冲动，甚至想把他的微信加回来。尚小裳还是忍住了，觉得这个时候找丁城是卖惨，会让丁城觉得她有所图，姑娘有自己的尊严，就打消了这个念头。可在许多夜深人静之时，尚小裳还是希望能够得到丁城温暖的拥抱，泪水悄无声息地打湿她的枕巾。

家里有个癌症病人，时间一长，家庭成员的情绪自然会受到影响。父亲在外为了钱财奔波，生意越来越难做，发出去的货收不回款，心情不好，就会冲着老婆发脾气。母亲不能顶嘴，回几句话，父亲就勃然大怒。尚小裳也不敢说话，躲在房间里不知所措。有时，她会走出房间，帮母亲说几句公道话。父亲就朝她身上撒气，指着她的鼻子吼叫："我上辈子一定是欠了你的债，你是回来讨债的鬼。"此话伤人，尚小裳哭喊道："我离开这个家，不要你们管，我死了也和你没有关系。"母亲就抱着她痛哭流涕。父亲知道话说重了，默默地出门找人喝老酒解闷去了，他从来没有为自己说过的话道歉。母亲说："裳儿，你要是有什么意外，我也不活了，不和他过了。"尚小裳安慰母亲："妈，都怨我，要不是我得病，爸也不会这样，我不怪他，他心里也苦。"

今年夏天，尚小裳的病复发后，父亲的情绪更不好了，不光发脾气，甚至动粗。母亲也像是变了个人，眼中有恨，经常沉默无语，看上去十分吓人。尚小裳害怕对上母亲的目光。做完第二次手术后，尚小裳对母亲说："妈，等我化疗完了，我就搬出去住吧，不连累你们了。"母亲听了她的话，不顾病房里有其他病人，歇斯底里喊叫："你这个没良心的东西，你要去哪里，我们辛辛苦苦赚钱帮你治病，你还好意思说这样的话。"尚小裳说："妈，你们别朝我吼叫了，求你了，你们再朝我吼叫，我就真的走了，让你们永远也找不到我。"母亲大口地喘着气，直勾勾地看着她，脸涨得通红，什么话也说不出来了。

化疗出院后，父母亲总是嘀嘀咕咕的，尚小裳知道他们说什么，就是怕她真的离家出走。父亲要母亲看好尚小裳，她提出要去上班，他们怎么都不同意。尚小裳完全失去了自由，就是想去找最好的闺蜜聊聊天也不行。闺蜜来到家里探望尚小裳，母亲偷偷地听她们说话，监视着她们。尚小裳是一只关在笼子里的鸟，就是出门走走，母亲也如影随形，寸步不离。

尚小裳以前养了只狗，那只叫丁丁的哈士奇和她感情极深。得病后，第一次住院回家，尚小裳就发现丁丁不见了。丁丁是丁城送给她的礼物，一直和她相依为命，度过了许许多多的不眠之夜。很多很多不能与任何人说的话，她都会向丁丁倾诉，仿佛就是在向丁城倾诉，而丁丁是这个世界上最好的倾听者。找不到狗子，尚小裳急得团团转。她焦虑地问母亲："我的狗子呢？我的狗子呢？"

母亲告诉她，狗子送人了。

尚小裳化疗后瘦弱的身体瑟瑟发抖，泪水滴滴答答落下："妈妈，为什么？"

母亲不能告诉她，是因为算命先生说，尚小裳不能再养狗了，狗和她犯冲。母亲清楚，尚小裳根本就不会相信这种话。尚小裳伤心欲绝的样子，母亲于心不忍："我去帮你要回狗子，裳儿，你别哭坏了身子。"

尚小裳哭着说："我和你一起去。"

这时，父亲阴沉地说："你们谁也不能去，这个家里不能再养狗了。"

尚小裳说："爸，你太不讲道理了。"

父亲说："你从小到大，什么事情都由着你，这次由不得你，我说了算。"

母亲央求尚小裳："裳儿，你得病，我和你爸都像丢了魂一样，为了你，我们什么都可以去做，你就听你爸这一回吧，等你病完全好了，我求你爸去把狗子要回来，行吗？妈妈给你跪下了。"

母亲扑倒在地，跪在尚小裳跟前。尚小裳的身体瘫软下去，和母亲抱在一起，号啕大哭。

尚小裳一直想念丁丁，像想念丁城一样。这次病症复发，又一次逃脱死神的魔掌，尚小裳对丁丁思念更甚。化疗结束回家后，第一件事，就是要求父母亲把狗子要回来。尚小裳说："我知道，你们去找过算命先生，说我和狗子犯冲，我的病是由狗子引起的。现在什么年代了，你们还如此相信这些旁门左道。我的病和狗子根本就没有关系，你们想想，狗子送走了，我的病还不是又复发了。如果狗子在，我也许不会复发。你们一定想问，这是为什么。那我就告诉你们，这一年多来，我很不快乐，因为没有狗子在我身边。医生都说过，要我保持快乐的情绪，没有狗子，我能快乐吗，狗子是我的命。我的病复发，就是因为没有狗子，你们明白了吗？"

父亲瞪着眼睛："狗子是你的命，那我们是你的什么？难道我们连狗子都不如，为了你，我这条老命都快交代了，你还有没有点良心？你知道吗，你也是我们的命，要是没有了你，我们怎么活。想想也心酸呀，上辈子作了什么孽，这辈子会如此悲惨，黄土都快埋到脖子上了，本想晚年享点清福，没料到要为女儿做牛做马。辛苦点不说，还要遭大罪，你的病，就是我的罪呀！"

尚小裳无言以对。

母亲也希望狗子回到尚小裳身边，让她快乐，帮她说了几句话。父亲对着老婆一顿臭骂。母亲受不了了，和他吵了起来。俩人就像仇人一样，污言浊语从双方嘴巴里喷出，最后俩人厮打在一起，不可开交。尚小裳哭喊道："求求你们，别打了，我不要狗子了，只求你们有个安宁。"

从那以后，父母亲就真的变成了仇人，动辄就吵，闹得家里鸡飞狗跳。尚小裳无法在这个家里待下去了，要么死，要么逃。母亲紧紧地盯着她，死也死不了，逃也逃不脱。尚小裳想，自己的病再次复发吧，这样死去，合情合理，也许在她死后，他们会回到宁静的生活。

有天晚上，父亲回家后，因为一点小事，和母亲大吵大闹，趁着他们扭打在一起，尚小裳偷偷地溜出了门。她找到了闺蜜，借了点钱，买了张机票，义无反顾地飞成都去了。这次她下了决心，无论如何，要找到丁城，她心里很清楚，只有丁城才会接纳自己，呵护自己，把自己当个宝贝。

当然，这也是一次冒险，一次赌博。

6

尚小裳在沉睡之际做了个梦。梦中的尚小裳在无人的旷野迷失了方向，浓雾从四面八方弥漫过来，将她淹没。浓雾中传来野兽的嚎叫，她分不清那些野兽是狼还是虎豹，或是些什么邪恶的怪兽。尚小裳站在旷野之中，瑟瑟发抖，像是秋风中的枯叶。她想喊叫，喉咙却被什么东西堵住了，根本就发不出声音。尚小裳睁大了惊恐的眼睛，茫然无措，死亡就像一场迷雾，顷刻间将她卷走。她不怕死，怕的是死的时候是如此孤寂，整个世界只剩下她一个人。迷雾笼罩着她，她什么也看不见了，野兽的嚎叫声越来越清晰，就在她耳边……尚小裳在惊惧中睁开了眼睛，看到的是一张微笑的脸。

那是丁城的脸。

丁城用毛巾轻轻地擦去她额头上的汗珠，轻声说："小丫头，你醒了，是不是做噩梦了。"

尚小裳的心顿时踏实了，心头涌起了一股暖意："谢谢你，大叔，我知道你不会放弃我的。"

丁城说："你让我怜爱。"

尚小裳笑眼迷离："我不要怜，只要爱。"

丁城笑了笑："饿了吧，起床，我带你去吃早餐。"

尚小裳用舌头舔了舔干裂的嘴唇："还真饿了，想吃肉。"

丁城刮了刮她秀挺的鼻子:"还是爱吃肉,这没有变。"

尚小裳说:"我是匹小母狼嘛。"

丁城叹了口气:"是病了的小母狼,不过,我看你现在更像只小病猫。"

尚小裳娇嗔道:"不许说我小病猫,否则我要生气的。"

丁城说:"好了,别淘气了,快起床,带你去吃肉。"

丁城还是从前的那个诚挚的男人,这是对尚小裳最大的安慰。其实,尚小裳从那个"战火纷飞"的家中逃出来,并不确定丁城会重新接纳她,毕竟过去那么多年,再浓郁的情感也会淡化,况且尚小裳还和他分了手的,他们早已没有了关系。

丁城找了家牛肉面馆,切了一大盘酱牛肉,放在尚小裳面前。

看到堆得满满的那盘酱牛肉,尚小裳两眼放光。

她拿起筷子,夹起牛肉片往嘴巴里送,边咀嚼边说:"香,太香了,好久没有这样开心地大快朵颐了,有这盘酱牛肉的人生,死而无憾了。"

丁城还是一如往昔,默默地看着她狼吞虎咽,不过,这次他的眼睛里有波光闪烁。他仿佛在梦中,觉得这不是在现实之中,多年来,他无数次梦见尚小裳,默默地看着她吃东西。他伸出手,摸了一下她的脸,她的脸冰凉,却是那么真实。顿时,丁城有种失而复得的惊喜和感动,拿起纸巾擦了擦眼睛。

尚小裳说:"大叔,你怎么了。"

丁城笑了笑:"沙尘蒙了眼睛。"

尚小裳说:"这饭馆里哪里来的沙尘呀,大叔,你怎么变得多愁善感啦。"

丁城没有说话,吃面。

尚小裳说:"大叔,你最好了,在我落难时也不嫌弃我,还请我吃肉。我爸不让我吃太多的肉,他认为肉吃多了对我的病不利。他总是觉得,肉要吃多了,我脑子里的瘤子又会长出来,而且长得很快。他成天让我吃蔬菜,我都快成小白兔了。大叔,能不能给我买瓶奶茶喝呀?我妈不让我吃甜的东西,说甜品也会加速瘤子的生长。这真是夺了我的爱,奶茶是我的最爱呀。"

丁城对饭馆小老板说:"有奶茶吗?"

小老板笑笑:"没有。旁边的小卖店有。"

丁城出门去了,过了会,拿了瓶奶茶放在她面前。

尚小裳迫不及待地拧开奶茶瓶的盖子,说:"哇,过年了。"

丁城说:"慢慢喝,别呛着了。"

尚小裳说:"大叔,你会一直惯着我吗?"

丁城点了点头。

尚小裳说:"其实,我也不是娇生惯养的人,况且,我也不是孩子了,都二十五岁了,想想五年前的现在,我才二十岁。沧海桑田哪,都老了,大叔,我是不是像个长不大的孩子?"

丁城说:"你还是个孩子。"

尚小裳叹了口气:"要一直停留在二十岁那一年,该有多好。只想和你在一起,拒绝成长,也不要恋爱,更不要得病。"

丁城说:"人总是要长大,要老去。不过,你在我眼里,永远都是那个天真可爱的小丫头。"

尚小裳说:"可是我经历了那么多,还是那么幼稚。大叔,你不会小看我吧。"

丁城说:"怎么会,你知道你有多勇敢吗,你已经两次击败死神了,谁敢说你幼稚。"

尚小裳说:"我是说在感情问题上,我是很幼稚的。"

丁城说:"也许你们这一代人都这样吧,我理解。"

尚小裳说:"你是说我们这一代人在感情上比较轻浮?"

丁城说:"我可没有这样说。"

尚小裳说:"之前,我真的比较随意,说心里话,我很爱你,也很爱许坤,同时爱两个人,真的很不现实,可是事情就那样发生了,最终我还是选择了和他在一起,那是一个错误,巨大的错误。对不起,大叔。"

丁城笑了笑:"事情都过去了,别提了,快吃肉吧,我喜欢看你吃肉的样子,特别不淑女。"

这时,尚小裳手机响了。

尚小裳看了看,拒绝接听。一连响了好几次,尚小裳都按掉了。丁城说:"为什么不接电话。"尚小裳说:"我烦他。"丁城说："他是谁?"尚小裳说："我爸。"丁城说："你恨他?"尚小裳说："不恨，我谁都不恨，就是烦他。"她的手机又响了。丁城说："接吧，告诉他你在何处，否则他会急死的。"尚小裳又一次按掉，说："他不会急死，会把我烦死。"丁城说："如果我是你爸，女儿不知去向，会疯掉的。"尚小裳说："你不是我爸，你也没有女儿。"

手机铃声又响起来。

尚小裳来不及拒听，手机就被丁城抢过去了。

接通电话，丁城听到了尚小裳父亲的怒吼："你给老子滚回来。"

丁城说："伯父，别动怒，有话好好说。"

"你是谁，你是谁?"

"我叫丁城，是小裳的朋友，你放心，小裳和我在一起，十分安全。"

"不管你是谁，赶紧送我女儿回来，她要有个闪失，你就是杀人犯。你告诉那个没良心的东西，给老子回家。"

他挂了电话。

丁城本想多和他说几句话，也没有机会了，丁城将手机递还给尚小裳。尚小裳说："领教了吧，他只会吼叫，我只要听到他的吼叫，头皮就一阵阵发麻，我都怀疑，我的病是不是他吼出来的。如果我没有得病，我一个人在外面租房住，他也不会管我，哪怕每次见到我，都说我没有出息，是个没用的东西。得病后，他就将我囚禁在家里，仿佛我是他的囚徒。我真的不想再听到他的吼叫了，那个家充满了戾气,一点温暖也没有,我再也不想回去。"

丁城叹了口气,幽幽地说:"我多么希望父亲能够朝我吼叫,可是,他和母亲早就死了。"

尚小裳愣愣地看着他。

7

吃完早餐,丁城和尚小裳走出小饭馆,早晨的阳光打在他们脸上,有了亮色。车开动后,尚小裳觉得不对劲,狐疑地问道:"大叔,你这是往哪里开?"丁城笑笑:"回成都。"尚小裳睁大眼睛:"什么,我大老远来黑水找你,你竟然要把我拉回成都。"丁城沉稳地说:"没错,回成都,然后再回上海,你要是想在上海待着,我没有意见,你要回苏州,我也可以送你回去。"尚小裳突然怒气冲冲地说:"丁城,你这个老东西,给我停车。"丁城没有理会她,继续开车。尚小裳大声说:"丁城,我让你停车,你耳聋了吗!你再不停车,我就跳车了。"丁城晓得她的脾气,倔强起来也是蛮不讲理的,就将车停在了路旁。

丁城冷冷地说:"尚小裳,你到底想干什么。"

尚小裳眼睛红红的,喊叫道:"我想干什么,你难道不知道吗?"

丁城说:"你不是找到我了吗,还要怎么样。"

"我要和你去登山,登上达古冰山。这些年来,你每年都去登山,我都知道,也清楚你为什么要独自去登山。我得病后,就希望能够和你再去登一次山,哪怕是死在登山途中，也心甘情愿，因为这是我此生最有意义的事情。我鼓足勇气找到你，就是为了这个希望，难道你就让我失望吗？我知道自己的病，活不了多久的，也许就在明天，癌细胞就会转移到全身，我会在痛苦中死去。今天，趁我还有力气，心里还有爱，让我和你登一次山，可以吗？这是我此生最后的要求。"尚小裳眼角淌下了泪水。

丁城说："假如你没有得病，假如你的身体像五年前那样健康，你要去攀登珠穆朗玛峰，我也答应你，也会陪你一起去。问题是，你是个病人，身体那么虚弱，我怎么能够冒险将你带上山。你父亲说得好，你要是有个闪失，我就是个杀人犯。小丫头，听我一句话，我们别去登山了，你要去哪里玩，我都答应你，去九寨沟，去若尔盖大草原……怎么样？"

尚小裳擦了擦眼睛，倔强地说："我哪里也不去，就要和你一起登上达古冰山。"

丁城说："可是我现在不想去登山了。"

尚小裳打开车门，来到波涛汹涌的黑水河边，朝丁城喊叫道："今天我一定要去登山，你要是不答应，我就跳下河去。"

丁城倒吸了一口凉气。

尚小裳说要跳下河，绝对义无反顾，丁城领略过她的倔强。他无奈地说："别跳河了，上车吧，我们去登山。"尚小裳上了车，还气呼呼地鼓着小嘴。丁城说："我答应带你去登山，但我有个要求。"尚小裳说："什么要求？"丁城冷冷地说:"一切都要听我的,不能自作主张。"尚小裳点了点头。

五年前,尚小裳跳进无名小湖里的情景,仿佛就在丁城眼前。

那一路上,尚小裳对丁城有了依赖感。丁城和尚小裳说好了,到了稻城,她去找她的姐妹,他自己一个人独自行动。尚小裳答应得好好的,结果变了卦。快到稻城的时候,丁城发现三个姑娘在路边山谷的无名小湖边拍照,湖边停着一辆越野车,那个司机在抽烟。他停下了车,问尚小裳:"那三个姑娘是你的姐妹吗?"尚小裳仔细看了看,说:"就是她们。"丁城觉得她见到自己的姐妹,一点都不开心的样子,就觉得有些麻烦了。丁城说:"小丫头,你该去和她们会合了,我也该独自上路了。"尚小裳没有吭气,心里在盘算着什么鬼主意。丁城将车开了过去,自言自语道:"稻城有那么多美丽的高原湖泊,珍珠海、牛奶海、五色海,等等,这无名小湖有什么好看的。"尚小裳冒出了一句话:"她们很傻的,那司机也很傻,又傻又懒。"停下了车,丁城对尚小裳说:"下车吧。"

尚小裳说:"我不想和她们在一起了。"

丁城说:"不管,快下车,我一个人自由自在,你是累赘。"

尚小裳说:"大叔,我怎么成了你的累赘了,这一路上,我就像个小跟班的,还给你拍了那么多漂亮的照片,你不是说有我在不寂寞了吗,那么快就翻脸不认人,这不是你的做派吧。"

丁城说:"讲点诚信好不好,我们有言在先的。"

那三个姑娘发现了丁城的车,都围了过来,见到尚小裳,都用莫测的目光审视着她。其中一个姑娘说:"尚小裳,你还活着呀,我们都以为你死了呢。"尚小裳说:"去你的,你以为离开了你们,我就活不了了,嘿嘿,我坐的可是专车。"有个姑娘满脸狐疑:"尚小裳,你真不跟我们走了,说好了追上我们就一起走的。"另外一个姑娘说:"小裳,以后不敢和你打赌了,我们输了,你真的拦到车,追上我们了。"

丁城催促道:"小丫头,别啰唆了,快下车吧。"

尚小裳根本就不理他,而是继续对她们说:"我不和你们一起走了,你们走吧,包车的钱我一分不少,照样给你们。"

司机说:"美女们,赶紧走吧,别在这里耽误时间了,好风光还在前头呢。"

三个姑娘都问尚小裳,断定不和她们一起走后,纷纷上了车。那司机开着车跑了。丁城生气了,下了车,走到另外一边,拉开车门,神情冷峻地说:"下车。"尚小裳笑着说:"不下,不下,就不下,我跟定你了。"丁城:"倒霉,碰到个女无赖了。"说着,丁城将她拖下了车。尚小裳说:"她们的车都走了,你看怎么办。"丁城冷漠地说:"你打电话叫她们回来接你。"尚小裳说:"大叔,这里没有信号耶。"丁城说:"关我什么事情。"他将她的背包从后备厢里拿出来，扔在了地上，上车就要走。

尚小裳站在枯黄的草地上，大声说："大叔，如果你真的扔下我，我就跳到湖里去，淹死在湖里，我做鬼也不会放过你的。"

丁城说："有种你就跳。"

尚小裳无话可说，朝湖边奔跑过去，义无反顾地跳进了冰冷的湖里。丁城心里一沉，赶紧跳下车，奔了过去。尚小裳在湖水里扑腾，沉静的湖水顿时鲜活起来，溅起的水花在阳光下像炸裂的玻璃碎片。丁城感觉她很快就要沉入湖底，变成一具冰冷僵硬的尸体，他来不及考虑什么，就跳入湖中，捞起了尚小裳。尚小裳冻得瑟瑟发抖，脸色苍白。丁城让她在车里换了干净的衣服，开了暖气，尚小裳在车里渐渐地暖和起来，僵硬的身体慢慢柔软，脸上也缓缓地出现了血色。丁城换好衣服，将尚小裳和自己的湿衣服放在阳光下暴晒。他也不想再往前走了，决定在此地宿营。

夜晚来临，旷野的风凛冽，他们坐在篝火旁，说着话。

"大叔，你知道吗，其实我会游泳，你就是不跳下湖里救我，我自己也会爬上来的。"

"为什么要这样做？"

"考验呀。"

"考验我？"

"当然，因为我看上你了，所以要考验你。以前我喜欢过一个男孩子，就经不起考验，那是个胆小鬼，而且根本就不爱我。我想你是爱我的，只有爱我的人，才会舍身救我。"

"别胡说八道，我是不忍心见你死在这里，什么爱不爱的。下次再这样，看我还管不管你，别考验人性，特别是用自己的性命，不值，懂吗，并不是每个人都有怜悯之心。"

"记住了，大叔。"

"你要是真淹死在湖里了，我一生都会做噩梦的。唉，怎么就碰上了你这样一个傻丫头。我答应你带你走了，但再不要做出这样的惊人之举了，我的心脏受不了。"

"大叔，多少男人喜欢有个漂亮姑娘在身边陪伴，你为什么就非要赶我走呢，难道我长得很难看吗？"

"麻烦。"

"我会让你爱上我的，大叔，我要让你知道，和我在一起的男人会有多么幸福。"

"一厢情愿。"

"大叔，你能抱我一下吗？"

"不能。"

"算了，你就是一块花岗岩，我去睡了。"

8

从黑水城到达古冰山山脚，穿过壮美的达古大峡谷，就可以到达。秋天是达古大峡谷观赏彩林最好的季节，漫山遍野色彩斑斓。丁城错过了最好的观赏时节，只能看到还没有落光的各种颜色的树叶，在风中飘零。丁城的目的不是观赏彩林，也不是浏览沿途的自然风光，而是登山。丁城驾着越野车往峡谷深处行驶之际，却有了别样的想法，希望沿途绝美风光重现，目的是让尚小裳心情愉悦。尚小裳每看到一处美丽风景之时，她苍白的脸上就开出了花。而她也是一朵花，经过风霜的花儿，丁城不愿意看她这朵鲜花过早地凋零。

"大叔，你还记得吗，那次稻城之旅结束之后，我和你说过的话。"

"你和我说过很多话。"

"最重要的一句话。"

"你说过的许多话，都很重要。"

"我说过最重要的一句话，就是——等我大学毕业，就嫁给你。还记得吗？"

"记不得了。"

"你骗人。"

"记得又怎么样，不记得又怎么样，你现在还不是坐在我身边。"

"那时我已经大四了，很快就毕业了。要不是许坤的出现，我真的会和你结婚的，不过，我不敢断定你会不会娶我。想听听我和许坤的故事吗？我知道你不愿意听，可是我必须告诉你，我要向你坦白一切，否则对你不公平。"

"你想说就说吧。"

"要不是我闺蜜朱凰，我也不会认识许坤。朱凰是我中学同学，读书简直笨死了，连大学也没考上，不过不影响她做我的好朋友。她老爸十分有钱，至于有多少钱，我不清楚，我知道的是，她老爸给了她一大笔钱，随她怎么花。那时，她经常送一些贵重的礼品给我，什么包包首饰的。她开了家酒吧，老是叫我到酒吧里喝酒，我不怎么会喝酒，就喝奶茶陪她玩。我和许坤就是在她酒吧里认识的。他长得好帅呀，第一眼见到他时，我以为是鹿晗站在了我面前，我那颗小心脏都快跳出来了。许坤是朱凰的朋友，他们的父亲是生意场上的好朋友。我们认识后，他就隔三岔五邀我出去玩，他出手也很大方，我想要什么都满足我。当时我想，我爱的大叔怎么办？我说这些你不会生气吧。"

"怎么会。"

"不会就好，我伤过你的心，以后不想让你生气。当时我真的很矛盾，像个傻子一样，不知道怎么办。我把心事告诉朱凰，让她给我拿主意。她说许坤喜欢我，和她说起过。朱凰比我老练多了，社会经验也十分丰富。她对你和许坤都做了分析。她认为和你在一起是没有意思的，你比我大那么多，无论哪方面都有很大的差距，和你在一起，不一定会快乐。许坤不一样，和我年龄相当，长得又帅，家里也有钱，而且马上到美国留学，前途不可限量，我和他在一起，就是金童玉女，天生的一对。不骗你，我真的爱上他了，心里又舍不得你，让我下决心的，还是许坤比你有趣，尽管你有担当，也会呵护我，不会让我受委屈，可是，你比较古板，不会甜言蜜语，最后我还是选择了他。"

"你们后来为什么分手？是因为你生病吗？"

"和他分手是我生病之前的事情，朱凰说，可能我生病和与他分手有关。我可以保证，我的病真的和他没有关系，是我的命不好。你知道的，我去美国找他。我和许坤说过你，我是个坦白的人，什么都要说清楚。和他说过关于你的事情之后，他大发脾气，还把我的手机砸了，当时在纽约的大街上，很多人都投来莫名其妙的目光，我都哭了。看我哭了，他就哄我，带我去买了新的手机，我怕他再生气，就把你的微信删除了。我以为你还会加我的，结果一直没有。说到分手，也许是命中注定的事情，我忽略了很多现实问题，我和他本来就不是一路人，阴差阳错走在一起，分手也成了必然的事情。最初我发现他还有别的女孩子的时候，他哄骗我，说和那个女孩子只是逢场作戏而已，我原谅了他。许坤对我好，我也可以感觉到，时间长了后，我就觉得他根本就不是真的对我好，不像你，可以替我遮风挡雨。有一次，我又发现他有了另外的女孩子，他竟然对那女孩子说我只是他的玩物，迟早会一脚将我踢回国的。那天晚上，我伤心透了，在雨中哭了一个晚上，他竟然对我不闻不顾。后来，我就回国了，也和他断了。"

"就这么简单？"

"嗯，就这么简单。"

"你恨他吗？"

"不恨，我说过，我从来没有恨过谁，就是伤心过。我生病之后，给他发过一个邮件，告诉他这件事情，只是想让他安慰我几句，那段时间十分崩溃，也不敢找你，总得找个人说说。我真是个傻瓜，连朱凰都说我傻，当时应该敲他一笔分手费的，可我怎么开得了口。接着说，他收到我邮件后的反应，他只回了我一句话：人总是要死的。这句话让我对他彻底绝望了，从此没有再和他说一句话，这句话也让我一下子长大了，知道什么是我该要的，不再心存幻想。朱凰气不过，替我打抱不平，想管他要点钱给我治病，他才不会管我呢。朱凰恨他恨得要死，和他绝交了。她是我唯一的好朋友，前两年，要不是她父亲出事，进了监狱，她那酒吧经营不好没什么收入，她一定会帮我的，尽管我也不会要她的钱。"

"朱凰知道你来找我吗？"

"知道，她后悔当初说你不好，以后要是有机会，她会给你赔罪。"

9

上山之前，丁城凝视着尚小裳的眼睛，认真地说："小丫头，我们还是坐缆车上山吧，就算我们攀登过达古冰山。"尚小裳也认真地说："大叔，带我爬一次山，从今往后，我再不会让你带我登山了，我生命中必须要有这次经历，否则死不瞑目。"丁城眼含热泪点了点头。

这天天气很好，气温也不算太寒冷，适合爬山。如果是丁城自己一人，一天就可以爬上顶峰，他可以在山顶住一夜，第二天再徒步下山。现在有了尚小裳，她的身体状况并不是很好，一天登顶绝对是有困难的。丁城做好了这样的准备，用一天的时间爬到半山腰，然后在半山腰上宿营，第二天再用一天的时间登顶，然后坐缆车下山。

丁城将所有的物品都装进了自己的大登山包里，不让尚小裳负重，她只需拿着登山杖就可以了。尚小裳提出来，自己也要背点东西，丁城不答应。尚小裳执拗地说："就让我背上自己的小背包，里面装点饮用水，怎么样？"丁城想了想："也行，但有一点，你要觉得吃力了，就把东西扔给我。"尚小裳微笑地点了点头。丁城说："我喜欢看你笑，会给我力量。"尚小裳说："你也要笑，你的笑容对我来说是安慰，也是爱意。这次见到你，你的眼睛里多了忧伤，我知道是因为我。你不要在乎我的病痛，真的没什么的，只不过脑子被挖空了一半而已，不影响我登山，更不影响我去爱。答应我，大叔。"

丁城点了点头："我答应你。"

丁城给她脸上涂上了防晒霜，套上脸罩，戴好帽子，然后蹲下来，重新给她系紧了登山鞋的鞋带。丁城又教她登山时如何呼吸，这样走起来就不会气喘，也教她如何走路，以保存体力。做完一切准备，丁城说："小丫头，我们可以出发了。"尚小裳像个指挥官，挥了挥手中的登山杖，大声说："出发——"

他们沿着通向山的那条羊肠小道，开始了一次爱和生命的征途，丁城很清楚，尚小裳是有危险的，他会尽一切力量保护好她。起初，丁城带着尚小裳在森林里穿行，路不算太崎岖，比较好走，不是那么吃力。丁城走在前面，尚小裳走在后面，丁城走得很慢，怕她跟不上，谁也不说话，因为说话会消耗体力。尽管不说话，他们都有千言万语通过脚步声交流，默契而又相互关爱。

路过一些石头堆起来的玛尼堆时，丁城总会默默地为尚小裳祈祷。

走着走着，突然树上传来一阵声响。

尚小裳惊叫了一声。

丁城停下脚步，往树上望了望，笑了，那是几只藏酋猴。他对尚小裳说："小丫头，别怕，那是猴子，不会伤人的。这山里据说还有金丝猴和小熊猫呢，运气好的话可以看得到。"

尚小裳说："只要不是野狼就好了。"

丁城笑了笑说："这地方应该没有野狼，如果有，你也别害怕，有我呢。"

尚小裳说："嗯，有你在，我不怕。"

每走一个小时，丁城就找个稍微平坦的地方，让尚小裳休息。休息时，丁城帮尚小裳擦去额头上的汗水，给她喝水，问寒问暖。尚小裳笑着说："大叔，别太照顾我了，我是个有血有肉的人，不是纸糊的，没有那么脆弱。况且，有你这个精神支柱，我垮不了，别为我忙碌了，坐下来一起休息。"

丁城笑笑："我总是担心你支撑不住。"

尚小裳说:"你的担心是多余的。说点好玩的事情吧,你还记得五年前,在路上,碰到三个打劫的那件事情。"丁城说:"当然记得。"尚小裳说:"当时我吓坏了,他们三个大男人,而我们就只有你一个男的,你那么瘦,我想肯定不是他们的对手。"丁城说:"那也是侥幸,要不是我当过兵,识破了他们手中的手枪是假的,还真是着了他们的道了。"尚小裳说:"我看你冲过去,按住一个打劫者死命地打,吓得我闭上了眼睛,没有想到他们那么怂,另外两个见那么疯狂,撒腿就跑了。"丁城说:"他们真要一起上,我还真没有胜算,我是豁出去了,先干掉一个再说,擒贼先擒王,这一招果然奏效。"尚小裳说:"大叔,当时我就想呀,跟你在一起,是最安全的,心里很真实地爱上了你。我还想,你是不是学过功夫。"

丁城说:"什么功夫,只不过胆子壮而已,而且我虽然瘦,力气还是很大的,从前,我在部队的时候,全团官兵掰手腕没有人可以掰过我。总有些愣头青来挑战我,结果总是成为我的手下败将。"

尚小裳说:"说起来好笑,我也去学过几天拳击。"

丁城说:"就你——"

尚小裳笑着说:"你可别笑话我,我还真学过拳击。事情还得从第一次手术出院后说起。有天晚上,我比较晚回家,路过一条小巷时,发现身后有个人尾随我。我想,这家伙可能是个色狼,也许是个抢劫的,心里忐忑不安。走到一处无人的地方,那家伙追了上来。我知道跑不过他,也不跑了，站在那里，急中生智，突然转过身，一把抓掉头上的假发，低下了头。那家伙鬼叫了声，撒腿跑了。他一定是被我头上开刀留下的疤痕吓跑了。我把这事情告诉给了朱凰，朱凰笑得下巴都快掉了。她说，你还是和我一起去学拳击吧。我说这可以有，于是，就和她去学打拳了。我那个教练听说很厉害，练了几天，有一次，他失手一拳打在我脸上，我倒在地上，假发也被掀掉了，他看到我头上的疤痕后，再也不敢教我了，说是怕不小心把我的头打裂了，他可负不起责任。"

丁城说："说得我都想看你头上的疤痕了。"

尚小裳说："不给你看，我是超级美少女，不想让你留下丑陋的印象。"

夜晚来临后，他们找了个平坦之地宿营，这个地方已经不是森林了，是裸露的岩石地带，海拔高的地方，基本上就是不毛之地了。丁城确定，已经走了过半的路了。尚小裳累得不行了，躺在帐篷里，一动不动。丁城给她弄好吃的，让她起来吃，尚小裳说："什么也不想吃，就想睡觉。"丁城打亮了应急灯，对她说："赶紧起来吃点东西，否则你明天早上就起不来了，听话。"尚小裳无奈，坐起来，吃东西。她在吃东西的时候，丁城用肤轻松药膏揉她的小腿和大腿，这样可以放松她的腿部肌肉，以免明天早上肌肉肿胀，疼痛得走不动路。吃完东西，尚小裳迫不及待地钻进睡袋里，很快就进入了梦乡。听着尚小裳起伏的鼾声，丁城心里充满了慈爱和怜惜。

他没有睡，套着睡袋，坐在帐篷外面看星星。此时气温已经下降到了零下几度，十分寒冷，丁城心里却热乎乎的，守护着心爱的人儿，寒冷根本就不算什么。满天的繁星，发出冷艳的光芒。在这里，可以看清每一颗星星，丁城在寻找着猎户星座，那是他最喜欢的星座，据说，猎户星座永远不会老去。

10

天还没有亮，尚小裳就醒了。她发现丁城没有睡，就坐起来，说："大叔，你怎么不睡。"丁城说："睡不着。"尚小裳说："这样怎么能行。"丁城说："没关系的，你睡好了，我就好了。再睡会吧，还早呢。"尚小裳说："我睡不着了，你进帐篷里陪我吧，我想你抱着我，可以吗？"丁城进入了帐篷，她的头靠在他的肩膀上，丁城搂住了她的肩膀。

尚小裳说："大叔，我现在是世界上最幸福的人。"

丁城说："我也是。"

尚小裳说："真想永远被你拥抱着，不要松开。"

丁城说："我不会再让你离开我。"

尚小裳说："大叔，问你个事呀。"

丁城说："你问吧。"

尚小裳说："这些年，你有没有喜欢过别的女人？"

丁城说："没有。"

尚小裳说："也没有接触过女人吗，是谈婚论嫁的那种。"

丁城说："有过一次。我们公司的一个副经理，想将他表妹介绍给我。我们相过亲，我没有看上她，和一个不喜欢的女人结婚，那是万劫不复的事情。不过，我们还差点成了。副经理很诚恳地说，只要我和他表妹结婚，他表妹的户口就可以迁到上海市来，他就可以给她找份体面的工作，因为她在老家太艰难了，带着一个孩子。我十分同情她，想帮帮她。后来，她问我，喜欢她吗，我说了实在话。她说你不喜欢我，娶我没有意义，就不再往来了。虽然我不喜欢那个女人，可是我尊重她。"

尚小裳说："她是个好人。"

丁城说："是的，很好的女人。"

尚小裳说："大叔，你会娶我吗？"

丁城反问道："你说呢？"

尚小裳笑了笑说："不会。"

丁城说："为什么？"

尚小裳说："因为我不会嫁给你，不会连累你。能够和你登一次山，今生就圆满了，无论生或死，我都获救了，无怨无悔了。"

丁城说："你说了不算，我说过，从今往后，我不会再让你离开了。"

尚小裳幽幽地说："好感人哟，我们不是在拍爱情片吧。如果谁把我们的故事拍成电影，应该可以获奥斯卡奖。"

说完，她就咯咯地笑了。

丁城也哈哈大笑。

那都是含泪的笑，笑声在山野飘荡，天上的众神应该能够听见，最起码，那些沉默的岩石听见了，作了见证。

天亮之后，吃了点东西，他们继续向上攀登。这是个阴天。海拔越来越高，路也越来越难走，山体的表面，都是冰川融化后留下的碎石和沙砾。每一步都得稳稳地着地，踏踏实实地行走，一不小心，脚下就会打滑，摔倒，滚下山去。为了节省体力，更加安全地到达峰顶，丁城选择了走"之"字形，慢慢地往上攀爬。尚小裳的体力渐渐不支，丁城往上走一步，就回过头伸出手，拉她一把。

还剩下最后一千米之际，是最考验他们的时刻。天上乌云密布，风也越刮越猛。天气的骤然变化，对他们而言是极为不利的，充满了不确定的凶险。丁城觉得这是上天对他们的考验。就在这个时候，尚小裳双脚一软，瘫倒下去。丁城叫声不好，回过身扑在地上，抱住了她。丁城卸下了沉重的背包，抱起气喘吁吁的尚小裳，焦虑地说："小丫头，你什么感觉？"尚小裳艰难地说："我的双腿不听使唤了，头很痛。"这可如何是好。

就在这时，天空飘起了雪花，雪花在风中狂舞。

丁城想，无论如何，都要将尚小裳弄到山顶上去，然后坐缆车回到山脚，送尚小裳去医院。尚小裳说："大叔，我尽力了。对不起，连累你了，看来你当初说的没错，我是你的累赘。你不用管我了，自己走吧，我死在这里也蛮好的，这可是神山呀。"

丁城说："小丫头，别胡说八道，你记住，只要我在，你就是安全的。"

他给尚小裳吃了一粒散利痛，然后从背包里取出一卷背包带。这卷背包带，是他转业时带回来的，每次出去登山，都带着，一直没有派上用场，这次终于派上用场了。他什么也不想要了，只要背尚小裳上山。丁城用背包带将尚小裳的身体捆在自己的背上，将所有东西都遗弃了。尚小裳说："大叔，你放我下来，我不想连累你。"丁城笑了笑说："小丫头，你笑一个给我看，给我力量。"尚小裳脸上露出了微笑，眼中泪水盈盈。丁城回过头，看到了她的微笑。他说："小丫头，双手抓住我的肩膀，我们要出发了。"尚小裳双手抓住他的肩膀，头也靠在他的左肩上，轻声说："大叔，我爱你。"

丁城一步一步地艰难行走。

每走一步，都紧咬牙关。

尚小裳突然想起五年前的那天中午，在稻城卡斯地狱谷徒步时，她的脚扭伤了，丁城也是背着她，一步一步走到了安全地带。本来，他们说好要去登一座山峰的，因为她扭伤的脚，没有成行，所以，和丁城一起登一座山，是她最后的愿望。穿过了卡斯地狱谷，就会到达天堂，当时是丁城背着她穿过去的，在精神上，他们早已到达了天堂。而如今，他们是在攀登一座神山，神山也是天堂的一部分，到达山顶，他们的灵魂就会超越一切苦厄，飞升到高远的境界。

尚小裳轻声地在丁城耳边说:"仿佛是注定,我要你驮着我飞升。"

丁城没有说话,他不能分散自己的注意力,哪一步不踏实,他就要跌落万劫不复的深渊。

可是,他喜欢听尚小裳说话,只要能够听到她的声音,就能感觉到她生命的存在,这对他来说,是安慰,也是鼓励,是力量之源泉。

尚小裳说:"我的身体比五年前轻了吧。一年前,第一次做化疗时,天天恶心呕吐,好难受呀,谁见到我,都说我只剩下骨头和皮肤了。好在这次化疗只是吃药,没什么反应,呈现在你面前的我好看了些。"

丁城背着尚小裳在风雪中往山顶攀爬,被坐在缆车上的几个游客发现了。这动人的一幕感染了他们。有个人大喊了一声:"好汉,加油——"

所有人都大喊起来。

"好汉,加油——"

"好汉,加油——"

……

丁城战胜了自己,当他颤巍巍地站在山顶,看着冰川下的那个被雪花覆盖的小湖时,喃喃地说:"我们成功了。"尚小裳用冰凉的唇吻了吻他温热的耳朵,轻声说:"谢谢你,大叔,如果有来生,我一定会嫁给你。"丁城说:"我不要来生,只活此生。"尚小裳的热泪滴落在他脖子上:

"那个小湖有名字吗?"丁城说:"有,它叫滴泪湖。"尚小裳说:"那是我们的心湖。"

2019年11月1日于厦门
（发表于《西部》2020年第1期）

单枪匹马

先从一碗面开始,说单雄信的故事。单雄信不是隋唐演义中的英雄,而是唐镇杀猪佬单屠夫的儿子,他活在当代的风尘之中。

细雨蒙蒙的清晨,单雄信着一袭黑色风衣,戴着黑色的牛皮毡帽,足蹬黑色皮靴,走进了唐镇。他没有打伞,毡帽和风衣上,落满了细密的雨星子。他站在一爿小吃店门口,朝里面张望。

镇街上早起的人稀稀落落,路过的人会朝单雄信投来不经意的一瞥,然后匆匆走开。小吃店里充满了烟火气,小老板王缺佬将一大笼蒸好的肉包子放在案板上,他老婆朱春花在切着葱花。单雄信是这个早晨第一个走进小吃店里的人。王缺佬笑脸相迎:"小伙子,请坐,请坐。"

小吃店里只有五张长条小桌,单雄信找了个位置坐下,此时没有其他顾客。王缺佬满脸堆笑:"吃点什么?有肉包子,有扁食,有面条,还有芋子饺。"他说话像漏气的风箱,含糊不清,但单雄信完全听清楚了。单雄信笑了笑:"还是来碗猪肝面吧。"

"好咧——"王缺佬进厨房去了。

过了会，矮胖的朱春花端着热气腾腾的猪肝面走出来。猪肝面放在单雄信面前的桌面上，她和他对视了一眼，朱春花左眼角那颗豆大的黑痣微微颤抖。朱春花回厨房，继续干活。单雄信吃面，哧溜哧溜响。这碗面分量足，猪肝也放了不少，单雄信觉得还是老家的面好吃，实惠。

王缺佬走出来："味道如何？"

单雄信抬起头："不错。"

王缺佬说："你是外乡人？"

单雄信说："我的口音像外乡人。"

王缺佬说："没见过你。"

单雄信冷笑："可是我知道你的上嘴唇是怎么缺的，小时候玩两响炮炸坏的吧。"

王缺佬说："唐镇人都知道。"

单雄信说："那就对了，我还是外乡人吗？"

王缺佬抓耳挠腮："我记不得你是谁。"

朱春花走出来，手指头戳了一下王缺佬脑门："你能记住几个人，番薯脑袋，他是单屠夫的儿子雄信，小时候鼻涕老擦不干净的雄信。"单雄信脸红了，王缺佬仔细端详他："都不像了，那时候瘦，现在结实，也长高了，脸型都变了，记得上大学前是圆脸，怎么长成方脸了。"

单雄信没有再说话，埋头吃面。这时，陆陆续续有人进入小吃店，王缺佬夫妻也顾不了单雄信了，忙碌起来。单雄信吃完面，站起身，走了出去。一个年轻人问王缺佬："刚才吃面的人是谁？"王缺佬说："单屠夫的儿子，单雄信。"年轻人站起来，追了出去。王缺佬喊道："胡金星，你还没给钱。"胡金星回过头说："明天早上一起给你。"

王缺佬叹了口气："唉，明天早上他又会说给过钱的。"

胡金星跟在单雄信后面。单雄信的打扮和唐镇格格不入，像是美国西部片中的牛仔。早春的唐镇，还是寒气逼人，胡金星只穿了件灰色的夹克衫，脸上起了鸡皮疙瘩，牙关打战。他本来想吃完早点就回武馆睡觉的，岂料发现了单雄信。他想起姐夫郑发，郑发说过要提防单雄信，就盯紧了他。单雄信沿着镇街一直往西走。小镇渐渐有了人气，人们纷纷将店门或家门打开。一些土狗也开始在镇街上窜来窜去，有的狗相互看不顺眼，狗咬狗，传出愤怒的吠声。

胡金星在细雨中哆嗦，实在太冷了，跟到镇街的尽头，就想打退堂鼓了。咬了咬牙，他还是觉得应该继续跟踪下去。单雄信站在唐镇中学的大门口，犹豫了片刻，就走进了校园。这时学生们还没来上学，校园里空空荡荡。单雄信快步穿过操场，进厕所去了。胡金星站在大门门洞里，目不转睛地盯着操场另一边的厕所，生怕单雄信出来就飞了。学校看门人是个老头，从窗口伸出头："金星，吃早饭了吗？"胡金星说："吃了，吃了。"老头说："你在看什么？"胡金星说："我在看单雄信。"老头说："就是单屠夫的儿子？"胡金星说："就是他。"老头说："那是个混蛋，上中学时，还骂过我。"胡金星没再搭理他，还是目不转睛盯着厕所。老头还在唠叨："我在唐镇中学看了几十年的门，很少有学生像他那样骂我的。"胡金星心里烦闷极了，单雄信进厕所很久了，还没有出来，难道他掉进厕所坑里了？

胡金星朝厕所奔跑过去，走进厕所，已经不见了单雄信。他自言自语："不好，这小子竟然在我眼皮底下溜了。"他在细雨中跑出了学校，一直朝镇子外桃花河附近郑发的别墅跑去。

单雄信在唐镇厕所里拉了泡稀，闪出厕所，就从学校的小门出去了。肚子还是痛，单雄信昨天夜里回到唐镇，也没有吃什么东西，肚子就坏了，想来想去，还是想到了王缺佬的那碗猪肝面。他想回去找王缺佬理论，转眼打消了这个念头。

单雄信肚子又叽里咕噜响起来。

他又跑进了唐镇中学的厕所，一阵狂泻。拉完肚子，单雄信觉得肚子空了，精神爽快。出了唐镇学校，他摸了摸腰间被风衣遮挡住的剔骨尖刀，想象着尖刀插进郑发心脏的情景。

想象使单雄信异常兴奋，眼睛里燃烧着烈火。

他朝镇西头快步奔去。

穿过一片油菜花地，看到路边一条狗在呕吐，吐出的是青草的叶子和浑黄的汁水。春天来临后，猫会发情，狗也容易疯狂。呕吐后的土狗，眼睛血红，这是要疯的前奏，单雄信十分清楚，他一溜小跑，躲开了那条土狗。

不一会，他就看到了矗立在那片青草地中的别墅。

别墅被高高的围墙围住，像座小城堡，单雄信不知道建这样一幢别墅需要多少钱，现在想这个问题已经没有意义，他只有一个目的，要杀死郑发。他眼睛里的火苗还在熊熊燃烧。他来到了别墅的门楼外，门楼也修得高大堂皇，别墅是现代建筑，门楼却是传统的，雕檐画栋，上面还有一块鎏金牌匾，写着"福泽千秋"四个大字。单雄信朝地上啐了口唾沫："呸！断子绝孙，什么狗屁千秋。"

门楼的大门紧闭。

天上还飘着牛毛细雨，门楼里面一点动静都没有，也许郑发一家还在床上。单雄信愤怒地吼叫："郑发，你给我滚出来。"

一连吼了几声，里面还是一点动静都没有。

单雄信走近大门，抬起脚，狠狠地踢了大门一脚。

就在这时，他听到了狗叫。

一条狼狗从狗洞里钻出来，吐着湿漉漉的舌头，露出尖利的犬牙，朝单雄信扑过来。单雄信叫了声："不好！"撒腿就跑。他的肚子又叽里咕噜地叫唤起来。但是顾不了许多了，拼命奔逃。他跑出了一百多米远，觉得奇怪，自己怎么能够跑得过大狼狗，回头一看，狼狗根本就没有追上来，只是将他吓跑了。单雄信自言自语："单雄信，你真没用，连一条狼狗都对付不了，还想杀死郑发，这不是个笑话吗？"

不过，杀死郑发的决心并没有改变。

远远地,他看到门楼的大门开了,里面走出两个人,一个是郑发的老婆胡丽娜,另外一个是胡丽娜的弟弟胡金星。胡金星指了指他,和姐姐说着话。今天是杀不成郑发了,单雄信灰溜溜地离开了。

唐镇东边五里地的山上,有个叫百花坳的地方,这里有个小水库,小水库的功用并不是发电,而是蓄水为干旱时所用。通向百花坳的路被拓宽了,但还没有铺好,雨天路滑,红土粘鞋,坑洼处有积水和泥浆。单雄信走在这样的路上,心里窝火。肚子叽里咕噜,随时都将有排泄物喷出。实在忍不住,他就钻进路边的林子,酣畅淋漓一番。要不是因为父亲,他死也不会回到这个地方。故乡是什么?他没有概念。他不是那种热爱故乡的人,甚至连自己都不爱,他一直认为自己是个死无葬身之地的人。

父亲留下来的老屋就在水库边的半山腰上。那是泥墙黑瓦,两进两出的民居,上厅和下厅中间有个天井。这是父亲的家,单雄信不认为是自己的家,他只是个过客,此时暂住。在他三十多年的时光里,他在这座老屋里暂住过十八年,后来远走高飞离开了百花坳。他一直不明白,为什么祖上会选择这个地方造屋,单独一家居住在此。他没有问过父亲,从小就没想要在这里终老,希望自己像只鸟儿飞出这偏僻山地。

打开老屋门锁,单雄信没有直接进屋。他坐在石头门槛上,用竹片刮掉粘在靴底的泥巴。这时,有只黑鸟呱呱叫唤，从屋顶掠过，飞到山那边。单雄信看着它消失，心里充满了前所未有的孤独感。那黑鸟也许就是他，哀叫着，无所适从。单雄信想起了父亲，那个杀了一辈子猪的父亲，此时，他的尸骨未寒，埋在后山的坟墓里。

单雄信昨夜回来，就找到了父亲的坟墓，在雨中，跪在父亲坟前，没有流泪，也没有说话。在单雄信印象中，父亲是个强壮的人，虽然几年没有回家，但每次和父亲通电话，都觉得他中气很足，还是六十岁之前杀猪的气魄。父亲也只不过六十五岁，就猝死在自家门口，这让单雄信怒火中烧。如果父亲不死，他是不会在这个时候回乡的。父亲之死，打乱了他的人生计划。

看着空蒙的远山，单雄信会想起遥远的日子，父亲杀好猪，将猪肉放在板车上，拉着板车去镇上卖猪肉的情景。那也是清早，单雄信和父亲一起出门，如果是雨天，他和父亲都穿着雨衣，道路坎坷泥泞，鞋底沾满了厚厚的红泥，板车轮子陷入泥泞里，父亲气喘如牛，他就会在后面帮父亲推板车。五大三粗的单屠夫心疼儿子："雄信，我还推得动，不用你动手，走好你自己的路就好了。"尽管父亲这样说，单雄信还是帮着父亲推板车，直到走完泥泞的山路。路还是那路，从家门口一直通向唐镇，不过拓宽了许多，却没有了父亲的身影。单雄信觉得异常凄惶和悲伤，对父亲的感情，只有他自己心里清楚。

大舅舅李成元电话里告诉过单雄信，他父亲死于爆血管，而此前父亲的身体一直很好，没有任何死亡的迹象。

李成元说，单屠夫的死和郑发有关。郑发是单雄信的高中同学，虽然没有像单雄信那样考上大学，却成了唐镇最有钱的人。唐镇人都不晓得郑发的钱财从何而来，只知道他外出了几年，回来后就不得了了，又是造别墅，又是买好车，还在唐镇开了歌厅，让唐镇宁静的夜晚热闹起来。关于郑发的传闻很多，有人说，他在外地给一个有钱的大老板开车，老板死后，他和老板娘搞上了，老板娘给了他很多钱；还有人说，他在广东贩卖冰毒，赚到钱后怕被抓去枪毙，洗手不干，回到了唐镇；也有人说，他是盗墓贼，挖了很多古墓，盗卖了很多古董，赚了黑钱……没有一种传闻是积极向上的，可见钱并不是那么好赚，也说明了唐镇人对变成富人后的郑发的复杂心态。如果单雄信像郑发那样，那些稀奇古怪的传闻也会落到他的头上。

据说有天，郑发邀县城里的几个老板到唐镇玩，来到了百花坳。唐镇是个山野小镇，四周山清水秀，尤其是百花坳，还有个几十亩大的水库，是个好去处。大腹便便的郑发和朋友们在水库边看风景时，单屠夫正在一棵水柳下钓鱼，钓鱼是他打发时光的有效方式，另外一种方式是到镇上找李成元喝酒。他们来到单屠夫钓鱼处，嘻嘻哈哈地说着话。单屠夫有些反感，扭过头，没好气地说："你们讲话能不能小声点，把鱼都吓跑了。"

其中一个老板说："你这人霸道，我们说话怎么就碍你事了？"

单屠夫火了："就是碍我事了，你眼睛瞎了，没看我在钓鱼吗!"

郑发知道单屠夫的脾气,示意朋友不要和他争吵,和颜悦色地对单屠夫说:"单叔,别发火,我是郑发,雄信的同学。小时候,我家穷,没东西吃,还到你家吃过猪大肠呢。我记得很清楚,你对我们很好的。"

单屠夫将鱼竿放在野草上,站起身,端详着他:"郑发,是理发匠郑瘸子的儿子?"

"是的,是的。"郑发满脸堆笑,"我爸经常说单叔是好人,找他理发还带猪下水。"

单屠夫突然爆出一阵大笑:"哈哈哈哈,不能说我是好人,是郑瘸子爱吃猪肺,给他带点猪肺去,他开心了,就卖力给我剃头,要不然,他就偷工减料,也不好好给我刮胡子,兴许会故意给我刮出点血。"

郑发也笑了。那些老板们也乐不可支。

单屠夫接着说:"你小子现在怎么胖成这样,记得以前你瘦得像猴,喜欢爬树,老是爬上我屋后的柿子树,柿子没熟也摘去吃。听说你小子发达了,好哇,郑瘸子也不用在理发店摸万人头了,可以享清福了。"

郑发脸上有点挂不住了,说了几句不咸不淡的话之后,带着朋友们走了。单屠夫看着他们的背影,若有所思。不一会,他继续钓鱼。也就是这天晚上,郑发宴请朋友们。在酒席上,有人提出来,在百花坳建个度假山庄。郑发拍了拍脑袋,有种茅塞顿开的感觉:"我怎么没有想到,这是个好项目呀,干!"这些都是当地呼风唤雨的人物,说干就干,很快地由郑发牵头成立了公司,合伙开发百花坳。有钱能使鬼推磨,这话放在什么时候也不过时,从立项到征地,都十分顺利。天有不测风云,在他们万事俱备之际,却在单屠夫这里碰到了麻烦。

单屠夫死活不愿意离开老宅。

起初,郑发还是先礼后兵。轿车开到单屠夫家门口,郑发从车里挤出来,胡金星扶着他。他甩了甩手:"扶我干嘛。"胡金星讪笑道:"姐夫,你真的太胖了,要减肥。"郑发瞪了他一眼:"快去把东西拿上!"胡金星从后备厢里拿出两瓶茅台酒,还有花花绿绿的几个礼盒,跟在郑发后面,走到单屠夫家门口。老屋大门洞开,郑发知道单屠夫在家,却不敢贸然闯入,他喊叫道:"单叔,在家吗?"

"谁呀。"传来单屠夫中气很足的声音。

"是我,郑发。"郑发气有点虚,"我们来看您老人家。"

单屠夫说:"我还没老,别叫我老人家,杀头猪还没有问题。"

郑发觉得他的话里有杀气,两腿微微颤抖。胡金星说:"姐夫,进去吧,把话和他挑明,不就是个杀猪佬,有什么好怕的。"郑发抹了抹额头上的汗珠,回过头:"你懂个屁,别多嘴,要坏了我的事,看我收拾你,你以为你练过几天三脚猫的功夫就把自己当武松了。"

胡金星咬了咬牙,头扭向一边,不服气的样子。

就在这时,单屠夫出现了,他跨出门槛,站立在那里,目光凌厉。他冷冷地说:"郑发,没想到你会打我老屋的主意，我明白告诉你，你就是堆座金山在我面前，我也不会将老屋卖给你，这是我祖宗留下来的，谁也别想夺走。"

郑发心里发怵，皮笑肉不笑地说："单叔，有话好说。我只是来看望你，因为你是我尊敬的长辈，知道你爱喝酒，送上两瓶好酒孝敬你，别的事情不谈。"说完，他回过头，示意胡金星送上礼物。胡金星走上前，将酒和礼品放在单屠夫脚下。

单屠夫说："赶紧拿走，老子受用不起，喝惯了白米烧，喝不惯你的好酒，拿回去给郑瘸子喝吧，你应该孝敬的是他，不是我。"

郑发叹了口气说："单叔，我不是要霸占你的房子，我是想在这个地方建个度假山庄，也算是造福百花坳，为家乡做点好事。况且，我们会在镇上给你建个新房子，肯定不会比这个老屋差，就算晚辈求你了。"

单屠夫说："别啰唆了，我说嘛，怎么会平白无故给老子送酒，还不是要我的老屋。我再说一遍，这老屋是我的命，要拿走可以，先拿走我的命。"

胡金星在旁边按捺不住了，咬牙切齿地说："臭杀猪佬，我姐夫好心好意来看你，你竟然如此无礼。我今天把话放在这里，这房子无论如何都要征用，由不得你，你不要敬酒不吃吃罚酒。"

单屠夫气得发抖："你这个恶棍！给老子滚，你们都给老子滚！"

郑发朝胡金星怒喝："胡金星，你混蛋！给我闭嘴！"

胡金星气急败坏地走到轿车旁边，拉开车门，上了车。郑发向单屠夫说了几句赔礼的软话，也上了车。他一上车，擦了擦额头上的汗珠，气呼呼地对司机说："开车，回去。"

单屠夫一脚踢翻了那些礼物，看着轿车朝山下开去。过了好大一会，他自言自语道："这送上门的酒，不喝白不喝，就是喝了你的酒，老子也不会将老屋卖给你。"

郑发企图请李成元当说客，但是，李成元根本就无法说服妹夫单屠夫，还被单屠夫挖苦了一通。单屠夫说："成元，你是不是得了郑发什么好处，替他说话？这么多年了，你不是不知道我的脾气，我不会轻易屈服。那年，丁国强下放到我们这里，大家斗他打他，我保护他，和人拼命，后来他们斗我打我，我也没有屈服。如果郑发真给了你什么天大的好处，看在你的面子上，我可以给他房子，但是有个条件，你用老鼠药将我毒死，死前将房子过给你，你给郑发，这样就一了百了了。你看如何？"话都说成这样了，李成元还能说什么，无功而返。

最后，郑发买通了镇里的一位头头，由他出面，以镇政府的名义，强行征收单屠夫的老屋。他们给单屠夫下达了搬迁的通知，单屠夫撕毁了那一纸通知，发誓要与老屋共存亡。这些事情，他都没有告诉儿子单雄信，他不想影响儿子，儿子是他的未来。那一天终于到来，胡金星和镇上那个头头带了十几个人，开着推土机上了山。单屠夫等待着这天，等待着最后一战，一手拎着一把雪亮的杀猪刀，面无表情地站在大门口，眼睁睁地看着入侵者逼近。这是晌午时分，阳光照耀着百花坳山野和水库，也照耀着单屠夫。推土机的轰鸣以及镇政府头头的劝说，还有胡金星嚣张的威胁和辱骂，单屠夫横眉冷对。他什么话也没说，什么话也说不出口。单屠夫高大的身躯和手中的杀猪刀还是有几分威慑力，强拆者不敢轻举妄动。就这样，单屠夫和他们僵持到正午。胡金星已经按捺不住，把开推土机的司机拉下来，自己跳上去，准备开着推土机推翻老屋。就在这时，在场的人都看到单屠夫身体直直地扑倒在地，再也没有爬起来。单屠夫爆了血管，送到医院也没有抢救过来。出了人命，百花坳的开发也就暂停了下来。

单雄信看到有辆黑色的轿车开上了山。雨停了，天空亮堂了许多。山野的鸟儿叽叽喳喳地叫唤，水库里有鱼儿跃出水面，又落入水里，水面很快地恢复了平静。车子停在老屋门口，车轮上沾满了红土，车身上也溅满了泥浆。开车的是胡金星，他没有下车，熄火后，他点燃了根烟，注视着坐在门槛上的单雄信。

下车的是个女人。女人有张俏丽的脸，穿着皮衣皮裤，让她看起来有种丰腴的质感。是的，她是个丰满的女人。单雄信见到她，来不及穿上靴子，站起来，直勾勾地看着女人。女人一步步地走近前，单雄信渐渐地感觉到了女人的呼吸。女人走到单雄信面前，停住了脚步，媚笑道："雄信，不认识我了。"单雄信内心一团火被点燃，眼睛热乎乎的，想说什么又说不出口。女人说："你还恨我？"单雄信弯下腰，穿上靴子，转身走进门，然后关上了大门，闩上。他背靠着门，看着天井上的一方天空，情绪变得异常复杂。

女人是胡金星的姐姐，郑发的老婆胡丽娜。此时，单雄信和胡丽娜一门之隔，曾经他们是多么亲近，现在却像隔开了两个世界。胡丽娜在门外说："我晓得你恨我，恨我没有等你回来娶我就嫁给了郑发，我确实没有耐心再等下去了，你走后一直没有音信，我以为你对我死心了，到了大城市，爱上别的女人了。其实，我也恨你，你为什么要和我断了联系？郑发对我好，是真好，体贴关怀，让我过上衣食无忧的生活，这些你都做不到，我是现实的女人，光谈爱情救不了我。我知道你回来，就来找你，不是来和你谈情说爱，有些事情要和你讲清楚。我很清楚你的品性，你回来要干什么我也心知肚明。你爸活着时，你极少回来，他过世时你也没有回来送终，现在回来，你只有一个目的，就是为你爸报仇。我想告诉你的是，你在唐镇没有仇人，你爸真的是自己爆血管死的，和所有人都没有关系。百花坳的项目也停下来了，还能不能继续下去也不一定，你要不答应将老屋征用，也不会有人逼迫你了。你也不容易，冤仇宜解不宜结，退一步海阔天空，你最好还是回大城市去吧，唐镇这山旮旯之地，不是你要待的地方。我话说完了，走人，你好自为之吧。"

单雄信的眼泪流淌下来，不知是痛苦还是仇恨。

门外的轿车启动，然后开走了，百花坳重归平静。单雄信像一叶孤舟，被扔在茫茫大海中，孤独无助，又心有不甘。他从腰间抽出那把剔骨尖刀，扔在地上，咣当作响。早上，他本想去找郑发报仇的，没想到吃了王缺佬的那碗猪肝面，拉了稀，只好回家。这不，肚子又叽里咕噜叫唤起来，单雄信赶紧打开大门，朝茅厕奔去。

吃了止泻药，单雄信躺在眠床上，想着怎么报仇。无论胡丽娜怎么说，父亲是因郑发开发百花坳而死的，他罪不可恕。要不吃那碗猪肝面，直奔郑发家，也许他的计划已经得逞。现在，谁都知道他回唐镇了，郑发也有了防备，要杀掉他并非易事，他单枪匹马，连一个帮手都没有，这事情成了不可能完成的任务。作为单屠夫的儿子，他必须要去做该做的事情，否则以后九泉之下无颜和父亲相见。母亲过早离世，父亲一个人将他拉扯大，恩重如山。在唐镇人眼里，单雄信是个不孝之子，大学毕业参加工作后就不回家了，将父亲一人扔在家里，甚至连舅舅李成元都觉得不可思议。只有父亲理解他，也只有他自己知道怎么回事，他和父亲一样，都没有向任何人解释，也没有必要向任何人交代。

无头无绪。想了一万种杀死郑发的方法，都是实施不了的，除非他真是个会飞檐走壁的侠客，可是那些侠客只活在武侠小说里。想着想着，他沉睡过去。他做了个梦，没有梦见死去的父亲，却梦见了胡丽娜。

梦里，小水库里的水是蓝色的，四周的山坡上开满了野花。胡丽娜从远处跑来，越来越近，他跑过去迎接她。他们相拥在一起，热火焚身。他们脱光了衣服，一起跳进了水里，他们在蓝色的水中嬉戏，天地之间，只有他们两人。突然，一条长长的毒蛇游过来，横在他们中间，他们被毒蛇分开了。毒蛇朝胡丽娜游去，她惊叫着，不知所措。单雄信奋力游过去，一把抓住毒蛇的尾巴。毒蛇回过头，狠狠地在他的脸上咬了口，他眼一黑就沉入水底，无力挣扎，陷入万劫不复的境地。但是他还是可以听到胡丽娜的呼喊，她在喊他，不过，胡丽娜的呼喊声越来越远，直至消失。窒息，死之前的窒息。

他从梦中醒来，长长地呼出了口气，像是从死亡线上归来，睁大眼睛，看着黑乎乎的屋顶。

单雄信重新出现在唐镇街上时，已近黄昏。见到他的唐镇人，都用莫测的目光审视这个不速之客。他走过每个地方，背后都有人指指点点，或者凑在一起嘀嘀咕咕。单雄信早已经心硬如铁，对这些根本就不屑一顾。他饿了，还是鬼使神差地走进了王缺佬的饮食店。生意冷淡，小店里就他一个顾客。他进入饮食店的那一刻，王缺佬像见到鬼般惊慌失措："你，你怎么又来了？"朱春花也愣愣地看着他，满脸惊恐。单雄信平静地坐下来，手指头敲了敲桌面："我难道不能来了？"

王缺佬战战兢兢地说："能，能来，你想吃点什么？"

单雄信冷笑了声："王缺佬，我和你远无怨近无仇，为什么要害我？"

王缺佬脸色变了："我，我什么时候害你了？我们辛辛苦苦做点小本生意，就是图口饭吃，从没害人之心，唐镇上上下下，男女老少，谁不晓得我们是老实人。"

单雄信说："那为什么早上吃了你的猪肝面，害我拉了一天的肚子？"

王缺佬可怜巴巴地说："上有天，下有地，一大早就在市场上买的新鲜猪肝，面条也是新压的，不可能有问题呀，其他人吃了都没事，雄信，我是看着你长大的，你可不能血口喷人。"

单雄信挥了挥手："好了好了，算我自己倒霉，不怪你了，给我弄盘猪头肉，再来个韭菜炒鸡蛋，加壶米酒，赶快上来，我肚子里什么都没有了。"

王缺佬唯唯诺诺地说："好，好，我马上去弄，马上去弄。"

酒菜很快上桌，单雄信旁若无人地吃喝起来。王缺佬夫妇坐在一边，沉默，不时瞥他一眼。不一会，进来个穿着白色夹克衫的男子，他显得干瘦，脸色苍白，看上去有几分儒雅。王缺佬站起来，笑脸相迎："钟所长，你来了，请坐请坐。"

此人是唐镇派出所所长钟坤。他笑了笑："王老板，今天生意不行呀。"

王缺佬说："是呀，每年这个时节，生意都差，你要吃点什么？"

钟坤笑着指了指单雄信："在所里吃过了，我来是找他说几句话。"

王缺佬说:"好,好,你们说,你们说。"

王缺佬是个聪明人,拉着老婆到店门口站着。一阵冷风吹过来,王缺佬倒抽了口凉气,缩头缩脑,朱春花浑身哆嗦。他喃喃地说:"今年春天真冷,应该回暖了。"朱春花说:"去年冬天暖和,所以开春就冷,倒春寒。"

钟坤坐在单雄信对面,审视着他。单雄信没理他,还是自顾自喝酒吃肉。钟坤先开口:"你是单雄信?"单雄信冷冷地说:"知道还问,你是谁?"钟坤笑了笑:"有个性,听说过你的一些事情,在唐镇中学读书时,谈恋爱、打架什么都干,可学习成绩就是名列前茅,最终考上大学,不简单,是个人才。对了,我叫钟坤,是唐镇派出所所长。"

单雄信抬起头,直勾勾地盯着他:"派出所所长很了不起?"

钟坤脸上的笑容消失了:"你说呢?"

单雄信说:"你自己感觉吧,我没有兴趣评价你。找我有什么事情,直说,别和我套近乎,我们不是一路人。"

钟坤摸了摸头发:"我只想提醒你一句,做任何事情,要冷静,不要冲动,要为自己的行为负责。另外,还想对你说,你父亲的死,和别人没有关系,他是爆血管死的,我们安排法医做了鉴定,你舅舅在鉴定书上签了字的。"

单雄信说:"你威胁我。"

钟坤又笑了:"岂敢,我的责任是保卫人民财产的安全。"

单雄信突然大声说:"派出所所长同志,请你从我面前消失，不要影响一个普通的人民群众吃饭，好吗？"

钟坤脸色阴沉起来，站起身，悻悻而去。

钟坤出门后，王缺佬夫妇过了会进来了。吃喝完毕，单雄信结了账，离开。离开前，王缺佬拉住了他，低声说："雄信，你要小心。"单雄信内心感动，说："放心吧。"

天已经黑了。街灯已经亮起，昏暗，鬼火般。有的小店已经收摊关门，镇上人家晚餐时分，那些土狗各自蹲坐在自家门口，等主人送上狗食，或扔过来的骨头。单雄信想去舅舅家里，很久没有见舅舅了，到底还是有些念想，可想了想，还是不去为好，他不想听舅舅的训斥，因为他没有回乡为父亲送终，舅舅饶不了他。估计舅舅也知道他回到唐镇了，正等着他上门呢，舅舅是不会主动来找他的，除非他出事。

还是回家吧，所有要做的事情，想周全了再说。

对于郑发，他要一击而中，不能有任何闪失。出了镇子，天黑如漆。打亮手电，只能够照亮眼前的小片空间，走过一步，后面曾被照亮的地方顷刻就被黑暗淹没。半天没有下雨，红泥路干爽了许多，但靴底还是会粘上泥巴，甩都甩不掉，就像是恶的命运。

拐个弯，再走一里地，就快到家了。他想把自己好好地放在床板上，让四肢舒展开来，得到充分的休息，要积蓄力量，迎接那致命的一搏。手机响了，接通电话后，耳畔传来女人的声音："单雄信，事情办得怎么样了？"单雄信说："我才回到家不到两天，哪么容易就将事情办好。"

女人说:"那你告诉我,到底什么时候才能回来?"单雄信说:"你别急呀,事情办好,我自然会回来。"女人说:"快,你给个准信。"单雄信说:"我给不了你准信,我尽快办完事情回来吧。"女人说:"你还要不要钱了?"单雄信突然咆哮道:"要什么钱,我老爸都死了,还要什么钱!"女人挂掉电话,手机里传来短促的忙音。单雄信对着黑暗的夜色,大吼了声:"老子再不想过从前的日子了,老子不伺候你们这些骚娘们了!"

突然,他的头被罩住了。

几个人围住他,一顿暴打。他被打倒在地,沉重有力的脚纷乱地踢在他身上。有个人说:"不要打死他,教训教训他就可以了,免得他那么嚣张,目中无人。"他们打完后,有人扔下一句话:"单雄信,你小心点,识相的话就赶紧滚出唐镇,否则就不是打你这么简单了,要你的命!"那些人在黑暗中扬长而去。单雄信浑身疼痛,他咬着牙,没有叫唤出来。他不能叫唤,不能让那些恶棍觉得自己软弱。

躺在地上,潮湿的泥地让他的背脊冰凉。过了很长时间,他才扯掉罩住自己头脸的布袋,挣扎着从地上爬起来。忍住疼痛,朝老屋的方向一步一步挪过去。这顿暴打,并没有使他产生逃离唐镇的念头,相反,更加坚定了报仇的决心。他想起了很久前的一天,他在学校被人欺负,伤了脚,父亲背着他回家的情景。父亲没有责备他,而是这样对他说:"雄信,要不让自己被欺负,就要让自己强大,挨打没有什么,哪个男人在长大的过程中没有挨过打,每一次挨打,都会让你更有勇气,只要你不惧怕,不当孬种。"

此时,他心里重复着父亲的那些话,然后自言自语道:"爸,我不怕,只要没有将我打死,我就不会倒下,我一定要给你报仇。"有夜鸟在林子里受惊飞起,传出夜鸟的惊叫。单雄信对着黑黝黝的林子说:"鸟儿,不要怕。"其实,他是说给自己听的,他要越过重重的障碍,去达到目的。天空中落下了雨滴,起先是稀疏的雨点,渐渐的密集,雨水淋湿了全身,他在呼啸的冷风中颤抖,咬紧牙关,向前迈进。

他的眼睛热辣辣的,眼眶里流出的不知是雨水,还是泪水。

单雄信在眠床上躺了三天三夜,没有出门,也没有拉开厚厚的窗帘,白天也是黑夜。也就是说,他在黑暗中度过了漫长的七十二小时。对单雄信而言,黑暗里,最适合舔舐自己的伤口,没有人看得见他的痛苦和悲伤,伤口慢慢地愈合。多少日子来,他都习惯了在黑暗中疗伤,和自己讲和,然后重新开始。有些伤口不会愈合,就让它出血,或者腐烂,再用刀子将腐烂的部分挖掉。他相信那些地方总会长出新鲜的肉芽组织,只要对自己够狠,没有什么难关不能渡过,而这些事情都必须在黑暗中完成。

新的一天是被清脆的鸟鸣声唤醒的。

单雄信走出房间门,眼睛被晨光刺痛了。三天三夜没有见到光明，这样突然暴露在光亮之中，眼睛有可能会突然失明。他闭上眼睛，又慢慢睁开，然后又闭上眼睛，再慢慢睁开，反复做了多次，渐渐地适应了光明。适应光明是他重生的第一步。当他看到瓦蓝的天和翠绿的山峦之后，他开始沿着小水库小跑起来，渐渐恢复体力。他觉得身体的每块肌肉、每个关节、每根骨头都有了活力，然后，他朝山下跑去。

可能是因为天气好，王缺佬的饮食店吃早餐的人很多，店里都坐满了，有些人端着碗，站在店门口吃。王缺佬见他脸上还有乌青块，眼睛充满了惶恐，人多，他也没对单雄信多说什么，只是说："雄信，你还是回大城市里去吧。"单雄信没吭气，买了三个包子，拿了瓶矿泉水，就离开了这里。然后，他到菜市场，买块三花肉。他没有地方可去，还是回家。跑出镇子时，碰见了胡金星。胡金星领着十几个年轻力壮的小伙子跑步回来，他们都穿着紧身的运动衣，显得十分强壮。胡金星和他擦肩而过，恶狠狠地盯了他一眼，那些武馆的年轻人们也没有给他好脸色。隐隐约约地，单雄信感觉到，那天晚上袭击他的人，就在这些武馆弟子之中，但不能确认。

回到家，单雄信拿起那把剔骨尖刀，在天井边的磨刀石上磨刀霍霍。从前，闲暇之际，单雄信会帮父亲磨杀猪刀，各种各样的杀猪刀。他是磨刀的天才，经他手磨出的刀，锋利无比，就连单屠夫对此也赞叹不已。过去磨的刀，是给父亲杀猪、剔骨、切肉用的，而此刻，他只磨一把剔骨尖刀，是用来杀人的。

他将剔骨尖刀磨得雪亮，锋利的刀锋透出彻骨的寒气。

单雄信想，郑发必须死。

乡村人家，基本上都备有老鼠药，单雄信知道家里的老鼠药放在什么地方，他准确地在神龛上的一个小抽屉里找出了老鼠药。单雄信将那块三花肉切开了个口子，老鼠药塞进去，然后包好。

单雄信在门槛上坐了整整一天，脑海里一遍遍地演示着晚上的行动。

深夜，剔骨尖刀被包进一块黑布里，裹好，插进腰间。他背上背包，出了大门，在星光下朝唐镇方向摸去。镇街上静悄悄的，除了他，连鬼影都没有。他摸到了胡金星武馆的门口，知道里面没有人，武馆的人都去替郑发看家护院了。单雄信从背包里拿出个矿泉水瓶子，拧开盖子，将里面的汽油洒在门上，然后，点燃了武馆的门。

单雄信鬼魂般闪进一条巷子，有户人家的门外放着竹做的长梯子，他扛着梯子一直朝小巷深处走去，这条小巷直通田野。单雄信扛着梯子，在油菜地里穿行，没有人发现他。闻着油菜花的香味，单雄信突然想起很遥远的一个黄昏，他和胡丽娜到油菜地里拔兔草的情景，他们的头上、身上落满了油菜花的花瓣，胡丽娜的笑脸也是朵鲜艳的花。

武馆的火熊熊燃烧。

有人发现了火，在镇街上大喊大叫，小镇一下子被大火唤醒。也有人给胡金星打电话，守在郑发别墅周围的武馆的人都回武馆去救火了。单雄信觉得机会来了。他钻出油菜花地，溜到门楼旁边。他朝狗洞里扔了块泥土，泥土没有惊动别墅里的人，却惊动了那条狼狗。

狼狗狂吠了几声，钻出了狗洞。

单雄信做好准备奔逃的架势，将手中那块三花肉扔了过去。

狼狗看到了落在地上的三花肉。跑过去，将鼻子凑近三花肉，嗅了嗅，抬起头，往单雄信这边看了看。单雄信心里捏了把汗，吃呀，畜生，快吃呀。微光中，单雄信又见狼狗凑近了那块三花肉，这回，它用舌头舔了舔肉，单雄信的心提到了嗓子眼。

狼狗又抬起头，看了看不远处的他，狂叫了几声。

单雄信以为狼狗要扑过来咬他，赶紧跑进了油菜地里。过了一会，他又钻出油菜地，走近了门楼，发现狼狗不见了，地上的那块三花肉还在。单雄信心里哀叹，这狗真聪明，知道有毒的肉不吃，今天晚上又将无功而返，毒不死狼狗，就是进了院子，也上不了楼。他肯定斗不过狼狗，就是能够斗败狼狗，也会引起楼里人注意，杀死郑发的任务还是不可能完成。

就在单雄信沮丧之际，狼狗又从狗洞里钻了出来。

单雄信赶紧后退。

他看着狼狗走到三花肉的地方，一口叼起了三花肉，大口大口地嚼着。单雄信一阵狂喜，仿佛剔骨尖刀就要插进郑发的胸膛。不一会，狼狗就吞下了那块三花肉，也将那号称三步倒的剧烈的老鼠药吞进了肚子。狼狗吃完肉,就想回到院子里去,可是走了几步,还没有钻进狗洞,就歪歪斜斜地倒在地上,低沉地呜咽。

单雄信捏紧了拳头。

狼狗嘴巴里发不出声音了,只见它躺在地上,不停地抽搐,四脚乱蹬,过了不到五分钟,就呜呼哀哉了。单雄信走过去,狠狠地踢了狼狗尸体一脚,恶狠狠地骂了声:"畜生,让你狂。"他赶紧跑回油菜地里,扛起了竹梯子,朝别墅后面走去。

单雄信觉得胜利在望,但是心里还是忐忑不安。镇子那头传来喧闹嘈杂的声响,还可以看到冲天的火光,人们还在继续救火。单雄信将竹梯子架在围墙上,一步一步爬了上去。围墙太高,梯子还是够不着围墙的顶部,到了梯子的最高处,也还有一米多高才能够着围墙顶部。

他伸出手,准备爬上去,他的手碰到了根电线。电线是通电的,听到噼啪的一声,火花一闪,单雄信浑身过电,双腿一蹬,身体连同梯子倒在了地上,好在那是草地,没有摔成重伤,电击也没有要他的命。他没有料到围墙上布满了通电的电线。

躺在草地上,好大一会才缓过劲来,他伸了伸手,蹬了蹬腿,发现手脚的骨头没有摔伤,这才爬起来,扛起梯子来到桃花河边,将梯子扔进了河里,让河水将梯子冲走。因为这一招行不通,必须让作案工具消失。他又溜回去,将死狗扛到河边,扔进了河水里。

做完这些,他朝镇子方向望了望,火势减弱了许多,但还是人声鼎沸,单雄信无奈地苦笑了,然后钻进油菜花地。今夜的暗杀行动失败,白白放了把火,毒死了一条狗。不过,毒死那条狗还是为他的复仇扫掉了一个障碍。

这又是个晴天。单雄信走出老屋大门,觉得天骤然热了起来,阳光普照。这个季节的天气阴阴阳阳,忽冷忽热,无所适从。他想回屋脱掉风衣,想了想还是没脱,热点也没什么。单雄信不怕热,只怕冷,死一般地冷。

他沿着山间小道,朝唐镇的最高峰百花峰走去。这是条人行小道,有一段是泥沙路,有一段是鹅卵石路,有一段有石阶,有一段是陡坡。据说这是条古驿道,早就荒废了,小道两边长满了杂草。那条山间溪流随着山路若隐若现,一直可以听到淙淙的流水声,小水库里的水就来源于这条溪流。溪流有好听的名字,叫竹叶溪,是桃花河的支流。孤独的单雄信往峰顶攀爬之际,淙淙的流水声会将他带回十多年前盛夏的某天。

那天是喜悦的日子,也是个纪念日。单雄信觉得,他有生以来,只有两个纪念日,一个是生日,另外一个就是那个阳光灿烂的夏日。生日让他会记起来自己还有个母亲,尽管她过早辞世。而那个夏日,是他拿到大学录取通知书的日子,这意味着他要离开落后偏僻的唐镇,进入崭新的天地。那天晌午,父亲的猪肉眼看就要卖完了,邮递员老沈骑着单车,一路打着响铃来到了猪肉铺前,对坐在一旁看小说的单雄信说:"雄信,你的信,大学来的。"单雄信扔掉书,赶紧拆开了信,是录取通知书。单雄信沉默了会,突然大声叫唤:"我考上大学啦,我考上大学啦。"然后在唐镇小街上来回奔跑,喊叫,仿佛要让整个唐镇人分享他的喜悦。老沈没有离开,笑着对单屠夫说:"雄信不会有问题吧,要是像范进中举那样,就麻烦了。"单屠夫哈哈大笑:"怎么会,我了解儿子,让他开心吧,这些年跟我过活,经常不开心。"老沈说:"考上就好,应该开心。"单屠夫割了块肉,装进塑料袋里,递给他:"老沈,谢谢你带来这个天大的好消息。"老沈说:"不要,不要。"手却伸出去,接过了猪肉,他掂量了一下,足有两斤多肉,够一家人美美吃一顿,接着,老沈说了些恭喜的话,就打着响铃骑车扬长而去。

单雄信终于平静下来,回到猪肉铺前,发现父亲已经收摊了。单屠夫笑了笑:"儿子,你有种,比老子强,剩下的这点肉和下水,就不卖了,我们自己吃,中午叫上你舅舅和丽娜,到家里吃饭,庆祝一下。"单雄信看着满脸胡茬的父亲,心里酸酸的,眼泪流下来。单屠夫说:"哭什么,快去找你女朋友吧,难道你不想把好消息第一时间告诉她。你舅舅那里,我去说。"说完,单屠夫拉着板车走了,他的背影有些凄凉和孤独。单雄信抹掉泪水,就去找胡丽娜了。很少有家长支持孩子早恋的,单屠夫就是一个,但他对儿子有个要求,千万不能干那事情,要是搞大了肚子,就不好说话了。单雄信带着胡丽娜到家里吃饭,胡丽娜虽说没有考上大学，可她还是很高兴，因为情郎考上了。单雄信和胡丽娜很快就吃完了饭，去山上玩耍，单屠夫和李成元还在喝酒。他们沿着那条小道，往百花峰方向走，一路上，他们卿卿我我，说不完的话。路边开放着许多各色各样的野花，单雄信采摘着野花，献给胡丽娜，还将一朵美丽的雏菊插在她的头发上。在竹叶溪旁，单雄信抱住了胡丽娜，第一次亲吻了她。她的脸燃起了两团火烧云，推开了他，羞涩的样子。淙淙的流水声是最好的音乐，给鸟儿的鸣唱伴奏。胡丽娜凝视着单雄信，树叶间漏下斑驳的阳光，单雄信一半脸被阳光照射，另一半脸在阴影之中。

　　胡丽娜幽幽地说："雄信，其实我还是捉摸不透你，我心里很害怕。"

　　单雄信说："害怕什么？"

　　胡丽娜说："你走了还会想我吗？"

　　单雄信说："当然，我会一直想着你。"

　　胡丽娜接着说："外面花花世界，比我好的女人千千万，你会变心的。"

　　单雄信忙不迭地回答："我把心挖出来，留下来，你保存好，等我回来娶你时，你再安放回去。"

　　胡丽娜说："雄信，你怎么变得这么会说话了？"

　　单雄信说："丽娜，你不要多心，等着我，好吗？"

　　胡丽娜点了点头："我等你。"

　　单雄信搂住她："没有人比你更好。"

　　胡丽娜说："雄信，你对未来有什么打算？"

单雄信想了想，亲吻了一下她的脸颊："我大学毕业后，就找份好的工作，赚很多的钱，给我爸造一幢新楼房，让他安度晚年，然后我们结婚，把你带到大城市里生活。"

胡丽娜说："能不能我们先结婚，再给你爸盖楼呀？"

……

竹叶溪还是竹叶溪，山路还是那条山路，路边的野花还是照样开放，可是物是人非，没有了胡丽娜的陪伴，也没有那些经不起时间考验的甜言蜜语，时间就是那么无情，将所有的事情戳穿。人是会变化的，单雄信的变化，胡丽娜的变化，都是正常的，分不清对错。单雄信不再想过去，过去的事情就像溪水一般流走了，再也不会回来了。

终于爬上了峰顶。

一览众山小，有种高处不胜寒的感觉。单雄信没心情体会这种感觉，他背负着为父复仇的重任。唐镇清清楚楚地呈现在眼前。小镇的确有了变化，很多老房子拆掉了，在原地盖起了新楼房。桃花河从小镇西头蜿蜒流过，他的目光落在了郑发的别墅上。郑发的别墅靠近桃花河，离桃花河也就是两百多米远，东面是唐镇，距离唐镇有一千多米，南面是一片田野，此时的田野，正是油菜花开，看上去很美，北面是一大片树林。单雄信目不转睛地看着那片树林，心里隐隐约约有了某种切实可行的想法。一阵风吹来，有点凉爽。今天天气突然变热，猝不及防，单雄信的衣服都湿透了。

下山来到水库边,单雄信看到一个十二三岁虎头虎脑的孩子在水库边钓鱼,他钓鱼的位置,正是单屠夫生前钓鱼的位置。自从这个水库建成以来,单屠夫都在这个位置钓鱼,从来没有换过位置。

钓鱼的孩子旁边还有个更小的孩子,看上去也只有六七岁,长得眉目清秀,他蹲在一旁看着大孩子钓鱼,两个孩子还在说着什么。单雄信走过去,笑了笑说:"你们不用上学吗?"大孩子说:"笨蛋,今天是星期天,上什么学。"单雄信又问:"钓到鱼没有?"大孩子说:"刚刚来一会,鱼还没有上钩。"小孩子说:"小虎,刚才你不是说鱼咬钩了,被它逃走了吗?"

小虎说:"笨蛋,那是我骗你的,你也信。"

小孩子说:"小虎,你怎么老骗我。"

小虎笑了:"郑小锋,你爸爸郑发不也老骗人吗,他可以骗人,我就不可以吗。"

郑小锋急了,站起来:"我爸爸才不骗人,你胡说,你再这样说我爸爸,我就告诉他,不,我告诉我小舅舅,让他揍你。"

小虎站起来,盯着郑小锋,阴森森地说:"郑小锋,你以为你今天能够回得去了吗?"

单雄信心里悚然一惊,这个叫小虎的孩子充满了杀气,他到底想干什么。

郑小锋被吓哭了,赶紧躲在单雄信的后面,抓住他的风衣，哭着说："叔叔，求求你送我回家，我怕。"小虎冷笑了声："郑小峰，你找错人了，你以为他会救你，你晓得他是谁吗？"郑小峰从单雄信大腿后面探出头："他是谁？"小虎说："我说出来，你不要被吓死，他就是你爸爸的仇人单雄信，你爸让人逼死了单爷爷，他还能救你？嘿嘿。"

郑小峰松开抓住单雄信风衣的手，撒腿就跑，边跑边喊："救命呀，救命呀——"

小虎冲过去，很快就将他抓回来了。

郑小峰浑身哆嗦，脸色苍白，睁大着惊恐的眼睛。小虎的手死死地抓住他，对单雄信说："叔叔，他是你仇人郑发的儿子，你说，要不要他的命？"单雄信心里一阵阵发凉，这孩子到底怎么了，要有多大的仇恨，才会要另外一个孩子的命。无论如何，这是让人惊骇的事情。

单雄信的脸色阴沉："小虎，你为什么要这样？"小虎说："我也和郑发有仇。"单雄信问："什么仇？"小虎说："我爸借了郑发的高利贷，还不起，他就要我们家的地，我爸不肯将地给他，他就叫人打断了我爸的腿。我爸伤好后，就逃走了，他害怕郑发再来逼债，害怕他们再打他。我听人说你回来了，就把郑小峰骗到这里，等你回来，把郑小峰送给你，让你报仇。"

单雄信说："一人做事一人当，我不会杀他，他还是个孩子，就像郑发不会向你讨债一样。"

小虎说："可是我恨他。叔叔，我给你出个主意，我把郑小峰交给你，我去他家报信，说是你抓了郑小峰，让郑发来交换郑小峰，这样你就可以把郑发杀了。"

这孩子多重的心机呀，单雄信不寒而栗。

当然，这是个好主意，单雄信有些心动。可是，当他触碰到郑小峰那双含泪而惊恐的眼睛时，他内心最柔软的部位被击中了，这双眼睛多像他妈妈的眼睛呀，真不忍心伤害。单雄信心里嘀咕，自己这些年虽然说不是什么正人君子，但为人还是有底线的，不能用孩子做钓饵，还是要用男人自己的方式来解决问题。单雄信想明白了，也知道该怎么做了。他对小虎说："小虎，你走吧。"小虎机警地说："让我去郑发家报信？"单雄信摇了摇头："不，你什么也不要管了，把郑小峰留下来，你回家，装作什么事情都没有发生过，好吗？"小虎说："你答应我，一定要杀了郑发，我就听你的。"

单雄信说："我答应你。"

小虎说："你发誓。"

单雄信说："我发誓，要不杀郑发，誓不为人。"

小虎说："我相信你。"

单雄信说："小虎，你记住，回去什么也不要说，把今天发生的事情烂在肚子里，好吗？"

小虎点了点头。接着，他放开了郑小峰，骑着单车走了。小虎渐渐消失在阳光之下，单雄信心里对他充满了忧虑，很难想象，一个内心充满仇恨的孩子，该如何走完一生漫长的道路。郑小峰没有跑，他知道无法逃脱，因为面对的是更加有力的人。就是在灼热的阳光下，郑小峰也浑身冰冷，止不住发抖。可怜的孩子，他此时正在经历巨大的惊吓和折磨。

单雄信叹了口气，说："孩子，不要怕，我不会伤害你。"

郑小峰轻声说："真的吗？"

单雄信点了点头，脸上露出了笑容："真的，伤害孩子算什么好汉。"

郑小峰说："你是好汉吗？"

单雄信摇了摇头："不是，这个世界已经没有好汉了，不过，你长大了可以当个好汉，不要像你爸爸那样害人。"

郑小峰说："我喜欢蜘蛛侠，蜘蛛侠是好汉吗？"

单雄信走近前，郑小峰往后退了一步，他心里还是提防着单雄信。单雄信坐在水边的草地上，朝他招了招手："来，坐在我旁边，我说过不会伤害你的，我说话算数，虽然我不是像蜘蛛侠那样的好汉。"郑小峰期期艾艾地坐在他旁边。单雄信说："小峰，你长得像你妈妈。"郑小峰说："我知道你认识我妈妈。"单雄信笑了："怎么知道的，她和你说过我？"

郑小峰擦了擦眼睛，他的眼睛红红的，但已经没有了泪水："妈妈没有和我说过你，是我自己发现的，妈妈有时会从一个锁着的箱子里拿出一本书，书中夹着一张照片，是你和妈妈合影的照片。"单雄信的心弦刹那间被拨动了，迟疑了会，问："你记得那本书的书名吗？"郑小峰说："记得，是《基督山伯爵》。"单雄信那年高考完后，等待录取通知书的那段时间里，一直在看这本小说，离开唐镇时，他将这本书送给了胡丽娜，没想到她会一直留着这本书，甚至还留着他们的合影。顿时，单雄信的心凌乱不堪。有风吹过，水面上漾起阵阵涟漪。

单雄信抹了抹眼睛。

郑小峰说："你哭了。"

单雄信说："没哭，是风吹的。"

郑小峰说："叔叔，你真的会杀我爸爸吗？"

单雄信说："你说呢？"

郑小峰说："我不晓得。我求你不要杀我爸爸，好吗？你是好汉，好汉不会乱杀人的。我爸爸对我可好了，你要是杀了他，我就没有爸爸了。没有爸爸了，我妈妈就会和别人结婚，那我就成孤儿了。"

说着，他又眼泪汪汪。

单雄信觉得糟糕透了，怎么会碰到郑小峰。他对郑小峰的乞求难以回答，岔开了话题："小峰，我不伤害你，你也要替我做件事情，今天发生的事情不要和任何人说，好吗？一会我送你回镇上，你回家后什么也不要说，就像什么事情也没有发生过。"

郑小峰说："好的。"

单雄信伸出无名指："拉钩。"

郑小峰也伸出了无名指。

他们同时说："拉钩，算数，一百年，不变。"

送郑小峰下山的路上，单雄信拉着他的小手。走出两里山路后，郑小峰的脚步拖沓起来。单雄信知道他累了，就背起了他。郑小峰的头趴在他肩膀上，说："叔叔，我觉得你是好人，我舅舅才是坏人，他总在爸爸面前说你的坏话。"单雄信说："我也不是什么好人，但也不是坏人，没人能够说清楚谁是好人，谁是坏人。"郑小峰说："可是，在我眼里你就是个好人，怪不得妈妈会藏着你们的照片，在妈妈心里，你也一定是个好人。"单雄信笑了："你爱你妈妈吗？"郑小峰说："爱的，妈妈也爱我，妈妈经常对我说，我们是幸福的一家人。所以，叔叔，你不要杀我爸爸。"单雄信不说话了，这孩子情商高，绕了半天，说了那么多好话，还是要单雄信不要伤害他父亲。

将要进入唐镇时，单雄信将他从背上放下来，说："你知道回家的路了，自己回家吧。记住，今天发生的事情，不要和任何人说。"郑小峰说："我记住了。"单雄信注视着他走进唐镇，然后转身朝山上走去。这时，太阳已经偏西了。

单雄信在夜色之中，走到了唐镇"夜巴黎"歌厅门口，门上面的招牌霓虹灯闪烁、艳俗、暧昧。单雄信不明白为什么歌厅会叫夜巴黎，有些莫名其妙。他打听到胡金星和他武馆的人晚上都到郑发别墅护院去了，夜巴黎没有看场的人，其实也没有人敢在这里闹事，那无疑是自寻死路。单雄信鬼使神差地走进了夜巴黎。这时节，来夜巴黎唱歌的人并不多，唐镇许多年轻人都外出打工了，但还是有些人在声嘶力竭地唱些跑调的歌。

一个穿着红色劣质旗袍的女子将他引进了间包房。

女子问他:"要陪唱的吗?"

单雄信说:"不要。"

女子笑嘻嘻地说:"你还有其他朋友吗?"

单雄信摇了摇头。

女子还是笑嘻嘻地说:"那不是很寂寞,一个人干唱。"

单雄信笑笑:"不干唱,我还会喝酒。"

女子继续笑嘻嘻地说:"那是干喝,还是寂寞,一个人。"

单雄信说:"我不想要陪唱陪喝行吗?"

女子脸上的笑容消失,说:"行,行。"

他要了半打啤酒,一个人喝起来。一个人喝酒的确寂寞,想起那些貌似不寂寞的声色犬马的日月,心里无限感伤。他发现自己当初的想法是错误的,弄到现在一切都不可挽回,父亲也死了,爱人也成了别人的妻子。喝完一瓶啤酒后,他点了首赵传的《勇敢一点》,唱:

> 我发现失去一个很重要的东西
> 那一年我想要认识你的一种勇气
> 它让我毫不畏惧地告诉你我的感情
> 如今害怕地思念着每一个过去
> 失眠已占据了你走后大部分的时间
> ……

唱着唱着，单雄信眼睛湿了。就在他唱歌之际，门口站着一个人，她也不停地擦眼睛。她轻轻地推开包房门，走到单雄信身边，坐了下来。单雄信叹了口气："你怎么来了？"胡丽娜轻声说："这是我开的店，怎么不能来。"单雄信说："我知道是你开的店，我是说，你怎么进我的房间，我没有叫陪唱的，也不需要陪喝的，只是长夜漫漫，来消磨时光。"

胡丽娜浅笑道："单雄信，我真不欠你的，你选择了你的生活，我也选择了自己的生活。"

单雄信说："我从来没有说你欠我的。"

胡丽娜说："那你为什么要回来，回来毁我的生活？"

单雄信说："我从来没有想要毁你的生活，当初你告诉我要嫁给郑发，我也没有反对，我知道覆水难收，还不如放手。"

胡丽娜说："没想到你如此绝情。"

单雄信说："说这些已经毫无意义了。"

胡丽娜说："你开个价吧，需要多少钱你才能满意地离开？"

单雄信说："这和钱没有关系，这关乎一条鲜活的人命，而死去的人曾经也对你不错。"

胡丽娜说："我和你说过，你爸的死真的是个意外，真和我们没有关系。"

单雄信说："那不是意外，是谋杀。"

胡丽娜说:"你言重了。我理解你的心情,可是人死不能复生,为什么活着的人不能坐下来好好说话,好好解决问题呢?"

单雄信说:"我做不到。"

他开始沉默。然后不停地喝酒。胡丽娜默默地看着他。

单雄信的酒量并不好,四瓶啤酒下去就多了,泪水横流,话也不说。他将两张百元钞票放在桌上,用啤酒瓶压住,站起身,走出了包房。胡丽娜拿起钱,追了出去。他摇摇晃晃地走出镇街,朝百花坳走去,边走边唱《勇敢一点》。胡丽娜开着轿车追了上去。就是此时,她对单雄信还是又爱又恨,她真想开车撞死他,那样就一了百了了。看他落魄的样子,她又产生了同情心,觉得这个男人十分可怜。车停在他身边,胡丽娜下车,将他塞进了车,然后开车朝山上驰去。

单雄信躺在眠床上,嘴巴里说着胡话:"你走,不要管我,我是漂浮在世间的孤魂野鬼,不需要别人的同情。走,快走。"胡丽娜看着这个曾经深爱的人,真想马上离开,可还是担心他的安危,他喝多了,要是摸出门,一脚滑进水库里,那是必死无疑。想了想,还是留下来陪他,等他酒醒后再离开。

单雄信伸出手摸索着什么,他说:"丽娜,丽娜,你在哪里?"

这时的单雄信像个孩子,和刚才判若两人。胡丽娜心里柔软起来,伸出手,握住了他的手,柔声说:"雄信,我在，我在。"

单雄信呜呜地哭将起来。

胡丽娜被他的眼泪打动，那颗心柔软得要融化。岁月让她成了个女强人，她自己也不清楚多久没有动情了。她将单雄信的头放在大腿上，抚摸着他的头发、他的脸，温存地说："雄信，不哭，我在，就在你身边。"

单雄信边哭边说："丽娜，我对不起你，对不起你呀。你要知道，我从来没有爱过别人，只爱你。可是，可是我不能说出来，我这些年过的是什么日子。我没有尊严，在那些富婆眼里，我只是一只狗，对，她们都叫我小狼狗，二十多岁时是小狼狗，现在三十多岁了，还是小狼狗，还要装成小鲜肉。我是想钱想疯了，我想有钱后，给爸爸建幢小洋楼，他一直梦想能够住上小洋楼。我还想有钱后就能够娶你，让你过上好日子，我要把你像公主一样供养起来，让你幸福，让你快乐。靠那每个月几千块钱的工资，要实现梦想是多么不容易。我，我最终还是成了一只小狼狗，过上了傍富婆的生活……"

胡丽娜听得心惊肉跳，狠狠地扇了他几耳光。

她咬牙切齿地说："原来如此。我告诉你，当初和你恋爱，我就是觉得你人好，有担当。特别是那次镇武装部部长的儿子欺负我，你敢挺身而出，被他们打坏了腿也不屈服。那时的你让我有安全感，不是因为钱，也不是因为你爸的猪肉。你让我寒心，我眼巴巴地等你回来娶我，哪怕一辈子住在这个老屋里，我也无怨无悔，你爸也不会因为要住上新房让你干那些见不得人的事情。你太脏了，单雄信。"

那几耳光将单雄信打醒了，或者他根本就没有喝多，是在装醉。单雄信喃喃地说："丽娜，对不起，我是真爱你的。"

"哈哈哈哈，爱，你也配说爱。"胡丽娜说，"你最爱的其实是你自己，为了逃避责任，宁愿过那糜烂的生活，也不敢面对我和你爸。"

单雄信说："不是这样的，不是！"

胡丽娜说："那你为什么连自己的亲爸死了都不回来？"

单雄信说："当时我陪一个富婆去南极了，在那里手机没有信号，根本就联系不上。况且，那个富婆答应给我一大笔钱，我有钱了，就可以回来建小洋楼了。"

胡丽娜冷笑："还是去当小狼狗，还是为了那不干不净的钱。你还说不是这样的，不是什么？现在你爸也没了，你那些钱又有什么用？"

单雄信说："你不理解我，不理解！"

胡丽娜说："当然，我怎么可能理解你，你是名牌大学的大学生，见多识广，还和那么多有钱有势的富婆睡过觉，我怎么可能理解你。你多伟大呀，为了自己爱的人，为了自己的亲人去献身。实话告诉你，单雄信，郑发很脏，但是你比他更脏，这世上好男儿都死光了，留下你们这些渣渣。"

胡丽娜的泪水涌出眼眶，雨滴般滚落。

"这些年,你以为我嫁给郑发是图他的钱,图安逸的生活?你错了,我是在报复你。我也错了,为什么要用这种方式折磨自己,我无法原谅自己,只好好死不如赖活着,好在有了儿子,让我的人生有了一线希望。"胡丽娜哭着说,"现在你回来了,回来报仇,还和我说你是小狼狗。雄信,你是骗我的吧,你怕我重新爱上你,是吧?你在大城市里娶妻生子,过着美满的生活,对吗?你怕我会赖上你,所以你一直不敢回来,对吗?雄信。你不用这样,我不会赖着你的,我命该如此,怎么会去赖我爱的人呢。虽然我有时想起来会恨你,可是在大多数时候,还是希望你好,希望你不要受委屈。"

单雄信泪眼蒙眬:"丽娜,我错了,真的错了。我至今没有娶妻生子,我的确是条小狼狗,我赚的也是辛苦钱,当初真的是想为了让你过上好日子,为了给我爸建一幢小洋楼。那些钱我一直攒着,不敢花呀。我要是像你说的那样没心没肺,我早就忘了你,早就娶妻生子了。"

胡丽娜又伸出手,狠狠地抽了他几巴掌,将他的脸都抽肿了。

单雄信说:"丽娜,你打,使劲打,你把我打死,我都没有一句怨言。"

胡丽娜突然扑进他怀里,痛苦地说:"其实我有什么权力打你,我知道你心里苦,你不是会轻易将心里的苦水倒出来的人,雄信,你憋屈呀。我也憋屈,你知道吗,雄信,郑发不是东西,在外面有女人,还不止一个,每次他到县城里去，都是和小三住在一起，小三住的房子是他买的。我早就不和他同房了，要不是你回来，他三天两头地往城里跑，根本就不会顾及我的感受。他怕你会到县城里伏击他，所以现在像个缩头乌龟，躲在家里不敢出门，就是出门，也带着武馆的人。"

单雄信长长地叹了口气。

胡丽娜抬起头，端详着他红肿的脸，伸出手，轻轻地摸了摸，柔声说："疼吗？"

单雄信也注视着她还算秀丽的脸，轻声说："不疼。"

胡丽娜说："你骗人。"

单雄信说："我从来不骗人。"

胡丽娜说："你就骗人。"

单雄信还没有说什么，嘴巴就被她的嘴巴堵住了。他们紧紧地抱在一起。这并不是一场酣畅淋漓的性爱，尽管单雄信经历了很多女人，他还是像处男般紧张，手忙脚乱，在胡丽娜的引导下，艰难地完成他们第一次，也是最后一次的床笫之欢。潮水退去之后，单雄信沉沉地睡去，这也许是他多年来睡得最实在的一次。等他醒来，太阳已经从天井上空照到窗棂上了。他伸手摸了摸旁边，早已经没有了胡丽娜的踪影，床单上也没有了她的体温。宛若一场梦幻，似是而非，至于夜里说了什么话，单雄信也已经忘得干干净净。他想到的，还是复仇计划。他已经有了办法，还需要周密的谋划，然后实施，至于能否成功，那是天意。

一连几天，没有什么动静。单雄信一直在做着复仇计划的前期准备，照样到王缺佬的饮食店里吃东西，却没有再踏进夜巴黎一步，也没有再和胡丽娜见面，他想自己的计划实施成功后，带她远走高飞。他怎么也没想到那个叫小虎的孩子会按捺不住，甚至对他产生仇恨。

小虎觉得单雄信欺骗了他，根本就不想报仇了，于是，一不做二不休，他跑到武馆，对胡金星编了个谎言，说那天单雄信准备对郑小峰下手，是他偷偷解救了郑小峰。

胡金星赶紧将这事情报告给了郑发，他们觉得要先下手为强了，否则家人都有可能遭遇不测。于是他们在郑发家密谋，要将单雄信干掉，然后将他埋进单屠夫的坟里，神不知鬼不觉，再随便造个假合同，按上单雄信的手印，就可以安然无恙地搞百花坳度假村的开发了。

单雄信命不该绝。

他们的密谋恰好给郑小峰偷听到了，郑小峰又将这件事告诉了母亲胡丽娜。胡丽娜听到此事，考虑良久，还是拨通了单雄信的手机。她焦虑地说："雄信，你赶紧跑，再不跑就来不及了，你斗不过他们的，保命要紧，你走以后就永远不要回来了。"单雄信说："那你怎么办？"胡丽娜说："都什么时候了，你还管我，你逃命去吧，我不会有事的，你放心，如果缘分没尽，或许来日会有机会在异乡见面。"

单雄信并没有听胡丽娜的话离开唐镇，离开百花坳老屋。接到胡丽娜电话的时候，正是黄昏，他正想去王缺佬饮食店里吃东西。王缺佬卤的猪头肉，是唐镇一绝，别的店根本无法比。很多外乡人来唐镇，吃过王缺佬的卤猪头肉，都赞不绝口。有人说，他的卤料里放了罂粟壳，就去派出所举报，派出所将他家和饮食店都翻了个底朝天，也没有找到半片罂粟壳。王缺佬的卤猪头肉里的确没有放罂粟壳，他却告诉了单雄信一个秘密，其实那也不是什么神奇的秘方，只不过是在卤料里加了晒干的柚子皮。那也是王缺佬偶然得之，一次正在卤猪头肉，他家的黑猫不知道从哪里抓来块风干的柚子皮，扔进了卤锅里，他没有发现，结果，猪头肉出锅后，有种异香，他切了块，放进嘴巴里嚼了几下，味道太好了。他在卤锅里找到了那块柚子皮，从那以后，每次卤猪头肉，他都要放上风干的柚子皮。当然，这是他的秘密，也被渲染成祖传秘方。至于要放多少柚子皮，王缺佬并没有告诉单雄信。

　　卤猪头肉是单雄信从小就喜爱的食物，他父亲单屠夫也会卤，但没有王缺佬卤得好吃。有时，单屠夫会将一个猪头扔给王缺佬，也不要钱，只要他卤好猪头肉后分一半给自己，因为儿子单雄信爱吃。不过，这也不是经常的事情，一年也就一两次而已。单雄信觉得自己不能去镇上吃王缺佬的卤猪头肉了，如果强行要去，那是自投罗网，但他也不会轻易离开，放弃报仇计划。他想了想，老屋已经不安全了，这是十分明显的目标，不能在此久留，得离开。他拿起那把包好的剔骨尖刀，出了门。对于百花坳所有的地方，哪怕是一个小角落，单雄信都十分熟悉，多年也没有忘记。老屋对面那座山腰有个隐秘的山洞，在那里可以看到老屋的全景，也不容易被发现，就是被发现，也不要紧，山洞可以通到后山，逃跑也容易。单雄信决定先躲在那里。

走进山洞时，太阳已经落山了，暮色苍茫。山洞里黑黝黝的，看上去深不可测。这个山洞是单雄信自己发现的，至于其他人知不知道有这个山洞，他无从知晓。母亲死的那年，单雄信才七岁，对于死亡，没有多大的感受。他很奇怪，母亲怎么会死，母亲的尸体被放在门板上，入殓时，他还是觉得她还会爬起来，带他回娘家走亲戚。直到母亲被装进棺材，丧葬师念着咒语将棺材板盖上，然后将一颗颗棺材钉钉上去时，他才发现母亲永远不会再醒过来了。死亡就是阴阳相隔。就是母亲入土为安后，看着隆起的坟包，单雄信也没有哭，舅舅李成元说他是没有良心的白眼狼，自家亲娘死了也不哭。其实，单雄信心里十分悲伤，只不过没有通过哭泣来表达，而且，他也还没有学会如何表演悲伤。上午将母亲埋葬后，中午亲戚朋友就聚集在老屋里吃白饭，喝酒猜拳，一片喧闹，悲伤的氛围荡然无存。七岁的单雄信却被悲伤折磨得无法忍受，独自爬上了老屋对面的那座山，他胡乱攀爬时，发现了已经被藤蔓和野芒树叶遮盖住洞口的山洞。他钻进山洞，蜷缩在洞口边的一角，放声大哭。可是，他怎么哭，母亲也不会从坟墓里爬出来了。

山洞里，传来凄厉的尖叫声，单雄信习惯了，并没有感觉到恐惧，那是蝙蝠的尖叫。他在上高中时，就探索过这个山洞，点着松明火把，独自走完了这个一百多米长的山洞，山洞里除了蝙蝠，还有蛇。这个山洞是单雄信的避难所，也是他自言自语的地方，他经常会将自己的心事向山洞诉说，说完就好了，走出山洞，烟消云散。这个山洞也是他内心的秘密，是他的领土。他曾经想把郑发带到这个山洞里来玩，却一直没有实施。

单雄信在唐镇没有朋友，一个都没有。郑发曾经是他最好的同学，却没有成为朋友，当时，他只是同情郑发。学生时代的郑发是个可怜虫，似乎谁都可以欺负他，不仅仅是因为长得瘦弱，而且，那些欺负他的同学，总是在他面前学他父亲一瘸一拐走路的样子。他没有勇气抵抗他们，只是任凭他们羞辱，因为抵抗是徒劳的，而且很容易被围殴。单雄信和他不一样，敢和他们斗，哪怕头破血流，还有一点，单屠夫手中的杀猪刀也让他们有所忌惮，那些学生不敢轻易和单雄信乱来。他帮过郑发一次忙，有回在学校门口，镇上计划生育办公室主任的儿子让郑发躬下身体，双手着地，将郑发当马骑。单雄信看不过去了，揍了他。当时学校看门人向着计生办主任的儿子，大声训斥单雄信，单雄信气不过，顶了几句嘴，看门人记了他一辈子的仇，到现在还说他不好。郑发怕他们报复，镇政府院里的那些少年，都是一伙的，他只好每天都跟在单雄信后面，不过，没有多久，郑发投靠了镇武装部部长的儿子，单雄信才甩开这个可怜兮兮的尾巴。也就是那段时间，单雄信有过带郑发去看隐秘山洞的念头，仅有的一次带他到家里吃猪大肠，也是在那个时节。

当然，单雄信和胡丽娜说过那个山洞，但没有告诉她具体位置。胡丽娜听说洞里有蝙蝠和蛇，死活也不愿意去，而且说，他要敢带她去，她就和他绝交。就是现在，单雄信还记得当时胡丽娜脸红耳赤的样子。过去的每个细节都值得回忆，尽管回忆没有什么现实意义。天渐渐黑了，天上的星星也逐渐显现，闪着亮光。他没有心情望星空，尽管他渴望这个夜晚只有他和胡丽娜两个人，坐在山顶上数星星，相互依偎，仿佛地老天荒。

夜如潮水，将一切淹没。

子夜，坐在洞口的单雄信看到几辆车开上了山，停在了老屋前的泥土路上。从车上下来了十几个人，他们点亮了火把，围住了老屋。他们进入了老屋，可以想象，他们在老屋里到处寻找单雄信。这情景让人想到旧时节那些打家劫舍的土匪强盗。单雄信接到胡丽娜电话时，还有些不相信，觉得朗朗乾坤之下，他们不敢如此胆大妄为，她也许只是想让他走，不要报什么仇了。现在证实了胡丽娜的话是真实的，心里对她充满了感激，也有些后怕，要是不躲到山洞里来，他只有葬身水库底下了，尸体会腐烂，会成为水库里鱼的食物，白骨会被淤泥覆盖，永不见天日。

他们没有在老屋里找到人，又在附近的地方搜寻了一番，才将火把扔进水库里熄灭，然后开车离去。

两天后的深夜,单雄信潜入了唐镇。唐镇死一般寂静,连那些嚣张的土狗也在沉睡。这个时候的唐镇,只有鬼魂在无声无息游动,清明节将近,那些鬼魂们也该出来了。单雄信觉得自己就是游动在夜色之中的鬼魂,他来到舅舅李成元的门口,给他打了个电话。李成元被手机铃声吵醒,接了电话,赶紧披衣下床,来到大门前,打开了门。门只开了一点,单雄信挤了进去,李成元就赶紧把门关上了。

李成元将他带到客厅里。

卧房里传来李成元老伴的声音:"成元,谁呀,大半夜的还来串门。"

李成元说:"是雄信来了。你睡吧,没你的事情。"

舅母对单雄信没有好感,听说是单雄信,没好气地说:"我以为是谁,我睡了,你们聊吧。"

单雄信灰头土脸地站在那里。李成元见到他,冷冷地说:"坐吧。"单雄信说:"舅舅,我好几天没有洗澡了,先洗个澡,换个内衣怎么样?"李成元说:"去吧。"盥洗室挺宽大的,贴满了漂亮的瓷砖。水还很热乎,冲在身上,十分舒坦,很是享受,有幸福感。舅舅住的是新楼房,是单雄信表弟给舅舅建的房子,表弟在上海工作。单雄信也是想给父亲建幢小洋楼,也会有这样的盥洗室,贴满了漂亮的瓷砖,有舒服的淋浴。可是,父亲已经死了,单雄信建再好的楼房,他也无福享受了。这是令单雄信哀伤的事情,这些年的所有努力都变得一文不值。

洗完澡,单雄信回到了客厅。

坐在松软的沙发上，单雄信如坐针毡。

李成元泡了壶茶，给他倒了杯，放在他面前的茶几上。李成元没像在电话里那样劈头盖脸一顿怒骂，脸色阴沉地说："先喝口茶吧。"单雄信喝了口茶。李成元说："回来几天了？"单雄信说："好几天了。"李成元咳嗽了声，说："回来几天也不来坐坐，架子大了。"单雄信的脸红了，不知道说什么好。李成元说："听说你要杀郑发？"单雄信点了点头。李成元说："就你那样，单枪匹马，能杀了他，你以为是小时候打个架什么的呀。"单雄信说："是他们害死了我爸。"李成元说："我还当过郑发的说客呢，是不是我也是帮凶，把我也一起杀了吧。"单雄信说："你是我亲舅，我只找郑发报仇。"

李成元冷笑一声："嘿嘿，报仇，报什么仇，谁和你有仇？"

单雄信说："郑发和我有仇。"

李成元说："你爸的确死于爆血管，和郑发没有关系。况且，你爸倒地后，他们马上就送他去医院了。你爸去了后，郑发还赔了一笔钱，丧葬费也是他出的。当时，我联系不到你这个大人物，只好作了主，安葬了你爸。葬礼很隆重，你表弟也从上海回来了，很多人去给他送葬，他死得也算值了，我要死了，也不一定有那么多人送葬，你也肯定不会回来，你老子死了都可以不回来，连电话也打不通。"

单雄信说："那时我在南极，陪个客户。"

李成元笑了："南极，跑得真远呀，你生意做得好大呀，我那可怜的屠夫姐夫，儿子这么牛气，竟然连一点福都没有享到。你还有脸说要给他报仇。"

单雄信说："我每个月都寄钱给我爸的。"

李成元说："几年都不回家，就是过年也不回家陪伴他，钱又算什么？逢年过节，我都会去叫他来一起过，我们喝酒时，他看着你表弟，会说，要是你能够回来一起，那该有多好。我们都安慰他，说你忙，在外头干大事业，要理解。他有多么孤苦，你知道吗？你知道他为什么不愿意卖掉老屋吗，因为他没有什么寄托，没有什么可守了。人心哪，人心。"

单雄信沉默。

李成元又说："我不是说郑发的好话，在你爸的问题上，他还算仁至义尽了，老屋也没有再强拆，要我和你商量后再定夺。对了，你爸死时，他赔的那笔钱我存着，你什么时候要，随时都可以给你。"

单雄信说："我不要他的钱，钱对我已经没有意义了。"

李成元说："你是我的亲外甥，有句话我要和你说清楚，你还是放弃报仇的念头吧。"

单雄信说："我明天就离开唐镇。"

李成元说："真的？"

单雄信说："真的。"

李成元说："那老屋怎么办？"

单雄信说："无所谓了，你说怎么办就怎么办。"

李成元满脸堆笑，喜形于色，说："好，好。"

单雄信突然觉得特别厌恶舅舅。他不动声色，说："舅舅，我很饿，有东西吃吗？"李成元眉飞色舞地说："有，冰箱里有很多货呢，你等着，我去炒俩菜，舅舅陪你喝两杯。"说完，站起身，往厨房走去。这时，舅妈从卧房里走出来，和颜悦色地说："雄信来了呀，你舅舅炒菜不行，还是我去吧。"接着，她也屁颠屁颠地进了厨房。她一直没有睡，竖着耳朵在偷听他们说话呢，这对老头老太太还真是天生的一对。单雄信心里特别难过，恶心极了。透过厨房的窗玻璃，单雄信看到李成元拿着手机在和谁通话，脸上一副媚态，也许他是在给郑发打电话，说老屋的事情，说单雄信明天要离开唐镇的事情。不过，李成元绝对不知道郑发要杀单雄信，他不是郑发核心部分的人员，只是利用一下就可以扔掉的普通外围人员而已。单雄信不管他给谁电话，在他家是安全的，在大庭广众之下也是安全的。

这个夜晚，单雄信睡得并不安稳，几次从噩梦中惊醒，一入睡，父亲就站在他面前，满脸悲戚的样子，要他去找郑发报仇。每次醒来，单雄信都泪流满面，浑身冷汗。

第二天一早，他就提着行李箱，在李成元的陪同下，朝汽车站走去。早起的路人都用狐疑的目光看着单雄信。在一个巷子口，虎子靠着墙站着，目光阴毒地注视着单雄信。单雄信看到了他，心里像是扎进了把杀猪刀，疼痛不已。他想对虎子说什么，却什么也说不出来。虎子跑进了巷子，转眼就不见了。

在汽车站，单雄信碰到了穿制服的派出所所长钟坤。钟坤朝他笑笑，单雄信笑不出来，也不想搭理他，将头扭向了一边。李成元却朝他打招呼，走过去，和他说着什么。单雄信没有欲望了解他们说什么。长途汽车开出车站后，单雄信特别想到王缺佬店里吃碗猪肝面，哪怕吃了后再拉肚子。天色阴沉，长途汽车在省级公路上奔驰，单雄信往后看了看，发现有辆黑色轿车跟着，那好像是胡丽娜的车，开车的却不是她，里面也没有她，只看到三四个男子的头，开车的是胡金星。长途汽车在省道上开了一个多小时后，就拐上了高速公路。过了收费站，单雄信回头看了看，黑色轿车已经不见了，也许，胡金星开着车，想着回唐镇弹冠相庆了。

清明节这天，飘着细雨，山野间，纸钱飘飞，到处都是鞭炮的声音。杜鹃花也在漫山遍野开放，像是在对所有亡灵祭奠。唐镇街上也很热闹，每家每户都要摆清明节的酒宴。白天的喧闹散尽，夜色降临后，有个人坐在桃花河边，看着闪着白光的河水沉缓地流淌。他就是单雄信。他并没有离开，离开只是他计划中的一部分，是为了打消郑发的顾虑，让他放松警惕，也不会再派人谋害他。那天，他坐长途汽车到两百公里外的一个城市后，就下了车，然后叫了辆轿车将他送回了百花坳。

这是月黑风高的夜晚，到了深夜，唐镇平静得如一潭死水，所有的喧闹都散尽，单雄信从桃花河边来到了郑发别墅北边的树林里。在离郑发别墅两百米左右的地方，单雄信打开了上面铺着草皮的木头盖子，露出个地洞。他钻了进去。这是个地道，是他挖成的地道。这几天，单雄信白天挖地道，晚上把挖出的土倒进河里，让河水冲走。单雄信打亮手电，拧开瓶白酒的酒瓶，喝了口酒，算是给自己壮胆。这几天，他吃住都在地道里。单雄信心里还是有些紧张，当他将包好的剔骨尖刀插在腰间时，浑身打了个激灵。他对自己说："单雄信，是英雄还是孬种，就看今夜了，你父亲在注视着你呢。"

单雄信朝地道深处爬去。

越靠近郑发别墅，单雄信就越紧张，浑身都被冷汗湿透了。

挖这个地道，一是要躲开别墅的看门人，二是他无法进入别墅的院子，因为围墙上布满了电网。他将地道一直挖到了别墅的后院。单雄信斗胆掀掉别墅后院盖住洞口伪装过的木板，爬了出来。他看到二楼一个房间的灯还亮着，就知道这是郑发的卧房，唐镇人都知晓，郑发有个怪毛病，关灯睡不着觉，整个晚上，卧室的灯都是亮着的，尽管窗帘拉起来了，还是有光从缝隙中透出，给单雄信指明了方向。

单雄信无法从正门进去，正门一定是紧锁的，也不可能叫胡丽娜开门，她也不会给她开门，那一夜之欢并不代表她会做他的帮凶，无论怎么样，胡丽娜和郑发还是一家人。白天里，单雄信偷偷躲在树后面观察过，楼后面有根粗实的生铁水管，从天台通到地上，天台有进入楼里的入口。单雄信决定从水管爬上天台。单雄信从小就是个爬树高手，这对他来说，并不是难事。爬上天台前，单雄信有个顾虑，就是进入了楼里，找到了郑发的卧房，如果郑发反锁了房门，那也可能前功尽弃。他费了多大的工夫才将地道挖通，双手的手掌上十个大血泡还没有消失，还疼痛不已。

不管那么多了，爬上去再说，实在不行，就强行踹开房门，单打独斗，郑发绝对不是自己的对手，自己手上还有锋利的剔骨尖刀。单雄信这样想着，他开始了攀爬。没有什么悬念，单雄信花了十几分钟，爬上了天台。站在三楼上的天台，可以看到唐镇，唐镇一片死寂。单雄信努力平息狂奔乱跳的心，从腰间抽出剔骨尖刀，拨开包裹的黑布，扔掉黑布，提着刀，从天台的入口，蹑手蹑脚地下了楼梯，进入楼里。楼道里都铺着松软的地毯，可见别墅的奢华，这在唐镇人眼里是不可想象的事情。

单雄信准确地找到了郑发的卧房。

他右手紧握着剔骨尖刀，伸出左手，握住鎏金的门把手，使劲沉缓地拧了下，郑发竟然没有反锁。这给了单雄信极大的信心，老天有眼。他轻轻地推开门，听到了沉重的呼噜声。单雄信反手关上了门，为了防止有人在他行凶时突然闯入，他反锁上了门。

郑发侧着身体睡觉，面朝单雄信这边，他庞大的身躯是座肉山。自从回到唐镇，单雄信没有正面和他交锋过，连侧面都没有见到过。他不敢相信郑发会变得如此肥胖，以为自己认错了人，走错了房间，可是，整个别墅，只有这个房间开着灯，不可能是别人，床上躺着打着呼噜的肥猪，就是郑发。单雄信屏住呼吸，轻手轻脚走近郑发，他的额头上冒出豆大的汗珠，汗水在他脸上流淌。单雄信无暇顾及汗水，他告诉自己，一定要稳住，要一击而中。他握刀的手还是在微微颤抖，单雄信高估了自己的仇恨，也高估了自己的狠心。走近前后，他几次要将剔骨尖刀扎进郑发的心脏，都没有成功。这毕竟不是杀猪，或者杀掉一只羊，而是杀人，杀人从来都不是一件容易的事情。每次要将剔骨尖刀捅进郑发的心脏，单雄信都会觉得晕眩，还会想起早年郑发被人欺负的可怜样子。

单雄信下不了手。

他浑身颤抖，仿佛要瘫软下去。就在这时，郑发身后坐起来一个女人，是胡丽娜。郑发庞大的身体挡住了她，以至于单雄信没有发现她，而且，她用被子蒙住了头。胡丽娜不是说和郑发分居了吗，怎么会和他睡在一起？分居了再睡在一起又怎么样？这是十分正常的事情。

看到单雄信浑身泥土，提着雪亮的剔骨尖刀站在床前，胡丽娜呆滞了会，然后爆发出撕心裂肺的尖叫。她穿着丝绸的纯白吊带睡裙，尖叫时，睡裙丝丝颤动。单雄信想逃，脚面像是被钢钉钉死在地板上，一动不动。

胡丽娜的尖叫声吵醒了郑发。他睁开眼睛，发现了站在跟前的单雄信，惊坐起来，光着的上身肥肉乱颤："你，你是谁，你要干什么？"

多年没见，郑发和单雄信相互都不敢相认了。

胡丽娜颤声说："他，他就是单雄信。"

"啊——"郑发睁大了惊恐的眼睛。

单雄信此时的形象连叫花子都不如，不是刚刚回唐镇时那潇洒的模样，蓬头垢面，白衬衫和黑色长裤脏兮兮的，沾满了泥巴，只有那双眼睛，还透着亮光，从中可以看出他此时复杂的情绪。他已经没有退路了，内心的仇恨之火再度燃烧，单雄信扑过去，掐住郑发的脖子，低吼了声："老子今天要你的狗命，你让我这么多年做的所有努力都没有了意义！"说着，要将手中的剔骨尖刀插进郑发的心脏。

胡丽娜大声喊叫："雄信，不要——"

这一声喊叫让他迟疑了，这刀到底要不要捅进去？

胡丽娜哭喊道："雄信，我求你，放过郑发，只要你放过他，我就和他离婚，跟你走，只要你还爱我，还能够接纳我，你到哪里，我就跟你到哪里，不管你贫穷还是富有，都跟着你。雄信，你不能这样，你不能因为郑发这样的人，把自己也搭进去呀，杀人是要偿命的，雄信。"

单雄信流下了眼泪："丽娜，你，你说的是真的？"

胡丽娜下了床，跪在地上，泣声说："雄信，我要有半点假话，你就杀了我。"

单雄信哽咽道："我，我怎么能杀你，就是你欺骗了我，我也不能杀你。"

胡丽娜说："雄信，我真的爱你，我要跟你走，你放过他吧,为了我们未来的美好生活,我求你放下手中的刀。你看看郑发这个怂货,他根本就不配你动刀子。"

郑发面如土色,瑟瑟发抖,翻着白眼。

单雄信放下了掐住郑发脖子的手,然后将剔骨尖刀咣当一声扔在了地上,长叹了一口气,凄凉地说:"我也是个怂货,我根本就杀不了人,我只是想找回一点做人的尊严,到头来还是一场梦幻。"

胡丽娜说:"不,不,你从来都是我心中最勇敢的男人,过去是,现在是,未来也是。"

单雄信瞥了她一眼,默默地朝门外走去。

胡丽娜捡起了那把剔骨尖刀,站起来,走到窗前,推开窗门,将刀扔下了楼。这时,外面响起了警车的警报声。单雄信刚刚走到门口,他回过头,对胡丽娜说:"你报警了?"胡丽娜说:"是的,我按了床头的警铃,门卫听到后就会给派出所打电话报警。"单雄信苦笑了声说:"你为什么要这样做?"胡丽娜说:"我当时吓坏了,就顺手按下去了。"单雄信说:"你还会和他离婚,跟我远走高飞吗?"胡丽娜点了点头。

单雄信没有再说什么,走过楼道,下了楼,走出了门。

他一出门,就被两个警察按倒在地上,警察将他双手反剪,戴上手铐,像拖条死狗一样拖了出去,塞上了警车。一同前来的钟坤对他说:"你为什么要回来,你早已经不属于唐镇了。"单雄信闭上了眼睛,脑海里仿佛出现了一道彩虹,这些天,仿佛耗尽了生命中的所有力量。

他被关在派出所拘留室里。

面对四面白墙,他坐在地上,浑身无力,脑海一片空茫。

胡金星带了几个人,走进了派出所。钟坤对胡金星说:"你来干什么?"胡金星说:"我气不过,我要干了他。"钟坤冷冷地说:"你算老几,敢来派出所干人。"胡金星说:"我不算个啥。不过,是我姐夫让我来找你的,他的一口气难消。"

钟坤说:"他又算老几,不就是有几个臭钱吗。"

胡金星悻悻地说:"好,好,我们都算个屁。"

说着带人走出了派出所。

钟坤跟到门口,突然说:"胡金星,你给我回来。"

胡金星带着那几个手下,回到了他跟前:"钟大所长还有什么吩咐?"

钟坤笑了笑:"其实我也挺讨厌那家伙的,拽得跟二五八万似的,以为自己是谁呢,我放你们进去,修理他一顿,但是有一点,不能出人命,那家伙要是有什么闪失,你们也没有什么好下场。"胡金星笑了:"好,好。"

钟坤让一个警察将拘留室的门打开,放他们进了拘留室,然后将门锁上了。胡金星几个对单雄信一顿暴打,手法和上次回家路上完全一样。单雄信躺在地上奄奄一息后,他们才停止暴行。胡金星敲了敲门:"钟所长,开门。"钟坤在门外说："你们就在里面待着吧，明天县拘留所的车会来接你们，和那小子一起拉走。"胡金星笑着说："钟所长，你不是开玩笑吧？"钟坤说："谁和你开玩笑，你在唐镇做了什么事情，你难道不清楚？"胡金星说："钟所长，我是郑发的小舅子呀，快放我们出去。"钟坤说："你不是说过吗，你就是个屁，我也这样认为。"胡金星背脊发凉，还是抱着一线希望："钟所长，你说我们犯了很多事情，你有什么证据？"钟坤说："你们刚才在里面做的事情都录下来了，私自带人闯入派出所，殴打犯罪嫌疑人，这是什么罪？醒醒吧。"胡金星找到了拘留室里的那个摄像头，顿时瘫倒在地上。

胡金星手下几个人也傻眼了。

其中一个说："你自己喝香的吃辣的，让我们替你卖命，现在好了，都进来了。"

胡金星气急败坏地说："给老子闭嘴。"

那人说："到现在了，你还和我们横，老子揍你。"

胡金星说："你不想活了？"

那人说："老子早就看你烦了，弟兄们，给我上，打他！"那几个人一拥而上，用对付单雄信的办法对付胡金星，胡金星很快就被打倒在地，嗷嗷直叫。

因为那把剔骨尖刀被胡丽娜从窗口扔了下去，而后又被她下楼捡起，藏了起来，现场没有找到凶器，单雄信也死活不承认自己要杀郑发，只说自己是去找他评理，而单雄信在派出所被殴打，也是个受害者，检察院不予起诉，关了一个多月后，无罪释放。

单雄信回到唐镇，第一件事情就去找胡丽娜。他来到郑发的别墅门口，守门的人告诉他，胡丽娜不在家，他还用阴毒的目光审视单雄信。单雄信打她的手机，她的手机处于关机状态。他又对守门人说："我知道她一定在家，请你叫她出来，好吗？我只见她一面就走。"守门人火了，厉声说："告诉你不在就不在，你赶紧走，再不走我就报警了。"

单雄信只好悻悻而去。

他来到了王缺佬的饮食店。这时还没有到晚饭饭点，王缺佬趴在桌子上睡觉，朱春花举着苍蝇拍，在打苍蝇。朱春花见他进店，愣了一下，随即笑脸相迎："雄信，你回来了，太好了，快坐，快坐。"单雄信坐下来，笑了笑："我回来了，在牢里还想着你们的卤猪头肉。"

朱春花赶紧叫醒王缺佬："缺佬，雄信回来了。"

王缺佬抬起头，看到单雄信，吃惊地说："雄信真的回来了，春花，快沏茶，把我们自己喝的最好的茶拿出来泡。"朱春花说："好，好，我马上去泡。"王缺佬站起来，走近前，仔细端详着他，喃喃："在里面吃了不少苦头吧，都瘦了，还黑了。"单雄信说："缺佬叔，别靠那么近，我都不好意思了。"王缺佬笑着说："我老了，眼神不够用了。出来就好，出来就好。想吃什么，叔去给你烧。"单雄信说："卤猪头肉，韭菜炒鸡蛋，再来瓶啤酒。"王缺佬说：

"太简单了,今天我请客,再给你烧条鲈鱼。"

王缺佬进厨房了,朱春花端着一杯茶走出来,茶杯放在他面前桌子上:"喝吧,雄信。"

单雄信感激地说:"谢谢,谢谢。"

朱春花说:"不客气,你先喝茶,我去帮缺佬打下手。"

单雄信呷了口滚烫的茶水,回味甘甜,他像是回到了人间,品尝到了人间的味道。菜很快上来,单雄信边吃边和王缺佬夫妇说话。

王缺佬关切地说:"在里面没遭大罪吧?"

单雄信说:"还好,没有受什么罪。"

朱春花说:"你抓走后,镇上很多人都说,你要枪毙的,我说嘛,怎么可能。"

王缺佬说:"要枪毙雄信,那真是没天理。"

单雄信说:"如果杀了郑发,那真有可能被枪毙。"

王缺佬说:"当时你真的想杀郑发?"

单雄信喝了口啤酒,点了点头。

朱春花说:"雄信,不能干蠢事呀。"

单雄信说:"不会了。"

王缺佬说:"我们都十分担心你,好几个晚上都睡不着觉,想起你爸,心里难受哪,你要是有个三长两短,他在九泉之下也不会瞑目。"

朱春花说:"真是的,缺佬总是长吁短叹,弄得我也跟着难受。"

单雄信说:"让你们担惊受怕,真过意不去。"

王缺佬说:"都过去了,都过去了,雄信,你多吃点,好好补补身体,还需要什么,尽管说,管够,这顿饭我请客。"

单雄信说:"缺佬叔,有个问题我想不明白,也没有问过我爸,当初,他为什么会给我起单雄信这个名字?"

王缺佬笑了:"他特别喜欢《隋唐演义》中的好汉单雄信,所以就给你起了这个名字。"

……

天黑后,单雄信来到了夜巴黎。还是那个穿着劣质红旗袍的女子接待了他。她要带他去包房,单雄信说:"对不起,我不是来消费的。"女子问他:"那你来做什么?"单雄信说:"我来找胡丽娜。"女子目光闪烁:"老板娘不在。"单雄信问:"她去哪里了?"女子说:"我也不知道她去哪里了,反正好几天没来了,听说出远门了。"单雄信默默地走出门,在镇街上游荡了会,回百花坳去了。

躺在眠床上,他又给胡丽娜打了个电话。

这次终于接通了。胡丽娜冷冷地说:"你找我什么事情?"单雄信激动地说:"丽娜,我出来了。"胡丽娜的语气还是那么冰冷:"我知道你出来了。"单雄信说:"你在哪里,我去找你。"胡丽娜不耐烦了:"找我干什么,别找了,你还是走吧。"单雄信说:"你不是说要和郑发离婚,跟我远走高飞的吗?"胡丽娜叹了口气:"那话你也信,当时我要不说那样的话,你不就杀了郑发吗,我的家在这里,有老公,有孩子,我能跟你远走高飞吗。况且,我心已死,就让我过几年安生的日子吧,我们有缘无分,不会有结果的,这在我和郑发结婚的时候就考虑清楚了。还是那句话,好自为之吧,对自己好点,找个好姑娘,好好过日子吧。"单雄信什么也说不出来了,浑身筛糠般发抖。

这个时候,单雄信这些天来建立起来唯一的希望也破灭了,沮丧到了极点。在看守所里,他期待着出去和胡丽娜见面,想象着见到胡丽娜后的情景,他会紧紧地抱住她,疯狂地和她接吻,体会着爱情的甜蜜。他要带她离开唐镇,去开创崭新的生活,如果能出去的话。他也担心自己会被判刑,毕竟纵过火,杀死过一条狗,尽管他死活不承认自己干的,他们也拿不出有力的证据。真的判刑,他也希望胡丽娜等着他,单雄信对此有很大的信心。他想她会来探监,会给他带好吃的东西,也许会带来王缺佬卤的猪头肉,还会和他说些温存关切的话,鼓励他好好服刑,争取早日出狱,和她远走高飞,去过幸福的生活。

单雄信怎么也没有想到会是这个结局。

他在老屋里走来走去。

突然觉得这个地方特别陌生,仿佛从来没有在此居住过,过往的一切都是梦境,极不真实,甚至连自己的生命也是虚假的。想着想着,他站在天井里,仰望那一方天空,失声痛哭,天空中的星宿也泪光闪闪。

平静下来,他在下厅的角落,拿起把锄头,走出了家门。

来到后山,单雄信吭哧吭哧地将父亲的坟平掉了,哽咽着说:"爸,我再不会回来了,也不会给你扫墓烧纸了,我要带着你走。"他用锄头奋力劈开了棺材,单屠夫腐烂的尸体呈现在星空之下。

单雄信将父亲的腐尸搬回老屋里,放在了眠床上,然后在腐尸上面放上干柴,点燃了火。烈火很快就熊熊燃烧,他站在高处,看着烈火将整座老屋吞噬。烈火照亮了夜空,也照亮了山野和水库,同样照亮了单雄信无望的脸。

大火烧了整整一夜,天亮后还有残烟袅袅。

天上乌云密布,将昨夜星空替换。单雄信去隐秘山洞里取出行李箱,回到老屋的废墟处,在父亲卧房的位置,用塑料袋装了些灰土,还找了一块没有完全烧化的父亲的尸骨,放进了行李箱。他环顾了四周的苍翠的群山,默默地说:"爸,我们走,走得远远的,再也不要回来,我们都不再属于这片山水,所有的爱恨情仇,都随风飘散了。"

他提着行李箱,往山下走去。

雨水落下来,浇灭了老屋废墟中的残烟,也浇灭了单雄信心中所有的火焰。

他的背影异常孤独和凄凉。

2017年4月23日于上海家中

[发表于《创作与评论》(原创版)2017年第6期]

野花插满头

石磨地

夏明致决定去石磨地住段时间，石磨地曾经是他在小说里虚构的一个地方，有点桃花源的味道，那是篇很虚伪的小说，语言华丽，内容空洞，还用了些似是而非的小技巧，玩弄了一些介于哲学与艺术之间的小概念，看上去有点现代，又有些古典，能够迷惑一些文艺青年。后来有一天，他在武夷山腹地行走时，发现有个古村落就叫石磨地，他十分吃惊，像是在梦幻之中。

夏明致有个女性朋友，叫魏霞，以前是陶瓷厂的工艺美术师，后来辞职在厦门曾厝垵开了个酒吧。她丈夫是个房地产老板，前些年有过高光时刻，赚了不少钱，暴发户的嘴脸就呈现出来，拈花惹草，养了些"小蜜"。魏霞是个眼睛里揉不了沙子的女人，无法将就和丈夫过下去，离婚是她唯一的出路，她也因此分到了一笔不菲的钱财。夏明致经常去魏霞的酒吧喝酒，觉得她是个得体雅致有魅力的女人，一来二去，相识。

夏明致是个并不出名的小说家，却又是个固执己见的人，无论在社会上还是文学圈里，都不被人待见。终有一天，和他结婚三年的老婆跟别人跑了，他觉得无所谓，还打电话喊老婆回来办离婚手续。夏明致的父亲是个转业军人，性格暴躁，听说他离婚，找到他，破口大骂，差点动手揍他，狂骂了一个多小时，见他低头不语似有悔意，也骂得筋疲力尽了，才作罢。父亲走时留下一句话，你不好好找份工作，不要说老婆跑了，恐怕自己也养不活，饿死在家，像只死老鼠，腐烂发臭。父亲的话语恶毒，夏明致不以为然。

离婚后的夏明致落得一身轻松，无牵无挂，一个人吃饱全家不饿。那段时间，夏明致在夜色之中，频繁地出入魏霞的酒吧，点一瓶便宜的啤酒，泡到深夜。魏霞经常在打烊时发现只剩下他一个人坐在那里沉思，就会过去和他说些话。

夏老师，该回家了。

哦，马上走。霞姐，我说过很多次了，别叫我老师，我很害怕别人叫我老师，因为我不配。

好吧，看你喝了一晚上啤酒，我请你喝杯别的什么吧，你想喝点什么。

不敢，不敢，无功不受禄，走了。

没事的，说吧，喝点什么。

那，那来杯威士忌吧。

最近卖得比较好的山崎，来一杯？

随便，有的喝就不错，我不挑。不怕霞姐笑话，囊中羞涩，只能喝便宜的啤酒，你不赶我，给足了我面子，还请我喝酒，汗颜哪。

哪里话，你能来捧场，求之不得。

霞姐，你不喝一杯？

我不喝酒，你喝吧，喜欢的话，可以再来一杯。冒昧问一句，你不打算找份工作？

影响写作呀，我喜欢自由自在的日子。

可是，没有固定收入，也难以为继。

我也没有什么开销，还能活下去，况且，我妈经常接济我。我想等我长篇小说写好了，情况会好转。

你是个自信的人。

其实心里也没底，你知道的，我这样的人，没什么用处，活着活着也许就自生自灭了。

话不能这样说，活着还是要有希望。像我，抗击打能力超强，就是打不死的小强，石头缝里也能够长出花朵。很多事情，就是靠自己的意念，心里的一团气不散，什么也难不倒。

很佩服霞姐，女强人。

魏霞收拾好酒吧，夏明致的酒也喝完了，脸有些发烫。魏霞问他还喝吗，夏明致说，该走了。他们一起走出酒吧，魏霞锁好门，笑了笑，你家住哪里？夏明致说，中山路。魏霞说，顺路，捎你回家吧。夏明致觉得一股小风拂面，清爽得像初恋，没有拒绝，和魏霞一起走出小街，来到了停车场。魏霞车上有股淡淡的茉莉花香，夏明致突然心里有些颤动。下车时，夏明致说，霞姐，你每天穿的衣服都特别得体，也特别好看。魏霞说，晚安。车开走了，午夜的街头，夏明致发现每盏街灯都是探窥夜之秘密的眼睛。

那段时间，夏明致写出了那部名叫《石磨地》的小说，在石磨地里，有他虚构的爱情故事。不久，魏霞在一个夜晚，和他谈了一件事情。她说想到北部山区走走，希望能够找到一个适合开民宿的地方。夏明致坦言，霞姐，你要开民宿，在曾厝垵也可以开呀，为什么舍近求远。魏霞有自己的想法，说已经厌倦了海边，如果山里有个好地方，也许能够换换心情。夏明致明白，她不在乎钱，只在乎自己的心情。夏明致没想到魏霞会邀他一起去北部山区，去寻找那个民宿之所。夏明致想了想，一切费用都由她出，免费旅游一遭，也可以积累写作素材，就答应了她。于是，在那个阳光明媚的早晨，夏明致坐上魏霞的车，一路淡淡的茉莉花的香味，一路新鲜露珠般的心情，他就去了北部山区。

进入绵延起伏的武夷山脉后，魏霞喜欢上了这里的山山水水，她生在厦门，长在厦门，读大学和工作也在厦门，在厦门生活了四十来年，竟然没有来北部山区好好转转。山里的空气是清甜的，混合着各种树木和野花的香味，每个毛孔都在呼吸，浑身像打开了无数个味蕾，魏霞仿佛回到了少女时代，秀美的脸上荡漾着春天的水波。这个时候，夏明致发现魏霞是可爱的，完全焕发出女性的天真和美丽，和平常在酒吧里那个内敛得体的魏霞判若两人。也就是这个时候，夏明致才开始真正地认识她，其实在以前，他们并没有什么深交。

武夷山风景区固然美好，魏霞觉得被开发过的地方，还是少了些天然的意蕴，她偏爱那些没有开发过的自然村落和野山陌水，这和夏明致的想法是一致的，看来，魏霞选择他做顾问是正确的，当时也是一念之间的事情。夏明致被她选中，起初心里有些忐忑，有种异样的感觉，随着同行的日子渐渐多起来，他内心的那些顾虑也烟消云散。夏明致没有想到，现实中真有一个叫石磨地的地方，在那片远山远水中，石磨地是个神奇的存在，他更没有料到的是，会和魏霞同时喜欢这个地方。

那是个黄昏，夕阳火红，渐渐沉落西山坳。魏霞和夏明致在山里转悠一天了，准备回到附近的县城里住宿。见到如此让人心醉的夕阳，魏霞将车停在了山坡上，拿着单反相机沿着山坡，爬上了山。貌似文弱的魏霞是个发动机，总能突然爆发出某种令夏明致惊讶的力量，比如此时，她快速地穿过一片杉树林，来到了山顶，夏明致气喘吁吁地跟在后面，有点力不从心。魏霞站在山顶，不停地拍着夕阳，她突然停止了拍照，目光落在山间的那个村子上，张大了嘴巴，然后喊出来，太美了。夏明致也发现了山村之美，满天红霞之下，炊烟袅袅，宁静古朴，宛若世外桃源。一条小溪流从村中间流淌而过，蜿蜒如练，村子三面环山，流水往东而去，打开了一片开阔地，那是金黄色的田野，此时正是水稻成熟的时节，夏明致仿佛闻到了稻谷的香味。

最让魏霞动心的是,古色古香的廊桥横跨在小溪之上,将两岸的人家连接起来。魏霞说,这就是我要找的地方呀。夏明致说,的确不错。于是,魏霞决定,到这个山村去。

车子沿着弯弯曲曲的乡间公路,进入了山村,天色暗了下来。不速之客的进入,引起了村人的注意。车停在溪边空地,就有一个老婆婆走上前,用半生不熟的普通话问他们从何而来。魏霞告诉她从厦门来。老婆婆笑着说,知道,知道厦门,复生的儿子就在厦门工作。夏明致问老婆婆,这是什么地方。老婆婆惊讶地说,你不知道吗,这是石磨地呀,有谁不晓得石磨地。夏明致以为自己的耳朵出现了问题,什么,石磨地?老婆婆说,对呀,就是石磨地。夏明致有点懵,这世上还真有叫石磨地的地方。老婆婆热情地说,夜了,你们不要走了,住下来吧,我家有空房间。魏霞说,真的可以住?

老婆婆说,难道说我骗你?走吧,到我家去。

他们随着老婆婆,来到了一栋砖木结构的老房子里。老屋里收拾得干净,窗边摆满了一盆盆的兰花,有的盛开,屋里充满了沁人心脾的兰香。老婆婆的家尽管干净,却也简陋,除了厅子里柜子上的那个电视机,没有什么值钱的东西。老婆婆以为他们是夫妻,开始只收拾了一间房间,得知他们不是夫妻后,又收拾了一间厢房,房间里床是现成的,铺上被褥就可以睡了,也不是麻烦的事情。老婆婆铺床时,魏霞给她打下手,和她说着话。魏霞粗略了解了老婆婆家的一些情况,老婆婆名叫李八妹,两个儿子都在外面工作和生活，难得回来一趟，就剩她一个孤老婆子守着老屋。魏霞还了解到，石磨地的年轻人特别少，大都出去打工了，留下的大都是老人孩子，还有些不愿意出去谋生的青壮年。那个晚上，李八妹杀了只鸡招待他们，还去朱复生家打了点米酒，朱复生老婆是村里的酿酒好手，平常时节，村里人有客来，都到他家打酒。

一天的劳累，加上喝了点米酒，米酒上头，魏霞早早躺下休息。夏明致睡不着，在床上翻来覆去，体内的欲望在滋长，他想象着隔壁房间魏霞睡觉的样子，猜不出她的睡姿，却想入非非。迷迷糊糊睡着后，夏明致的梦迷雾重重，他陷入了一种困境，直到鸟雀的歌唱将他唤醒，睁开眼天已经亮了，李八妹已经在厨房煮稀饭了。他出门在村里溜达了一圈，空气清新得无法比拟，他贪婪地呼吸。村子里有些老屋没有人居住，破败了，破败的老屋里长满了野草，残墙上爬满了南瓜的藤蔓，夏明致心里隐隐作痛。一个男孩子见到他，站在不远处，用异样的目光审视他，仿佛在审视一个怪物，夏明致朝他招了招手，男孩子像受惊的兔子，快速跑开。

夏明致回到李八妹的家里，李八妹已经做好了早餐，魏霞也起床了，在天井边的水池子边洗漱。魏霞说，小夏，我想好了，就在石磨地，我要做个民宿。夏明致说，那么快就决定了。魏霞说，决定了。夏明致说，为什么。魏霞说，我喜欢这个地方，你觉得呢。夏明致笑笑，我听你的。魏霞说，我想听听你的意见。夏明致说，我没有意见，我听你的。魏霞说，你怎么变了一个人，你是很有主见的呀。夏明致羞涩的样子，现在没有主见了，因为碰到了一个比我有主见的人。魏霞爆出爽朗的笑声，那笑声感染力极强，夏明致觉得自己就是个俘虏。

宋小书

去石磨地之前，夏明致问魏霞要不要一起去。魏霞说最近走不开，儿子中考，需要她照顾。魏霞和前夫生有一子，离婚时，儿子给了前夫。夏明致和她探讨过这个问题，为什么不要儿子的监护权。魏霞和很多女人的想法不太一样，觉得自己带着儿子并不是明智的选择，儿子和父亲在一起生活，对他的成长有好处。这段时间儿子要中考，和她在一起，她可以辅导他的学习，而他父亲很忙，顾不上。夏明致无法理解魏霞对儿子的心态，也没多说什么，便独自来到了石磨地。

太阳像是熟透的果实，温暖平和，散发出令人迷醉的光芒，这是秋天的太阳。车子沿着水泥道路开进石磨地村，夏明致看到了村口那棵高大的老柿子树，树上的果实饱满红润，像一颗颗小太阳。柿子树下的几块石头上，坐着几个老人，他们在闲聊着什么。见有车进村，老人们都伸长脖子，睁大好奇的眼睛，迷离地看着车里的山外来客。

车子停在了霞庐大门口，一个年轻的穿牛仔裤白衬衫的姑娘站在那里，微笑地迎接夏明致。夏明致下了车，笑着说，宋小书，好久不见。宋小书走近前，和夏明致拥抱了一下，夏哥，你可来了，说了快一年了，你才来。夏明致从后备厢取下行李箱，宋小书拎起行李箱，陪着他走进了霞庐。

夏哥，你还是住主栋天井边的西厢房吧。

好的，那房间我住习惯了，有感情。

霞姐也是这么说的，她特地交代过我，把靠天井的西厢房收拾好，要让你住舒服了，霞姐对你真好。

西厢房有个韵味十足的房名，叫听雨。这房名是夏明致起的，其实，霞庐大大小小三十多个房间的名字都是夏明致起的，比如雪霁、秋霜、夏月、春水之类的房名，魏霞蛮喜欢这些房名的，听雨对面的那个房间叫春水，那是魏霞自己喜欢住的房间，一般不是客人多，那间房是不会给客人住的。

行李箱放进房间，宋小书说，夏哥，你稍微休息一下，我去厨房给你准备饭菜，做好了我叫你。夏明致笑了笑，去吧。她走出去，轻轻地带上了房门。房间里还是那种味道，淡淡的茉莉花的香息，仿佛是爱的味道。他心里十分清楚，宋小书在这个房间里喷洒了茉莉花香的香水，估计也是魏霞交代的，她喜欢这种香味的香水，夏明致也多次表达过，他也喜欢这种香水。房间的陈设特别简洁，大床，原木的书桌和茶几，布艺沙发，盥洗室里的水斗和浴缸都是原木制作的，仿佛可以闻到山林的味道。夏明致觉得特别舒服的是床上用品和盥洗室里的布草，都是上好的纯棉制作，这些都是魏霞专门定制的东西，体现了她内心的细腻以及对生活认真的态度。

夏明致洗了把脸，将行李箱里要用的东西摆放在各个位置，然后躺在床上，长长地呼出了一口气。他的手轻轻地抚摸柔软的床单，就像是在抚摸魏霞的皮肤，他闭上眼睛，眼前浮现出魏霞的笑脸。这次来，并不急于要写什么作品，只是想散散心。正午时分，宋小书在门口说，夏哥，饭菜好了，出来吃饭吧。宋小书的声音特别好听，有种与众不同的甜蜜，听到她的声音，夏明致口舌生津，满嘴都是甜味，本来的那点苦涩都被淹没了。

厨房和饭厅在另外一栋房子里。

来到一间精致的小包房里，夏明致闻到了土鸡汤浓郁的香味。夏明致说，哇，土鸡汤呀。除了土鸡汤，还有两个家常菜，一盘红烧豆腐，另外一盘是蒜蓉空心菜，都是夏明致喜欢的菜。宋小书说，霞姐说了，你心情不太好，让我好好照顾你。夏明致说，我心情好呀，就像石磨地晴朗的天空。宋小书微笑着给他盛鸡汤，你心情好，霞姐就不会担心了。

小书，最近没什么客人吧。

六月以来，零零散散有一些，不多，比起前两年，差得很多，明天会有两个人入住。今年一直亏钱呀，再这样下去，真的不知道怎么办，我都想回厦门去了，可是，霞姐信任我，我不能离开，再难也要守下去。

小书，难为你了，以后吃饭就简单点，粗茶淡饭就可以了，我不能给你添麻烦。

日常开销霞姐还是给钱的,你不用担心,你能来,多好呀,我就不会那么寂寞了,而且,你是贵人,说不准还能带来好运气。霞姐也好久没来了,她要和你一起来就好了,想起刚刚开业的那段时光,我们在一起多开心呀。

是呀,那时候多开心,一切都是崭新的,充满了希望。真的难为你了,自从疫情出现之后,你就一直守在这里,也没有人给你帮手。我一直想过来帮你做些什么,说实话,我是个自私的人,害怕病毒,都很少出门,想想我真不是个玩意。

夏哥,你千万别这么说,这里很安全的呀,我躲在石磨地,是享清福了,也不用担心感染病毒,只是生意不好,觉得对不起霞姐,对不起这份工资。

小书,那谁还纠缠你吗?

你说朱小亮呀。

是的,朱小亮。

昨天我去李八妹菜地里买菜,还碰到他,他见到我,像见到鬼一样躲开了。他其实也不是坏人,他已经结婚了,不过,我还是担心他会做出什么可怕的事情来。夏哥,你来就好了,我就不怕了。

朱小亮

朱小亮是石磨地村主任朱复生的独生子,疫情之前,一直在厦门打工。前两年,他连过年都不回石磨地,因为害怕父母亲逼婚。他曾经扬言,一辈子都不结婚,结婚太麻烦了。为此，朱复生特地去了一次厦门，结果铩羽而归，朱小亮根本就不愿意见他。疫情来临的那个春节的前几天，朱小亮突然回到了石磨地，石磨地的人都十分惊诧。朱小亮打扮古怪，身上穿着镶满了金属亮片的皮衣皮裤，火红的头发乱糟糟的，目光无神。他的归来，朱复生夫妇自然高兴，至于他的打扮，看不惯也不当回事了，商量着要给儿子说一门亲事。

朱小亮回家后，在卧房里反锁着门，三天都没有出来。母亲沈文秀心如刀割，哭喊着央求他出来吃饭，他也置之不理。还是朱复生心硬，对老婆说，随他吧，他实在撑不下去了，自己会出来吃饭的。沈文秀每天都把好菜好饭热在锅里，等着儿子出来吃饭。沈文秀含泪找到村里的神婆，让她问问神，朱小亮是不是被什么脏东西附了身。神婆坐在神龛前的蒲团上，闭上眼睛，双手合十，嘴巴里发出含糊不清的叽咕，浑身瑟瑟发抖。良久，神婆睁开双眼，恢复了正常，对沈文秀说，你家小亮真的有脏东西上了身。沈文秀吓得眼睛都直了，满脸惊恐。神婆站起身，笑笑，莫怕，莫怕。神婆在黄裱纸上画了符咒，给了沈文秀，然后凑近她的耳边，悄悄地说了些话，沈文秀连连点头。

那天晚上，夜深人静之后，沈文秀提着竹篮，偷偷摸摸地出了门，来到村外的三岔路口，蹲在路旁，从竹篮里取出纸钱，点燃焚烧。沈文秀边烧纸钱边念叨着神婆授给她的咒语，风将纸钱的灰烬卷起，在星斗满天的空中飘扬。烧完纸钱，沈文秀在田野山峦上穿行，边走边喊，小亮，归来，小亮，归来——

她回到家里时，天已经蒙蒙亮了，公鸡打鸣的声音此起彼伏，鸟雀也开始了歌唱。走进家门，她发现儿子坐在厅堂的饭桌前，狼吞虎咽地吃着东西。她心里涌起了一股暖意，走上前，关切地说，小亮，多吃点，不够的话，妈妈再去做。朱小亮眼皮都没抬一下，继续吃东西，吃相狠呆呆的，像是全世界的人都欠他的。儿子能够出来吃饭，无论如何也是一个好开端，沈文秀内心欢喜，却也还有担忧，她想起了什么，赶紧走进了厨房。她沏了一杯茶，从兜里掏出了那张符咒烧了，纸灰放进茶水里，筷子在杯子里搅动，直到纸灰融化。沈文秀满脸堆笑，端着茶杯走到儿子面前，慈爱地说，小亮，你吃完饭把这杯茶喝了吧。朱小亮扒完最后一口饭，抬起头，瞪着母亲说，你是不是又给我喝什么符咒茶，是不是神婆又说什么我被鬼附身了，要喝你自己喝，我才不信这个邪。朱小亮霍地站起身，朝门外走去。沈文秀呆呆地站在那里，不知如何是好。

那时的石磨地还是很热闹的，霞庐里住满了客人，各地而来的客人拖家带口，也有情侣，他们都准备在石磨地过一个乡土味儿浓郁的年。石磨地有些人家，也在魏霞的带动下，将家里的空房间改成了可以接待客人的民宿。自从魏霞在这里将几栋荒废的老屋承租下来改造成霞庐，经过两年多时间的营运，石磨地已经名声在外，石磨地的村民也得到了实惠，他们种的蔬菜，养的鸡鸭都可以卖出好价钱。

在这个清晨，朱小亮感受到了石磨地的变化，村里的空地上停了不少好车，也有些陌生人一早就在石磨溪两岸散步，他来到廊桥上，一对年轻男女在廊桥上拍照，晨雾从溪水上飘动，弥漫。他们有说有笑，还让朱小亮给他们拍合影。朱小亮说，你们从哪里来。男青年说，从福州来。朱小亮不说话了，默默走开。他在村里游荡时，碰到了早起的宋小书。见到宋小书的刹那间，朱小亮的身体有电流通过，微微痉挛，然后脸红心跳。宋小书经过他身旁时，不经意地瞥了他一眼，他也偷偷看了宋小书一眼，慌乱地避开目光。宋小书的那一眼，引发了一段惊心动魄的故事。

见到宋小书后，萎靡不振的朱小亮来了精神。他找到了一直留在村里的小学同学朱旺旺。朱旺旺是个老实巴交的人，高中毕业后，没有考上大学，也没有出去打工，和父亲一起在家里做竹匠，编织一些竹器拿到集市上卖，以此为生。朱小亮来到朱旺旺家，朱旺旺和父亲在厅堂里编竹篮，他老婆在厨房里做早饭。见朱小亮来，朱旺旺有些惊讶，小亮，你来了，不是说你撞鬼了吗。朱小亮脸色变了，谁说的。朱旺旺说，村里人都这么说。朱小亮气呼呼地说，都怪我妈。朱旺旺说，你三天没出房间门，也难怪别人说，好几年不回来，一回来就这样，到底发生什么事情。朱小亮说，别提了，以前我不想结婚，好不容易看上一个女孩子，谈了半年又分手了，留在厦门心里痛苦，回来躲避一段时间，疗疗伤。朱旺旺笑了，你要听你妈的话，现在应该孩子也有了，你眼光高，看不上我们本地的姑娘。朱小亮说，别胡扯，主要是那时我根本就不想和女孩子交往。朱旺旺说，还是让你妈给你找个吧，你家条件好，找个老婆不难。朱小亮于是就问朱旺旺，路上碰到的那个姑娘是谁。朱旺旺听了他的描述，笑了笑，那是霞庐的经理，你是不是看上人家了。朱小亮没再说什么，告辞了。他走后，朱旺旺父亲说了一句，癞蛤蟆想吃天鹅肉。

朱小亮回到家里，父母亲正在吃早餐，父亲一言不发，母亲说，小亮，你再吃点吧。朱小亮阴沉地说，你以后别再管我的事情了，我死不了。他走进自己的房间，重重地关上了房门。朱小亮从床底下拖出了那把蒙尘的吉他，找了件早已不穿的旧T恤，擦拭吉他。他记得这把吉他是在镇上读中学时买的，那时他爱好音乐，和喜欢玩吉他的体育老师学习，学了半吊子，后来没兴趣了，藏在了床底下。擦拭干净，吉他还原了原来的样子，调了调弦，朱小亮脸上露出了一丝笑意。

霞庐门口空地上，朱小亮坐在竹椅上，弹着吉他，唱着情歌。他就是个人工点唱机，将港台以及大陆的情歌挨个挨个地唱着，人们都十分惊讶，他竟然会唱那么多的情歌，而且记忆力如此惊人，连20世纪八九十年代的歌曲都记得清清楚楚。那一天，他从早上太阳出来一直唱到夕阳西下，天黑了，他也还在路灯下继续歌唱。村里的人和游客围拢在他周围，听他歌唱，尽管他有时唱得跑调，大家还是极为欣赏，有些游客还往他跟前扔些纸币。他自弹自唱，并非需要打赏，只有一个目的，就是吸引宋小书。

因为客人多，民宿里工作人员少，宋小书忙得团团转，哪里有时间出去观赏。那一天，朱小亮唱得声音沙哑了，精疲力竭了，才回家。朱小亮想，自己一定能够打动宋小书的，一连几天，他不依不饶地在霞庐外面歌唱。谁也没有想到，某些地区的疫情会变得严峻，全国的形势也不容乐观，人心惶惶。大年三十的前一天，石磨地所有的客人都退房离开，热闹的石磨地顿时变得冷清。魏霞也开车回了厦门，在厦门当地招的几个服务人员也纷纷离开，霞庐留给了宋小书一人打理。除了几个在村外道路入口处执勤的人员之外，大家都待在家里，不敢到处走动。

大年三十那天早上，朱小亮还是抱着吉他，在霞庐门口弹唱。

晌午时分，霞庐的大门开了。朱小亮终于看到宋小书出了大门，朝自己走过来，她穿着红色的呢子大衣，像一团火，温暖了寒冷的石磨地。宋小书白皙的脸上带着微笑，那双美丽的丹凤眼也含着笑意。朱小亮觉得女神降临，目瞪口呆，弹拨琴弦的手指也僵硬了。宋小书轻声说，你是朱小亮？朱小亮点了点头。宋小书说，我刚刚来石磨地时，就听说过你，没想到你是这个模样。朱小亮讷讷，你心中的我是什么模样。宋小书说，是个有个性的人。朱小亮说，难道我现在没有个性了吗。宋小书说，有呀，特别有个性，比我想象中更有个性。朱小亮说，那你喜欢我唱歌吗。宋小书笑出了声，你希望听我说实话吗。朱小亮说，你说吧。宋小书说，不喜欢，太吵人了，本来今天没有客人，我想好好睡一觉，却被你吵得特别烦心，你知道你这样很不道德吗,你制造的是噪音,是一种污染,本来我不想出来说你的,实在是无法忍受了,我求你不要再唱了,好吗。朱小亮顿时瞠目结舌,眼巴巴地看着她转过身,回到霞庐里面,关上了大门。

从宋小书关上大门的那一刻起,石磨地的人们就很少听到朱小亮的吉他弹唱了,石磨地真正地陷入了沉寂。这个正月也许是石磨地最清净的一个正月,没有客人来往,也没有人出门去走亲戚,似乎每个人对病毒都充满了恐惧,尽管石磨地一直就没有受到疫情的侵扰。

大年初三那天夜里,石磨地飘起了雪花。闽北山地,落雪是十分正常的事情,但是此时的雪给石磨地人带来的是更加的寒冷,不像往年,人们见到雪花,纷纷走出家门,特别是那些年轻人和孩童,有欢乐和喜悦,在雪夜里放烟火。今年,只有少数的几个年轻人,走出家门,看了一会降雪,然后抖抖索索地猫回家里。朱小亮是那少数人中的一个,他抱了一箱的烟花,来到了霞庐的大门口。昏暗的路灯下,他嘴巴里不停地呵出烟雾般的热气。

朱小亮放起了烟花。

烟花在天空中炸出夺目的璀璨,那是这个寒夜里怒放的花朵,和雪花一起落寞地飘下。那一箱烟花很快就放完了,天空恢复了宁静。雪花落在朱小亮身上,无声无息。朱小亮站在霞庐的大门口,突然扯开嗓子,大声喊叫,宋小书,我喜欢你,宋小书,我喜欢你,和我做朋友吧,宋小书——

他的喊叫声让雪花都在颤抖。一个人孤独守着霞庐的宋小书，正在电视机旁边打发寂寥的时光，听到朱小亮的喊声，浑身发抖。朱小亮喊叫着，紧握的拳头不停地敲击门扉，发出咚咚的响声。石磨地被朱小亮惊醒了，有些人戴着口罩，走出来，看个究竟。人们渐渐地聚集过来，像是观看一场难得的大戏。朱小亮心里只有宋小书，对围观者不屑一顾。朱小亮的行为自然惊动了他的父母。村支书朱大龙给朱复生打了个电话，让他赶紧把朱小亮弄回家，也赶紧将聚集的人疏散开，否则有什么不良后果要他负责。朱复生听完电话，气得发抖，马上电话给治保主任，让他带两个人出来。朱复生赶到现场，大声对围观者吼叫，让他们回家里去。人们嘻嘻哈哈，不愿意散去。最后，朱复生让治保主任他们将朱小亮强行架回家里，大家才期期艾艾地回家去了。

回到家，朱复生让治保主任绑起朱小亮，扔进了房间，然后在外面锁上了门。朱小亮在房间里还是不停地喊叫，骂天骂地骂父亲，还说如果得不到宋小书，就去死。朱复生气得脸色铁青，一根烟接着一根烟地抽。治保主任他们走后，沈文秀央求丈夫把门打开，给儿子松绑。朱复生怒骂老婆，说都是她宠坏了儿子。沈文秀泪水涟涟，还是不住地央求。夜深了，朱复生出去了一趟，巡视了一下村口执勤的人员，才回家睡觉。他回家时，朱小亮还在房间里喊叫，像得了狂犬病一样。朱复生睡下后不久，朱小亮就没有声音了。沈文秀觉得可怕，等丈夫睡熟后，她偷偷地开了门，发现儿子已经昏倒在地，满嘴巴都是血，衣服上也全是血，她赶紧给儿子松绑，抱着儿子大声喊叫，救命呀，救命呀——

决绝的朱小亮竟然气得将自己的舌尖给咬断了，他被连夜送到县城的医院抢救，如果晚点送去医院，也许血流干了，小命就交代在那个雪夜了。

孙志恒

孙志恒和刘茵在太阳落山之后到达石磨地，是宋小书开着霞庐的商务车去接他们的。夏明致一直把霞庐当成自己的家，当然，霞庐也倾注了他的心血。宋小书开车去高铁站接客人时，他就在霞庐为他们准备晚餐。虽然说夏明致做的菜没有宋小书做得好吃，但还是可以下厨的，他一个人过日子，饭菜总归要自己做。孙志恒和刘茵来自两个地方，一个来自厦门，一个来自上海，在此之前互不相识。听到汽车的声音，夏明致快步来到了大门口。夏明致第一眼见到孙志恒时，觉得这个人有些阴郁，高个子，瘦弱，戴着蓝色口罩，眼镜片后面的眼睛蒙着一层淡淡的雾气。夏明致要帮他提行李，他冷冷地说，自己来。刘茵是个活泼的姑娘，看上去大大咧咧的，圆圆的脸上充满了兴奋的笑容，一下车就不停地说话，夸这个地方好，是她做梦都想来的地方。她见到夏明致，上前拥抱了一下，说，夏老师，路上听小书说到你，我惊到了，没想到在这里可以巧遇偶像，我可是你的粉丝，两年前就读过你的小说，你写得太好啦。夏明致被眼前这个胖乎乎的姑娘夸赞，心里有些得意，又有些不安，耳朵发烫。夏明致说，过奖，过奖，我不喜欢人家喊我老师。孙志恒在一旁，冷冷地看着他们，一言不发。宋小书停好车，就和他们一起进了霞庐。

为了便于管理，宋小书将孙志恒和刘茵安排在夏明致住的主栋老屋里。老屋正厅两边有四个房间，西厢房两间，东厢房两间。西厢房靠天井的听雨，是夏明致住的，刘茵住进了西厢房靠里的那间，房间名叫山隐，孙志恒住进了东厢房靠里的名叫林间的房间。其实刘茵喜欢东厢房靠天井的那间春水，宋小书说，那是老板魏霞的专用房，里面有她的许多私人物品，不好收拾，刘茵笑呵呵地说，山隐也蛮好的，多有味道呀。

放好行李，宋小书就领着他们来到了吃饭的地方。

夏明致已经在小包房里等候他们，桌子上摆着六菜一汤，还有一坛子米酒，那坛子米酒少说也有十斤。刘茵一进小包房，表情夸张地说，哇，好香呀，土鸡汤，一定是当地村民养的，里面没有放其他东西，原汁原味呀，红烧豆腐，看看，多好的色泽，酸菜炒冬笋，我的最爱呀。说完，拿起手机，拍照，说是要发朋友圈。宋小书笑着说，这都是夏哥杰作。刘茵说，夏哥，你也太厉害了吧，你太太该有多幸福呀。宋小书说，夏哥还是钻石王老五呢。刘茵的目光落在夏明致略为羞涩的脸上，真的呀，看来我还有机会。夏明致说，别开玩笑了，吃饭吧。

孙志恒坐下来，和他们都拉开了一点距离，口罩还没有摘下来，将要开始吃饭，孙志恒才将口罩摘下来，小心翼翼地折叠好，放在一边。这时，夏明致才真实地看清了他的脸，如果不是太瘦，这应该是一张英俊的脸，蛮有型的，有木村拓哉的感觉，就是气场太冷，无法让人亲近。

宋小书给各位的酒碗里斟满了米酒，坐回自己的位置，端起褐色的陶碗，笑着说，欢迎志恒和刘茵远道而来，干了这一碗酒。说完，宋小书一口气喝完了这碗酒。女人喝酒豪爽，也是赏心悦目的事情，夏明致知道她的酒量，要是和她斗酒，那肯定死定了，但他还是喝了那碗酒，擦了擦嘴巴说，第一碗我干了，接下来就随意了。孙志恒没有说话，闷头干下了第一碗酒。刘茵端着那碗酒，面露难色，眼珠子转了转，轻声说，能不喝酒吗，我平常都不喝酒的。宋小书说，没事，这是甜米酒，就像可乐一样，喝吧。刘茵迟疑着，试着喝了一口，真的很甜，根本就不是可乐，而是蜜，接着，她就喝完了那碗酒。

宋小书见大家喝完第一碗酒，拿起筷子说，吃菜吧，尝尝夏哥的厨艺。刘茵早就等着这一刻了，伸出筷子，夹住了一块冬笋。就在这时，孙志恒突然大喝一声，先别吃。刘茵的手停在那里，目光瞟向孙志恒，有些怨恨。宋小书侧过身转到他这一边，说，志恒，怎么啦。孙志恒不紧不慢地说，还是用公筷吧，安全。宋小书愣了下，然后说，好，好。她站起来，去拿了四双筷子，分发给他们，自己留了一双。

晚饭这才正式开始。

刘茵吃得最欢了，什么菜都说好吃，不停地夸赞夏明致，她的目光基本上在菜碟和夏明致的脸上打转，除了偶尔看看宋小书，根本就没有瞥孙志恒一眼。夏明致自己尝了尝菜，觉得每道菜都咸了，刘茵越是夸赞，他心里就越发觉得惭愧，脸上一直滚烫滚烫的，目光躲避着刘茵。宋小书配合着刘茵夸赞夏明致，给足了夏明致面子。

孙志恒一声不吭，闷头喝酒，他没有怎么动筷子，只是喝了两碗鸡汤。一碗又一碗喝着酒，孙志恒的脸很快就成了红布。宋小书关切地说，志恒，你别喝了，这酒别看甜，后劲很大的，容易上头，喝多了难受。刘茵笑着说，这酒真的好厉害，我才喝了一碗，头就有点晕了，我是不敢再喝了。夏明致呵呵地笑，接着就敬了孙志恒一碗酒。孙志恒喝完敬酒，愣愣地瞪着坐在对面的夏明致，想说什么又什么也没有说，眼镜片后面的眼睛起了浓雾。

那一坛酒喝光之后，孙志恒醉了。

刘茵说头晕，很累了，先离开，回房去休息了。孙志恒酒醉后，话就多了起来，嚷嚷着要和夏明致单挑。夏明致酒量不大，平常喜欢喝点，极少灌醉自己，也不让别人灌醉自己。夏明致问，孙志恒，你要和我单挑什么，喝酒还是打架，喝酒的话我甘拜下风，打架的话，可以试试，好歹我学过几年跆拳道。孙志恒摘掉眼镜，摔在地上，吼叫道，单挑，单挑，谁，谁怕谁。说着，他就瘫倒在地上，哼哼唧唧，口齿不清了。宋小书苦笑，夏哥，别逗他了，他喝得实在太多了，平常他不喝这么多酒的，心里有结解不开。夏明致说，小书，你认识他。宋小书点了点头，夏哥，搭把手，我们把他弄回房间去吧。夏明致说，不用你说，我也得帮你。醉酒的人，身体如尸体般沉重，尸体是静止的，而醉酒者却还会折腾，他们费了九牛二虎之力，才将孙志恒弄进房间，放在床上。夏明致和宋小书正要离开房间，孙志恒突然大声说，小书，你，你不要走，我，我有重要的事情和你说。宋小书对夏明致说，夏哥，你先去休息吧，我陪会他。夏明致是个知趣的人，说，那我走了，有什么事情喊我。宋小书笑着点了点头。

夏明致出去后，宋小书关上了房间门。

夏明致回到房间，坐在书桌前，点燃了一根烟，突然很想给魏霞打个电话，听听她的声音，心里有愧疚，觉得不能朝她吼叫。来石磨地之前，夏明致第一次朝魏霞发脾气。两年多来，他们一直若即若离，有时十分暧昧，有时又像是普通的朋友。夏明致的心早就被她俘虏，多次表白，魏霞没有接受，也没有反对，弄得夏明致心里忐忑不安，无所适从。那个晚上，月亮挂在无云的天空上，海面上波光潋滟，夏明致约魏霞到海滩上走走，等到海滩上没有人了，魏霞才出现。见到魏霞，夏明致闻到了茉莉花的香息，心中的欲望被唤醒，他想抱住她亲吻，但没有这样做，那样太唐突了，不是君子所为。魏霞柔声说，明致，这么晚约我出来，有什么要紧事。夏明致单刀直入，霞姐，你知道的，自从我们一起去了闽北山区，我就爱上你了，心里就只有你，没有二心，我想娶你，和你一起生活。魏霞沉默了，夏明致在海潮的声音中，焦虑地等待她的回应。过了好大一会，魏霞冷静地说，你真的爱我，我比你大几岁，你不嫌弃？夏明致说，真的爱你，不嫌弃。魏霞又说，你敢说你以后不会厌烦我，会陪我一直到老？夏明致激动地说，我保证，永远和你在一起。魏霞冷笑着说，没有人可以永远，我可以相信你此时真的爱我，但说永远是假话。夏明致浑身颤抖，我可以把我的心掏出来给你看。魏霞笑了笑，不用掏，我看得到，好，假使你可以爱我一辈子，我想问你，你用什么来保障我的生活，靠你写小说，你根本就养不起我。所以，我们还是做朋友好，你可以一个人吃饱全家不饿，我还是这样努力打拼，为了保持现状，说实在话，对男人我不抱任何希望，包括我儿子。夏明致突然歇斯底里地吼叫，魏霞，你以为你是谁，我如此爱你，你竟然说出这样绝情的话，你凭什么瞧不起我，凭什么。魏霞没再说什么，扭头就走了。夏明致继续吼叫，魏霞，你有什么了不起的，你有什么了不起的。他颓然地瘫倒在沙滩上，月亮依然挂在天上，海潮依然在起落。第二天，他接到了魏霞的电话，她在电话里说，明致，我建议你去霞庐住段时间吧，我的心很乱，让我好好想想。

他还是打通了魏霞的电话，魏霞说，明致，找我有事情吗，我在辅导儿子做作业。夏明致一下子不晓得和她说什么，挂了电话。还是回到霞庐的现实吧，宋小书在孙志恒的房间里会不会发生什么事情，夏明致心有些乱。他轻轻地打开房门，蹑手蹑脚地来到林间房门口，耳朵贴在门上，听里面的声音。

孙志恒的哭声。

宋小书安慰他的话语声。

孙志恒的哭声渐渐地消失。

宋小书打开了房门，见夏明致站在门外，笑了笑，我知道你在外面。说完，她轻轻地带上了门。夏明致说，怎么样。宋小书说，他喝得太多了，情绪激动，说胡话，现在睡着了，夏哥你去休息吧，辛苦你了。夏明致说，没有睡意，不累。宋小书说，我也没有睡意了，我们到外面说说话吧。

他们来到廊桥上，汩汩的流水声，满天繁星，田野上传来虫豸的叫唤，秋风送爽，气温适宜。他们坐在廊桥边的美人靠上，说着话。

小书，你和孙志恒认识很早了？

我们是厦大的同学，谈过恋爱，后来分手了。其实我们都准备结婚了，最后在一件事情上产生了严重分歧，那就是关于买房子的事情。我觉得租房比买房要好得多，没有太多的成本，而且住得不爽了就走人，找喜欢的地方住，最重要的是，我十分讨厌按揭，仿佛这美好的青春年华都抵押给房子了，我不愿意成为房子的奴隶。志恒和我想法不一样，他认为没有自己的房子，家就不像家，没有安全感，而且，他希望有了自己的房子后，可以把在武汉的母亲接过来一起住，他是个孝子。我说租房子也可以让你妈妈过来住呀，为什么非要买呢。他死活就要买房，扬言如果不买房就不结婚，因此我们常常吵得不可开交。吵架很伤人的，吵着吵着就把感情吵没了，吵到水火不容的时候，自然就分手了。不过，那个时候，我也很固执，如果我退一步，也许我们会过得很幸福。

那不一定，也许你退了一步，结婚后还会有很多不可调和的矛盾。

也是。

他这次来，是想和你和好的吧。

像是有这个意思，我们分手后，他也没有找别的女人，而我这两年一直待在石磨地。他也蛮可怜的，现在精神不太好，吃抗抑郁的药。如果没有这场疫情，他可能不会这样。过年前，他想把妈妈接到厦门的，妈妈让他回武汉过年，等他放假，疫情已经在武汉暴发。封城的前两天，他回到了武汉，可是妈妈感染上了病毒，住进医院了。他住在舅舅家里，和所有的武汉人一起，经历了那灰暗的几个月，他妈妈也在医院去世了。那些日子，我也记挂着他和他妈妈，祈祷他们一家无恙，志恒带我回过武汉，他妈妈对我可好了，现在想起来心里还很难过。志恒前段时间才回厦门，联系了我，他说心里很多话想对我说，我就在电话里听他倾诉，他反反复复地说妈妈，从他小时候一直说到妈妈离开人世，很多事情都是第一次听他说，说到他回到武汉，见不到妈妈，自己和舅舅一家被隔离，就像是困兽，悲伤而又无奈时，我流下了眼泪。后来，他和舅舅去殡仪馆领妈妈的骨灰盒，他见到妈妈的骨灰盒，晕了过去，听到这里，我哭出了声。我想，当初如果我和志恒结婚了，把妈妈接到了厦门，或许妈妈就不会死。志恒没有责备我，只是不停地说，妈妈多么希望我们在一起。

我不知道他有如此惨痛的经历，也够难为他的了，小书，你也别太难过，不要太自责，他妈妈的死和你没有关系。

有关系。

小书，我真不知怎么安慰你，世上没有什么感同身受，我只能陪着你，听你倾诉，就像你听志恒倾诉一样。

刘 茵

刘茵起得很早，不过宋小书比她起得更早，刘茵走出房门时，宋小书已经在厨房做早餐了。刘茵要到外面去，路过厨房那栋老屋时，听到厨房里有响动，就走了过去。宋小书走出厨房，见到了刘茵。宋小书笑着说，你怎么不多睡会。刘茵说，被鸟儿和公鸡的叫声吵醒了，就起来了。宋小书说，睡得好吗。刘茵说，蛮好的，昨晚喝酒了，一上床就睡着了。宋小书说，那就好，很多人到陌生的地方睡不好觉。刘茵揉了揉眼睛，打了个呵欠，我得出去走走，呼吸呼吸新鲜空气。宋小书说，去吧，这里的空气负离子多，去洗洗肺吧。

刘茵在村子里转悠了一圈，不停地用手机拍着那些老屋，偶尔碰到早起的村民，会用陌生的目光打量她，有人会对她笑笑。村子不大，很快就转完了，她就沿着石磨溪一直往上走，看到溪边的半山腰的一棵老红豆杉下有个小庙，心生好奇，就走了上去。走到跟前，刘茵惊讶地发现，这个小庙里供奉的竟然是孙悟空，她觉得十分有趣，笑出了声。这时，刘茵听到了吉他的声音。寻声而去，就在不远的山坡上，一个忧郁的青年坐在岩石上弹吉他，她分辨不出是什么曲子，也没有听过这样的曲子，听起来特别的忧伤。弹吉他的人发现了她，愣愣地看了看她，停止了弹奏，抱着吉他，站起来，往树林子里快步跑去，一会就没有了踪影。刘茵觉得如梦如幻，那么地不真实。她站在年轻人弹吉他的岩石上，往村里眺望，整个村子尽收眼底，有些村民在自家院子里走动都看得清清楚楚，而且，这里是观看霞庐最佳的角度。下山回到霞庐，说起那个弹吉他的人，宋小书告诉她，那个人叫朱小亮。

孙志恒没有吃早饭，夏明致去看过他，房间里浓郁的酒臭，孙志恒还在呼呼大睡。宋小书说，让他睡吧，要不是喝醉，他是睡不着觉的，常在电话里说有条毒蛇在噬咬他的心脏。吃完饭，夏明致要带刘茵去灵蛇山看风景。宋小书说，我就不去了，你们带些水和点心，饿了可以吃。夏明致在背包里放上了矿泉水和一些零食，就和刘茵出发了。在村口的那棵老柿子树下，他们碰到了朱复生。朱复生穿了件白色衬衫，脸上的皱纹松树皮一般，让人感觉到沧桑。他笑着朝夏明致打招呼，夏先生，你来了也不打声招呼，抽空到我家喝酒呀。夏明致笑着和他握了握手，朱主任好，找时间一定登门拜访。寒暄了一会，他们与朱复生告辞，抄小路走上通往灵蛇山的石阶。

夏哥，你和村里的人很熟呀。

是的，当时修建霞庐，我是老板的顾问和助手，在这里待了好几个月，很多事情都是我和村里人协调的。

一看夏哥就是个厉害的角色。

我不厉害，其实在为人处世上根本就不行，容易意气用事，不会拐弯抹角。其实当时要租用村西那几栋老屋修建霞庐，费了很大劲的。每栋老屋都有不止一个屋主，他们都不同意出租老屋给我们。我和魏霞挨家挨户去找他们商量，他们不给好脸色，说那是祖宗留下的产业，就是倒掉了也不能租给外人。有人给我们出主意，找村里的头头出面，或许有用。我们就去找村支书朱大龙和村主任朱复生，起初他们也推脱，说事情不好处理，这山旮旯的地方，就是建起了民宿，又有谁会来。我们举了很多例子，他们就是听不进去，多一事不如少一事的态度。在我们要放弃的时候，李八妹把她在县城里当法官的儿子叫了回来，由他出面和朱大龙他们谈，朱大龙和朱复生还是很给法官面子的，看他都出面了，就顺水推舟给了法官一个人情，帮我们说服了村民。事实上，霞庐建成后，还是给村里带来很多好处的，每家每户都尝到了甜头。很多时候，改变一个地方的面貌，观念的改变是最重要的。

原来开个民宿也这么复杂，我原来觉得只要有钱就可以了。

有钱当然重要，处理各种关系更加重要。

他们说着说着，就到了山脚下。夏明致指着弯弯曲曲通向山顶的石阶说，刘茵，你行吗，到灵蛇山高峰，两千多个台阶。刘茵笑着说，夏哥，你行我就行。夏明致说，我没有问题，这样吧，你要是走不动了，我们就下山。刘茵说，真的没问题的，比这更高的山我都没怕过。

夏明致说，以前这只是一条崎岖的山间小道，我们初来石磨地时，听说山顶有座古庙，爬上去过，那时路难走，一不小心就摔跤，魏霞就摔过两次，下山更难，双腿发抖，她一直紧紧拉着我的手，说再不上来了。灵蛇山是石磨地最重要的一处景点，要推广霞庐，灵蛇山也是个好故事。我建议魏霞修条石阶路直通山顶，魏霞有些为难，因为要多出很多预算。我们就去找村里商量，由魏霞出石材的钱，村里出人工，村里人对修这条路还是蛮支持的，因为这是他们上山拜神的必由之路，修好了也是造福他们自己，就这样，路就修起来了。

刘茵说，这是功德无量的事情呀。

爬了不到两百个台阶，刘茵就喘不过气来了。

她嘴唇发白，站在台阶上，双手叉在腰上，上气不接下气地说，夏哥，休息一会吧。

夏明致笑笑，登山就要一鼓作气，慢点不要紧，不要停，停下来，你就不想动了。还有呀，登山要学会呼吸，你看，就这样，前脚登上一个台阶时吸气，另外一只脚跟上来时呼气，这样一呼一吸，不紧不慢，就不会气喘了。最重要的是，不要产生畏难的情绪，这种情绪是毒药，会毒杀你的勇气和快乐。刘茵,加油,继续前进。

刘茵说,我渴了。

夏明致知道她想借机休息,也没说什么,从背包里拿出一瓶矿泉水,拧开,递给她。刘茵咕噜咕噜喝了几口水,擦了擦嘴巴说,舒服多了。夏明致接过矿泉水瓶放回背包,说,走吧,慢慢走,不要急,我走慢点,这样你不会有压力。刘茵说,夏哥,你真是个大暖男。

一路上,刘茵看到路边的林间有许多野花,最美的就是野菊花了,她十分喜欢。夏明致投其所好,采摘了一大束的野菊花,送给她。夏明致说,要是春天,漫山遍野的杜鹃花,那真的赏心悦目呀。刘茵说,那春天的时候,我再来,希望你也在这里。

花了两个多小时,他们终于来到了山顶。汗水淋淋的刘茵站在山顶,凉风送爽,她大声地喊道,我登上灵蛇山啦,我胜利啦。喊完,喜形于色地让夏明致给她拍照留念。在高处,可以眺望很远的风景,今天天气晴朗,能见度特别好,远处石磨溪和闽江的交汇处清晰可见。夏明致说,美吧。刘茵说,太美了,江山如此多娇,如此壮美呀。夏明致说,如果碰到雨后,此处观赏云海,那真是宛若仙境,此处观赏日出日落也都是最佳的位置。山顶上的蛇神庙,可以看得出,重新修缮过,庙里供奉的蛇头人身的蛇神像也是新雕刻的,看上去有点吓人。神龛上有密密麻麻香烛残余,可以肯定,这里的香火旺盛。夏明致说,年初疫情暴发,村里的人都来朝拜蛇神,以祈求平安,不光是石磨地的人来，周边乡镇村落的人都会来朝拜。刘茵说，我很怕蛇的。夏明致说，蛇是有灵性之物，莫怕。刘茵说，不管，我想到蛇浑身就凉飕飕的，像是有蛇滑过我的皮肤。夏明致笑了。刘茵问夏明致，为什么这个地方有那么多小庙呀，土地庙、蛇神庙、观音庙，还有孙悟空庙。夏明致说，闽地多神崇拜，所以庙多。刘茵说，原来这样，还蛮有意思的。

刘茵走出蛇神庙，在山梁上走来走去，四处拍照。夏明致喊住了她，拿起在路上采摘的野菊花，一朵一朵地插在她头发上，插完后，夏明致端详着，说，真美。于是，他给她拍了很多照片。刘茵看了野花插满头的照片，惊喜极了，夏哥，你拍得太好了，这些照片一定要发给我呀，要原图发送。夏明致说，没有问题。刘茵说，夏哥，你好会撩女孩子呀，我问你，你是不是经常带女孩子到野外来，给她们的头上插满野花。夏明致想了想，有一两次吧。刘茵咯咯地笑出了声，不过，能够和你出来玩，的确是很开心的。夏明致说，开心就好呀，人生短暂，一转眼就老了。

刘茵看到一丛低矮的灌木中有黑色闪亮的果子，问夏明致，那是什么。夏明致看了看说，那是一种野果，酸甜酸甜的，吃了嘴唇发紫，敢吃吗。刘茵俏皮地说，有什么不敢，嘴唇发紫又有什么，也许比涂口红好看呢。说着，她跑过去，要去摘野果，她刚刚伸出手，突然怔住了，张大了嘴巴。夏明致见状，赶紧跑过去，怎么啦，刘茵。刘茵收回了手，浑身瑟瑟发抖。夏明致看到一条大蛇从灌木底下缓缓地滑过。夏明致说，莫怕，莫怕，它跑掉了，不会伤害你的。刘茵突然哇地大哭，扑进夏明致怀里，紧紧地抱住他，头上的野花纷纷掉落。

那条蛇出现得不合时宜，刘茵仿佛变了一个人，那一天里都闷闷不乐，眼睛里有惊恐之色。晚上，她吃了点东西，大家还没有吃完，她就先回房间去了。宋小书问，夏哥，刘茵怎么了。孙志恒睡了一天，傍晚才起床，脸色煞白，他闷声闷气地说了声，欺负人家小姑娘了吧，作家都是风流鬼。宋小书说，志恒，别胡说八道，夏哥不是那种人。孙志恒不言语了，闷头吃饭，今晚他没有喝酒，大家都没有喝酒。夏明致瞥了他一眼，没搭理他，对宋小书说，在山上见到了一条蛇，刘茵估计是被蛇吓着了，她说她恐蛇，估计对蛇有心理障碍，应该没事，一觉醒来就好了。宋小书说，我也怕蛇，可不像她这样会留下心理阴影，都秋天了，怎么还有蛇。夏明致说，天还暖，蛇在冬眠前要出来觅食的。夏明致这顿晚餐吃得索然无味，宋小书的情绪也不是很好，眼睛里有些忧郁。

吃完晚餐，宋小书陪孙志恒出去散步了，夏明致不好打扰他们，回到房间，打开手提电脑，想写点什么，又觉得无头无绪，枯坐在那里发呆。记得一个朋友和他说过，情绪不佳时，要么出去玩，玩嗨了就好了，要么就睡觉，睡觉是最好的调整方法，或许在梦中会找到灵感，要是睡不着，就看本哲学书，很快就会进入梦乡。夏明致到哪里都会带本黑格尔的著作，那是催眠用的。夏明致洗完澡，躺在床上，双腿有些酸胀，那是爬山的缘故。关了房间的大灯，打开床头灯，拿起那本《精神现象学》，啃了起来。果然，没读几页，眼睛就疲惫了，扔掉书，关掉床头灯，在淡淡的茉莉花香息中，很快就进入了梦乡。

夏明致没想到会做这样一个离奇的梦，梦见孙志恒绑架了宋小书，在一个黑暗的山洞里，传出宋小书的尖叫和求饶声，夏明致跟在村民和警察后面，来到了那个山洞外，警察用扩音器对着山洞喊叫，让孙志恒放过宋小书，并且出来投案。孙志恒疯狂地喊叫，扬言要杀了宋小书。宋小书的惊叫声越来越响，越来越尖利，山洞里还传出孙志恒狰狞的笑声……夏明致的确是在尖叫声中醒来的，但不是宋小书的尖叫，尖叫声从刘茵的房间里传来。夏明致惊醒过来，急忙穿上衣服，走了出去。他来到刘茵的房门外，大声说，刘茵，发生什么事情了。

门开了，刘茵穿着白色的吊带睡裙披头散发地跑出来，大叫，老鼠，老鼠。夏明致进入房间，说，在哪里。刘茵站在门外，不敢进来，只是哭着说，在床上。夏明致翻开被子，没有发现有老鼠，翻了翻枕头，也没有发现老鼠，他找遍了房间的每个角落，也没有发现老鼠。他走出来说，刘茵，你是不是梦见老鼠了，房间里没有老鼠呀。刘茵哽咽着说，有，真的有，我一直没有睡着，两只小腿很痛，脑海里一直有条蛇，就在半小时前，我听到天花板上有响动，轰隆隆，还有老鼠相互撕咬的叫声，就在刚才，我发现有一只老鼠钻进了我的被窝，老鼠好像咬了我的脚趾头。

夏明致说，哪个脚趾头。刘茵低头检查了一遍，脚趾头都没有损伤，她还是说，真的，老鼠真的咬了我的脚趾头。

这时，宋小书从下厅的房间走出来，睡眼惺忪地说，发生什么事情了。

夏明致说，刘茵说她房间进了老鼠。

宋小书说，有可能的，山村里老鼠多，但我们霞庐里面的房间老鼠还是比较少的，房间都十分密封，这该死的老鼠是怎么进去的。

夏明致说，我检查过了，没有老鼠呀。

宋小书搂着刘茵说，不哭了，不哭了，晚上去和我一起睡吧，明天给你换房间。

刘茵抽抽搭搭地和宋小书走了。

她们进房间之前，宋小书对还站在上厅的夏明致说，夏哥，去睡吧，没事了。这时，孙志恒的房间里传出几声剧烈的咳嗽声。

李八妹

天上落下了细密的雨滴，打在瓦楞上，瑟瑟作响，屋檐间落下的雨水，淅淅沥沥，掉在天井里，天井里的兰花湿了，叶片在雨中抖动。秋雨的来临，让石磨地有了季节的凉意。只在霞庐住了两个晚上的刘茵，早晨醒来后，就决定离开，本来她是订了一个星期的房。她的眼睛红通通的，有些浮肿，情绪也十分低落，话也少了。早餐她也没有吃东西，只是说，已经买好了中午十二点二十五分回上海的高铁，希望宋小书能够送她去高铁站。夏明致没想到一条蛇和一只老鼠就让她选择逃离石磨地，心里有些遗憾，却也十分理解，并不是每个人内心都那么强大。宋小书没有挽留，人家要走，也是没有办法的事情。宋小书退回了剩下的房费，刘茵死活不收，在夏明致的劝慰下，她才收下了那些钱。夏明致和宋小书一起送刘茵去高铁站，商务车开出村口时，刘茵说，停一下。夏明致说，你是不是改变主意了。刘茵说，能给我摘几个柿子带走吗。夏明致下了车，在雨中爬上了柿子树，摘了五个柿子，下来时因为树干太滑，摔在了地上，好在没有摔伤，只是外衣弄脏了。他脱掉外衣，上了车。刘茵说，夏哥，对不起呀，给你添麻烦了。夏明致笑笑，没事，没事。一路上，大家都没有说话，也不知道说什么好。刘茵的手摩挲着一个红红的柿子，不时放在鼻子底下闻闻，眼睛一直望着窗外空蒙的山色，有些湿润。到了高铁站，夏明致送她到进站口，刘茵和夏明致拥抱，她踮起脚尖，在他耳边说，夏哥，谢谢你，尽管你做的菜很咸很难吃，但还是希望以后有机会再品尝，很喜欢你把野花插在我头上拍的照片，那是我此行最美好的记忆。夏明致目送她进站，眼眶热乎乎的，有滚烫的液体要流出来。

他们回到霞庐，发现李八妹在等候。

李八妹见到夏明致，从椅子上站起来，阴沉着脸，指着夏明致说，你这个人无情无义，来石磨地几天了，也不来看看我这个老太婆。夏明致心里臊得慌，脸红耳赤，拉起老人粗糙的手,连声说,我正想要去拜访您老人家呢,怎么能忘了您,您是霞庐的恩人哪,也是我的恩人,当初住在你家,你对我们关怀备至,没齿难忘哪。老人笑了,她的身体十分硬朗,精神也很好,脸色像孩童一般,真是鹤发童颜。李八妹说,我知道你来了,就在家里等着你,你看看,我忍耐不住,就先来看你了。夏明致说,老人家,你坐,我们坐着说话。他们在说话时,宋小书在泡茶。孙志恒从房间门里探出头,一会又缩回去了。

小夏,魏霞怎么没来,我都想她了。

她有事情走不开,她也很想来看望老人家。

魏霞劳碌命呀,够难为她的了,你要多体谅她,她不容易。

是呀,她太辛苦了,操心的事情太多。

问你一件事,你们俩的事情怎么样了,什么时候结婚呀。

八字没一撇,谁知道呢。

要有信心,我看她心里有你,不要放弃哟,到时候结婚,来村里摆酒,我来帮你们操办。

夏明致觉得李八妹把自己当儿子了,心里涌过一阵情感的波澜。要不是李八妹,魏霞不可能那么顺利地修建霞庐,而且,当霞庐生意好起来之后,村里人产生了不良的心态,要追加租金,也是李八妹站出来,骂那些人没有良心,挨家挨户地去帮魏霞说理,事情才平息下来。

如果没有李八妹,朱小亮在正月里掀起的风波也无法朱小亮出院回到家后，很长一段时间没有出门，因为舌尖断了，说话也受到了影响，不可能那么流利地唱他的情歌了。朱小亮回家不久，有个传闻在石磨地风一般流传。宋小书只要出现在村里，背后就有人指指点点，说她是狐狸精附身，害了朱小亮。朱小亮做出这样的事情，宋小书是料想不到的，她很坦然，觉得自己并没有错，一切都是朱小亮自己的事情。男人的疯狂，宋小书见得多了，她父亲就是个极为疯狂的男人，醉酒回家后，就发酒疯，打她母亲。有一次，她目睹了父亲将母亲的头发抓住，狠劲地把母亲的头往墙上撞，头撞在墙上沉闷的声响让她恐惧而又愤怒，她从厨房里拿了把菜刀，站在父亲面前，大声吼叫，放开我妈妈，放开我妈妈。父亲还是继续施暴，她举起了手中的菜刀，朝父亲劈了过去，父亲哀号着，放开了母亲。那时，宋小书十四岁。她鼓励母亲和父亲离婚，他们离婚后，父亲多次来闹事，都被宋小书赶跑了，她对母亲说，妈妈，你别怕，我会保护你的。

宋小书根本就不怕朱小亮，可是，村里人的风言风语像马蜂的毒刺，扎在她的心里，有种说不出的疼痛。更不堪的是，有些村民半夜三更朝霞庐的屋顶扔砖头，砸烂了瓦片，她不得不一次次地爬上屋顶补漏。还有恶心的事情，有人朝霞庐的大门上泼粪，宋小书忍受着恶臭，将门扉冲洗干净。她没有把这些事情告诉魏霞，独自承受，她心想，你们想赶我走，我就不走，死也要守着霞庐。这些事情，李八妹都晓得，她也心疼宋小书。

一个深夜，宋小书还没有入眠，听到外面有响动，就走出来，打开大门，发现朱小亮的母亲沈文秀和两个妇女在大门口烧纸钱，她们嘴巴里说着宋小书听不懂的咒语。宋小书气坏了，大声喊叫，你们在干什么，都给我滚。她们根本就不理会宋小书的愤怒，继续我行我素。就在宋小书无计可施之际，李八妹出现了。

李八妹手里拿着一根竹鞭，站在她们面前，冷冷地说，沈文秀，你在搞什么鬼。

另外两个妇女见到李八妹，站起身，跑掉了，她们很清楚李八妹的出现，意味着什么。沈文秀抬头看了看李八妹，淡漠地说，我干什么还要向你汇报。李八妹冷笑了一声，说，当然，村主任的老婆，杀人放火都可以，官小威风大呀，跑到人家门口烧纸钱，也是你老公教你的？沈文秀听了李八妹的话，脸上有点挂不住了，话语也变了调，八妹婆婆，现在什么时辰了，你还是回家睡觉吧，我烧纸钱也不碍你的事，你就不要多管闲事了。

是不碍我的事，可是碍着人家宋小书的事了，这事情我还真管定了。李八妹的话掷地有声，你要是不赶紧走，别怪我不客气了。

沈文秀站起身，瞪着李八妹，神色惶恐，你要干什么。

李八妹提高了声音，我要干什么，我要抽你，抽你这个不识好歹的。说着，扬起手中的竹鞭，劈头盖脸地朝沈文秀抽去。沈文秀用手臂抵挡着李八妹的鞭打，往后退着步子，八妹婆婆，你疯了，怎么帮起外人来了。李八妹边抽打边说，你才疯了，不干人事。沈文秀心里明白，如此和李八妹纠缠下去，不会有什么好结果，反正纸钱也烧了，于是，她转身一阵小跑，逃离了现场。

李八妹对着消失在黑暗中的沈文秀的背影大声说，再做这样丧天良的事情，看我不抽死你。

这时，大门开了，宋小书走出来，喊了声，八妹婆婆。

李八妹走上前，拉住宋小书的手，宋小书感觉到她的手特别温暖。宋小书说，谢谢您，八妹婆婆。李八妹怜惜地说，小书姑娘，委屈你了，你不要怕，只要我这个老妇人在，石磨地的人谁要是欺负你，我就给你撑腰，我就不信那个邪了，石磨地没有欺负外乡人的习惯。宋小书的泪水流淌下来，八妹婆婆，你是我的亲奶奶。李八妹说，小书莫哭，这事还没完，你放心，我要他们给你一个说法，他们要是不给说法，我就和他们拼老命。宋小书说，八妹婆婆，没事的，我不怕，太晚了，我送您回家吧。村里传来了几声狗吠。李八妹说，小书姑娘，你进屋吧，关好门，好好睡觉，我不用你送，我闭着眼睛也可以摸回家，你送了我，一个人回来，我才不放心呢，进屋吧，你关上门了我再走。宋小书刚进门，李八妹又说，小书姑娘，门口纸钱的灰，你明天早上先不要扫掉，我有用处。宋小书说，我听八妹婆婆的。

第二天早上，李八妹来到朱复生家门口，大声喊叫，朱复生，你给我出来。听到她的喊叫，左邻右舍都被惊动了，村里人纷纷走出家门，朝朱复生的家门口聚拢过来。

朱复生刚刚起床，就听到了李八妹的喊叫。他气恼地走进厨房，对在做早饭的沈文秀说，你是不是又做了什么见不得人的鬼事，我警告过你，别再去招惹霞庐的人，我们儿子的事情和宋小书屁关系都没有。沈文秀的脸臊得通红，低着头不敢吭气。朱复生踢了她一脚，看看，惹出事情来了吧，又要老子给你擦屁股。

朱复生硬着头皮走出门，强装笑脸，八妹婆婆，到底怎么回事。

李八妹说，你还问我怎么回事，你老婆做了什么污糟事，难道你不知道。你堂堂的一个村主任，连老婆都管不好，你还怎么管村里的大事，我看还是辞职好了，你不辞职，迟早一天也会被你老婆害死。你说说，她干的这些事情，有天理吗，支使人去砸人家的屋顶，朝人家大门上泼粪，到人家大门口烧纸钱，这干的是人事吗。我嫁到石磨地几十年了，这样的事情真是罕见，大开眼界呀。朱复生，我问你，如果有人朝你家的屋顶扔石头，往你家大门上泼粪，在你家大门口烧纸钱，扪心自问，你会怎么样。欺负一个外乡来的姑娘，这算什么本事。

朱复生的脸挂不住了，嗫嚅地说，真有这事情。

李八妹说，纸钱灰还在霞庐门口呢，你要不要去看看。

朱复生转过身，朝家里怒吼，沈文秀，你给老子滚出来。

李八妹说，朱复生，你别喊，你们赶紧去把霞庐门口的纸钱灰扫干净,买挂鞭炮,在人家门口放放,然后给宋小书赔礼道歉,如果宋小书原谅你了,那就作罢,她要是不原谅你,那这事情就没有完,我们到乡里县里去说说理。

朱复生又转过身,赔着笑脸说,八妹婆婆,我们按照你说的去办,以后沈文秀再做这些污糟事,我就和她离婚。李八妹说,屁话,离婚,离婚了她去哪里,你好意思说出这种话。围观者哄然大笑。朱复生领着沈文秀,到霞庐门口扫干净了纸钱灰,放了一挂鞭炮,登门赔礼道歉。宋小书笑脸相迎,接受了他们的道歉,这场风波就算过去了。

魏　霞

雨不停地下着,霞庐里,两男一女,虽说没有什么大事,却还是有些小摩擦,主要是孙志恒和夏明致的矛盾。孙志恒下了高铁,坐上车,就听宋小书对刘茵说夏明致的事情,心里隐隐约约地感到了某种威胁,就把他当成了自己的假想敌。孙志恒来石磨地的目的十分明确,就是企图与宋小书重温旧梦,没想到在他和宋小书之间,横插了一个夏明致,而且夏明致也是一表人才,还是个作家,孙志恒心里自然就有了醋意,醋意极容易转化为敌意。夏明致同情孙志恒,洞察到他内心的想法,可并不希望他们重新和好,感觉宋小书和他在一起不可能幸福。因此,夏明致和孙志恒的矛盾无法避免。

孙志恒成天粘着宋小书,像个跟屁虫,只要见夏明致和宋小书在一起,他心里就极为不爽,说的话十分呛人。

夏明致有时会怼他几句，宋小书就把夏明致拉到一边，让他不要和孙志恒斗气，谅解他，他是病人。夏明致也就作罢。雨天，到外面行动也不便，夏明致就在房间里看看书，或者在厅里泡茶，听听雨声，想着一些和魏霞有关的事情。

那也是个雨天，他和魏霞在李八妹的家里为租老屋的事情发愁，两人坐在厅堂里，大眼瞪小眼。李八妹到城里儿子家去了，他们不知道李八妹是去给他们搬救兵。夏明致说，霞姐，我看还是放弃吧，太难搞了，村里又不支持，就是以后民宿建起来了，也十分麻烦。魏霞说，不能放弃，越是难搞，我就越要搞，我看中的地方，不会轻易放弃，我们还是再去找找老屋的屋主吧，只要他们同意了，村里的问题就迎刃而解了。夏明致说，一栋老屋，十几家人共有，找谁好呢。魏霞说，我想了想，擒贼先擒王，找老屋最能够说话的那个屋主，如果他同意，问题就好办了。夏明致说，那好吧，你说怎么干，我没有二话。

那三栋老屋，最能说上话的，就是朱旺生，他是长辈，平常家族里有红白喜事，都喊他去主理。魏霞和夏明致商量好了，以他为突破口。他们撑着雨伞出了门，到村部旁边的小卖部里买了两瓶白酒，还买了些营养品。小卖部里几个村民在闲聊，看他们买东西，一个个神色古怪。他们拐进了一条巷子，来到了朱旺生家门口。门开着，夏明致叫了声，请问家里有人吗？没有应答。魏霞说，可能没有人吧。夏明致说，没人怎么门开着。魏霞说，这里人家不都这样吗，白天都开着门，不管家里有没有人。夏明致又叫了声,请问,家里有人吗?

这时,从里面出来一个老太太,她是朱旺生的老伴吴莲莲。吴莲莲头发用手帕包裹着,她笑着说,不好意思呀,刚刚在洗头,没听到你们的叫声。魏霞说,打扰你了,实在抱歉。吴莲莲说,你们找谁呀。魏霞说,我们来探望朱旺生老大爷。吴莲莲目光在夏明致手中拎着的礼物上瞟了一眼,喜形于色地说,请进,到屋里说。在厅堂里落座,吴莲莲给他们泡茶。夏明致说,老人家,朱老大爷是不是不在家。吴莲莲给他们端上两杯茶,老头子可能去打麻将了,我打电话叫他回来,你们先喝茶。

约莫过了十几分钟,门外传来沙哑的声音,谁呀,催命一样喊我回来,才摸几把牌,瘾头都没有过足,真是气人。接着,一个矮个子老头撑着伞走了进来。收起伞,放在一边,朱旺生看了看站起身微笑的魏霞和夏明致。他冷冷地说,你们来干什么。魏霞说,朱老大爷,也没什么事情,就是来探望一下您。朱旺生瞥了一眼桌子上的礼品,脸色温和了许多,口气也变了,坐,坐。朱旺生坐下来,点了根烟,吸了一口,我知道你们来找我有什么事情。

魏霞说,麻烦您老人家,很不好意思。

朱旺生从烟盒里抽出一支香烟,递给夏明致,你抽吗。

夏明致笑笑,我没有抽烟的习惯。

朱旺生说,好,不抽烟好,省钱。

魏霞说,老人家身体很健朗呀,你看你的眼睛比年轻人还亮,一定很长寿的。

朱旺生乐了，老不死了，长寿也没什么用，还不是苦命，一辈子守在石磨地。年轻时，要不是我那死鬼老爹死活不让我去当兵，我现在说不定也是个大干部了，和我一起穿开裆裤长大的贵宝，参军后，在部队当了师长，一家人都带出去了，很多年没有回来了，不晓得是生是死。

夏明致说，石磨地是宝地呀，我看这里的老人都长寿。

朱旺生说，在你们眼里是宝地，在我们眼里，没有本事的人才守着这里的一亩三分地，有本事的人都出去了。我们还是说正事吧，你们要租老屋，找我没什么用的，众人的祖屋，要大家同意，才有用。所以，你们还是回去吧。

魏霞说，老人家德高望重，一言九鼎，只要您同意了，相信大家也会同意的，您想想，老屋都破败了，有些砖墙都倒塌了，荒废在那里，多可惜呀，我们可以把老屋按原貌修回去，这样，又保护了你们的祖产，又有租金收入，岂不是一举两得的事情。

朱旺生吐出了一口浓烟，咳嗽了两声说，话是这么说，谁不爱钱，我们一年到头，累生累死也赚不了几个钱，问题是，不是我一家人的老屋，我说了不算，我们要开会商议的。我要是答应了你，亲房叔伯还以为我拿了你们多少好处呢，这个口我不能开呀，我不想亲房叔伯在后面戳着我的脊梁骨骂我。明白了吧，我说得够清楚了吧。

夏明致说，我们理解老人家，是这个道理，这样吧，我们希望老人家牵头，召集您的族人，开个会，讨论一下这个问题吧，我们不会给您添麻烦的，您只要不反对就好了。

魏霞说,老人家体谅一下我们,我们真的是有心做事情的,也真心喜欢上石磨地这个地方,希望老人家能够接纳我们,我们会很感激你的。

吴莲莲在一旁说,多大点事情,这个人阻碍一下,那个人阻碍一下,我看魏姑娘他们都诚心实意的,老头子,你能帮就帮帮他们吧。

朱旺生瞪着她吼道,你懂个屁,妇人家少啰唆。

吴莲莲也来气了,就你懂,你懂那么多,给我赚钱回来花呀,让我过好日子呀,你除了打麻将,还能干什么,不是我说你,这一辈子跟着你,倒了大霉了。

朱旺生吼着,反了你了,你跟我,少你吃还是少你穿了,你个不识好歹的。

魏霞站起来,劝他们别吵了,夏明致示意魏霞离开。于是,他们就告辞了,出门走出小巷,还听到他们吵口的声音。魏霞的心情一下子又像这雨天一样阴郁起来。夏明致说,霞姐,你别心焦,一定会有办法解决问题的,心诚则灵。魏霞说,心诚有时也是没有用的。

他们路过一家门口时,门里响起了狗的狂吠。

魏霞吓得躲在夏明致身后,夏明致心里也十分紧张,嘴巴里却说,别怕,霞姐,有我呢。那是一条大黄狗,从门里冲了出来,朝他们狂吠。魏霞浑身发抖,夏明致和大黄狗对峙着,他说,霞姐,你先走,我看着它。魏霞撑着伞,快步往前走。雨天路滑,魏霞也走得太快了,不小心脚一滑，摔倒在地上。夏明致见状，朝魏霞跑过去，就在他跑动的刹那间，大黄狗叫唤着朝他追过来，一口咬住了他的小腿。疼痛感迅速地传导到大脑，夏明致龇牙咧嘴，不知所措。魏霞从地上爬起来，见夏明致被狗死死地咬着，歇斯底里地喊叫，救人呀，救人呀。村人纷纷走出来，有人去喊狗主人。狗主人跑出来，大声说，松口，松口，瞎眼珠的死狗，怎么乱咬人。主人训斥之后，大黄狗松开了嘴，跑回家去了。狗主人不停地道歉，实在对不起呀，夏先生，母狗肚子里有崽了，估计受惊了，才乱咬人的，实在对不住呀，夏先生。

魏霞吓坏了，赶紧开车带夏明致到镇医院去处理伤口，打狂犬病疫苗。一路上，魏霞神情焦虑，眼泪汪汪的。夏明致咬着牙，忍受着疼痛，反而安慰魏霞，霞姐，不就是被狗咬了一口吗，没有关系的，你摔伤没有，疼不疼。魏霞说，我没问题，不疼，你忍忍，很快就到了。到了镇医院，处理伤口时，消毒药水涂在伤口上，夏明致咬着牙，不让自己叫出声。医生说，伤口咬得好深呀，要注意，千万不要感染了，一会给你开些外敷内服的药，伤口不要沾水，过几天就应该没事了，要注意，不能喝酒，也不要吃辛辣的东西，最好吃清淡点。魏霞转过头，不敢看夏明致流血的伤口，眼泪情不自禁流下来。打完狂犬病疫苗，魏霞开着车带夏明致回石磨地。

回到石磨地，天已经黑了，李八妹已经从县城回家，给他们做好了晚饭。李八妹已经知道了夏明致被狗咬的事情，让人到山上采来了草药，用酒糟剁烂，放在一个碗里备用。李八妹也十分心疼夏明致，吃完饭，就把准备好的草药敷在伤口上，先用塑料布包上，然后用纱布缠紧。边给他包扎，李八妹边说，狗见到陌生人会叫，不要跑，狗会以为你是小偷，偷了东西跑，所以就追上来咬你。听了这话，魏霞和夏明致都笑了。李八妹接着说，这草药呀，十分管用的，敷上三天，伤口就结痂了，而且止痛，敷上半个钟头，就不会痛了，会有点痒，忍忍就过去了。夏明致动情地说，八妹婆婆，你真像我奶奶。李八妹慈爱地说，好好休息，不要怕，噢，有件事情和你们说，我儿子周末会回村里来，找支书给你们调解租房的事情，你们就放宽心吧。

这可是天大的好事情，魏霞抱住李八妹，在她脸上亲了一口，八妹婆婆，你是我的亲奶奶呀。夏明致笑着说，霞姐，也亲我一下呗。魏霞白了他一眼，去你的，不要脸。那个晚上，魏霞陪着夏明致，一直到深夜，他们聊了很多，各自曾经的婚姻以及生活。夏明致真想她一直守在自己的身边，有种从未有过的幸福感，可是，魏霞累了，夏明致就让她回房睡觉了，临走前，夏明致说，霞姐，我要是得了狂犬病死了，你会记着我吗。魏霞摸了摸他的额头，柔声说，乖乖地睡觉，别胡思乱想，你要是得狂犬病，我陪你一起去死。

夏明致

雨下了三天后，天终于放晴了，天气也回暖了，整个石磨地山地，在阳光下宛若新生。村子里传送着一个消息，朱小亮的老婆怀上孩子了，那是一个腼腆的山里姑娘，脸上总是挂着羞涩的笑，像石磨溪边生长的含羞草。有人见到朱小亮脸上有了笑容，也开口说了话，很长时间，没有人听到他说话了，尽管说的话含混不清，村里人还是可以知道他在表达什么的。夏明致在这个阳光灿烂的午后，和宋小书去李八妹菜地买菜时，碰到了朱小亮，他当初那红色的头发已经变回了黑色，他的头发异常茂盛，就像山野疯长的香茅草。朱小亮没有躲闪，朝他们点了点头，笑了笑，就是没有说话。他走过去后，宋小书说，我突然有点同情他。夏明致说，为什么。宋小书说，不知道。夏明致说，他现在很好呀，有孩子了，就有责任了，也就真正长大成人了。宋小书扑闪着眼睛说，是不是一个人一生都不要孩子的话，就永远都长不大。夏明致笑笑，你说呢。宋小书说，我不晓得。

　　他们拿着菜回到霞庐，刚进门就被孙志恒堵住了，他的脸色煞白，像涂了一层白漆。孙志恒冷冷地质问宋小书，小书，为什么不叫我一起去。宋小书笑着说，我们出去的时候，你在房间里休息，你夜里睡不好，能够休息一会，也是好事，就没有打扰你。孙志恒说，我根本就没有休息，只是回房间吃药，出来你们就不见了，你是不是故意冷落我。宋小书耐心地说，我怎么可能冷落你，要是冷落你，就不会让你来石磨地了，你来这几天，我不是一直陪着你吗，我连和夏哥单独说会话的机会都很少。孙志恒说，你为了和他在一起，故意躲避我。夏明致听不下去了，沉下脸说，孙志恒，你说话过分了，你现在和小书是什么关系，你难道心里没谱吗,小书陪你是仗义,不陪你是正常的,不能强人所难,哪怕她是你妻子,她也不是你手中的一个物件,由你霸占着。孙志恒突然暴怒,夏明致,我和宋小书说话,关你什么事,你给我滚开,滚开。宋小书把夏明致拉到一边,低声说,夏哥,你别说了,我陪他出去走走,好吗。夏明致看着她明亮潮湿的眼睛,点了点头,转身进去了。宋小书轻声说,志恒,好了,别耍小孩子脾气了,我把菜放厨房,陪你到外面走走,今天阳光灿烂,你也要多晒晒太阳,你别走开,在这里等着我哟。

夏明致回到房间里,心里憋着一口气,可是,他想到孙志恒那几个月炼狱般的经历,想到他失去慈母经受的巨大悲恸,心里有了悲悯,心口隐隐作痛,那口气也就烟消云散了。窗外,阳光从天井上流泻下来,温暖纯净,夏明致也想出去走走,难得这大好秋色,不能辜负,人生短暂,享受片刻的美好时光,也是莫大的慰安。夏明致沿着石磨溪岸边的石子路,一直往上走。溪水中的游鱼清晰可见,那一群群银色的小白条让溪流有了生命的色泽。他想,此时魏霞在身边该有多好,像以前一样有说有笑,无话不谈。走到山脚下时,夏明致发现了宋小书和孙志恒,他们站在山坡上的一棵枫树底下,面对面说着什么,突然,孙志恒抱住了宋小书,像是要亲吻她。宋小书使劲地推开了他,说着什么,孙志恒激动的样子,挥舞着双手,然后蹲在地上,双手抱住了头。宋小书站在旁边,说着话,过了一会,把他拉了起来。夏明致扭头就走,生怕他们发现自己,会以为自己在跟踪他们。

吃完晚饭，沉默不语的孙志恒没有粘着宋小书，先回房去了。夏明致帮宋小书收拾碗筷，擦桌子，然后到厨房里帮她洗碗。宋小书打扫厨房的卫生，她总是把厨房清理得干干净净。夏明致不敢问下午她和孙志恒到底发生了什么事情，有一搭没一搭地和她聊着一些发生在石磨地的闲事。宋小书突然说，夏哥，我可能伤害孙志恒了。夏明致说，怎么回事。宋小书说，下午他向我求爱了，我拒绝了他，这些天，他一直有这个意思，我照顾他的情绪，没有怎么说，今天，我实在忍不住了，就说出了心里话。夏明致说，你怎么和他说的。宋小书说，我很直接地说了，说早就不爱他了，现在对他只是同情，并不是爱的死灰复燃，我说你不能靠我的同情过一生，我也有自己不被打扰的生活，希望他能够理解我，他听了十分激动，说他一直爱着我，我说你要真爱我，就放开我，给我自由的选择，而你也要勇敢地面对一切，重新拥有自己的生活。夏明致说，你说的没有错，你现在说出来，对你对他都有好处，学会拒绝需要勇气，也是智慧。宋小书说，可是，可是我真不想伤害他，他经历了那么多，我心里特别难受。夏明致说，小书，别难过，你已经做得很好了，无论如何，你在他最难熬的时候，陪伴过他。

这个晚上，注定要发生一些事情，夏明致一直没有合眼，也没有看黑格尔的《精神现象学》，他警惕着什么。午夜时分，他听到了哭声，哭声是从孙志恒房间里传出来的，夏明致悄悄走到他的房门口，伸出手，想敲门，想了想又缩回了手。孙志恒边哭边喊，妈妈，妈妈，你在哪里，你在哪里，我头痛呀，痛得受不了了，妈妈，你在哪里，为什么在我最痛苦的时候你不在。接着，夏明致听到了头撞墙的声音，咚咚作响。夏明致赶紧敲门，志恒，开门，发生什么事情了。门没开，哭声伴随着头撞墙的声音不断地传出。声音太响了，住在下厅厢房里的宋小书也被惊醒了，她跑上来，焦急地说，怎么啦，志恒怎么啦。夏明致说，是不是他的抑郁症发作了。宋小书说，有可能，之前发作，他打电话给我，也是这样的。宋小书敲了敲门说，志恒，我们都在，你不要怕，我们都在。孙志恒说，不在，你们都不在，这个世上只有我一个人，黑暗的潮水将我淹没，毒蛇在噬咬着我的心脏。宋小书哭了，志恒，你别做傻事，你出来好吗，我们谈谈。孙志恒说，你们走吧，我不要安慰，我也不会死的，我只是难受，我要发泄。

宋小书和夏明致不知道说什么好了，只是沉默地站在房门外。良久，屋里的哭声渐渐平息，门终于打开了。孙志恒没有戴眼镜，眼睛红肿，使得他的眼睛更小了，只剩一条缝。他的额头鼓起了一个大包，那是撞墙留下的印记，脸上还有泪痕，可怜楚楚。他的声音有些沙哑，你们去睡吧，我没事了。夏明致说，真的没事了。宋小书关切地说，吃药了吗。孙志恒说，吃了，现在好多了，你们去睡吧，我要独自静静。说完，他就把门关上了。夏明致说，小书，你去睡吧，有什么事情有我在这里，你不用担心。宋小书神色黯然地回房去了。夏明致坐在天井边的竹椅上，默默地抽烟，他只有写作时才会抽烟，现在他想抽几根烟，脑海里有些问题需要梳理。

半小时后，孙志恒走出了房间，坐在夏明致旁边，轻声说，夏哥，给我一根烟。夏明致递给他一支烟，给他点上。孙志恒吸了一口烟，呛得直咳嗽，平复下来后说，妈妈一直不让我抽烟，我听她的话，没有抽烟。夏明致说，那你不要抽了。孙志恒说，她已经不在了，我得抽一根烟，她都不管我了。夏明致说，我理解你的心情，你就抽吧，也许你会从抽这根烟开始，重新开始新的生活。孙志恒说，夏哥，我最痛苦的是妈妈在感染上病毒后，我无能为力，也不能去照顾她，她死前，该多痛苦呀，多么想见我一面呀，可是那是奢望。夏明致说，很多事情不是我们能够控制的，包括你妈妈之死，作为你而言，你要提醒自己，什么是你可以控制的事情，什么是你不能控制的事情，这样也许就能够克服你的无助和绝望感。孙志恒说，我现在还能够控制什么。夏明致说，你最起码可以控制自己吃药，控制自己的生活，因为你还活着，还有漫长的道路要走，其实，你是很勇敢的人，要看到自己的勇气，活下去，本身就是一种难能可贵的勇气。孙志恒说，很多道理我都懂，可是还是会经常迷失。夏明致说，你能够意识到这一点，就已经很了不起了。孙志恒说，真的。夏明致说，真的。

第二天，孙志恒离开了石磨地。

宋小书送他去的高铁站，夏明致没有去。宋小书回来后，忧郁的模样。她对夏明致说，进站前，我让他吻了我，我流泪了，他笑着走进站的，他走后，我的心一下子变得空落落的，我怀疑自己还爱着他，人真是奇怪的动物。夏明致说，人心都是肉长的，我理解，这样吧，让时间来裁决吧，一年半载后，如果你还牵挂着他，就去找他，不过，那时也许他破碎的心已经修复，找到了新的爱情，那会是怎么样的光景呢，我倒是希望他能够尽快地从黑暗中走出来，站在阳光之下。宋小书苦笑着说，不说了，夏哥，你们写小说的，想得比较复杂，不过，还是有道理的。

那个中午，朱复生请夏明致和宋小书到他家去吃饭，朱复生一家人都喜形于色，宋小书总是觉得有些难为情，尽管他们对以前发生过的事情只字不提。吃完饭，乘着酒意，夏明致和宋小书去爬了灵蛇山，一路上，夏明致采摘了许多的野花。宋小书的手机不停地叮咚作响，到了山顶，宋小书打开手机，惊喜地说，哇，那么多订房信息，有十多条呢。她还接到了刘茵的一条消息，她说回上海写了一篇推介霞庐的文章，发表在微信公众号上，估计会有人订房，还说，通过她公众号订房的人，一定要好好照顾。他们没想到，刘茵还是个网红。夏明致把野花一朵一朵地插在宋小书的头上，她娇羞得像朵野菊花。夏明致笑着说，小书，我们谈个恋爱吧。宋小书笑出了声，鬼扯，你还是多关心关心霞姐吧，她心里有你，多给她一点时间吧，好期待喝你们的喜酒。

说到魏霞，夏明致脸上的笑容消失了，他站在一块石头上，往南眺望，思绪飞越层层叠叠的群山，一直向南。他想起来霞庐竣工的那天，和魏霞在山野漫步，他把野花插在她的头上，她红扑扑的脸同样是一朵美丽的花儿。那个晚上，他们喝了很多酒，说了很多话。魏霞不时伸出手，轻轻地抚摸他的脸，他感受着她温柔的爱意，觉得自己神采飞扬，那是他离婚之后，第一次如此神采飞扬，仿佛自己是个白马王子。魏霞将他拉进了她的房间，充满了茉莉花香息的房间，他所有的毛孔都张开了，吸纳着魏霞的情义。那时，宋小书和其他员工都还没有入住，整个霞庐就是他们的世界。魏霞亲吻着他，脱去了他的衣服，他们在那张崭新的床上，有了第一次交欢，夏明致沉浸在巨大的波浪中，沉浮起伏。那是难忘的一夜。可是，第二天，魏霞就恢复了平静，和他保持着一定的距离，直到现在，他也没有第二次和她同床共枕的机会。他曾经追问，霞姐，为什么这样。魏霞淡淡地说，你就当什么也没有发生过。夏明致说，可是发生了，既然这样，那个晚上为什么你要那样做。魏霞笑笑，那你就当一夜的放纵吧。夏明致说，不，我真的爱上了你。魏霞不说话了。

宋小书说，夏哥，你在想什么。

夏明致喃喃地说，也许爱就是那一瞬间的事情，也许是恒久的考验。

2021 年 3 月 9 日完稿于上海家中

（发表于《西部》2021 年第 5 期）

后记

《孤独旅行家》是一本中篇小说集，收入了《孤独旅行家》《无处告别》《荒原：三个故事》《驮着你飞升》《单枪匹马》《野花插满头》六部中篇小说。这六部中篇小说都有一个共同的特点，故事大都发生在路上或者异乡。这些小说，有惊心动魄的历险，有弥留之际对生命意义的探寻，有缠绵悱恻的爱情，也有对复杂人性的剖析。

多年来，除了写作，我喜欢四处旅行，在旅行中，我得到了很多灵感，因此也写了不少和旅行有关的小说，比如《孤独旅行家》。这部小说写了一个叫王大嘴的人，从琐碎的生活中出走，成了一个始终在路上行走的孤独旅行家。他周游世界，经历传奇，将生死置之度外，甚至在非洲和缅甸，冒着枪林弹雨历险，也收获短暂的爱情。这个追求自由的行者，内心慈悲，曾经陪着一个癌症病患者走完人生最后一段旅程。他在旅途中，一次次超越自我，获得了精神的飞升。他是个无家之人，一直活在路上，他存在的意义就是不断挑战自己，这是一种极致的人生，在孤独中完成自我的救赎，也表现了一个人力图超越平凡的勇气，尽管现实的困扰无处不在。其实小说中的王大嘴，也有我自己的影子，每一次旅行，对我来说，都是一种寻找，寻找在庸常生活中无法得到的精神火花。这种精神火花并不是随便可以得到，可遇不可求，但是，当你在无人的旷野，突然发现落日西沉，那种燃烧，那种大自然的壮美会让我无端感动，仿佛有一道光，照亮了我的心灵，那个时候，灵感就产生了。《孤独旅行家》的构思就是来自一次藏北的旅行，那次旅行中的许多故事，后来都成了《孤独旅行家》里的故事。

我特别偏爱《荒原：三个故事》这部小说，这部小说写了一个孤独女人朱丽叶到西澳大利亚旅行时发生的三个故事。朱丽叶企图在旅行中，得到某种慰藉，她独自开车，穿过整个西澳大利亚的荒凉地带，大自然给她带来很多视觉上的震撼，而真正震撼她的还是人性的幽微之火，那些温暖人心的细微之处。第一个故事《艾米莉》中的那对老夫妻，和那条叫艾米莉的爱犬的真挚情感；第二个故事《拐杖》中，一个父亲带着患骨癌的女儿走遍天涯，他只希望女儿在有生之年，见到更多的风景，看到更大的世界，那种父爱让朱丽叶动容；第三个故事《座头鲸》里，朱丽叶的一次短暂的艳遇，在这次艳遇中，朱丽叶发现人与人之间的尊重是那么重要。三个故事，让朱丽叶感受到了人生况味，对自己未来的生活有了重要的抉择。

人生困难重重，而旅途中一个微小的细节，就有可能充满了启示，一次日出，或者一次雷雨，或许陌生人的一个眼神，一句漫不经心的话语，都会植入你的心灵。我想，这也是我写作这些发生在旅途上,或者异乡的小说的初衷。

写作是我生活最重要的部分,从 2004 年开始,我基本上就是靠写作为生,这些年来,也写了大量的文学作品。我特别喜欢中篇小说这个小说体裁,这些年写了不少中篇小说,几乎每年都有两三部中篇小说发表。从几十部中篇小说中,选了这六部中篇小说结成一个集子,这也是我的一个愿望。早在 2019 年秋天,我就选了一部分中篇小说发给编辑何瑞,她是个很负责的人,编辑好了就给了上海社会科学院出版社的邱爱园编辑。邱爱园编辑也是一个认真的人,一直和我进行有效的沟通,于是才有了这本书的出版。这部中篇小说集能够顺利出版,和她们的努力是分不开的,在此,我深表谢意。同时,也感谢出版过程中所有为这本书付出过努力的人们。

其实,要说的话都在小说里说了,写这篇简短的文字,作为后记。

李西闽

2021 年 10 月 14 日

图书在版编目(CIP)数据

孤独旅行家 / 李西闽著 .— 上海：上海社会科学院出版社，2022
 ISBN 978 - 7 - 5520 - 3713 - 5

Ⅰ. ①孤… Ⅱ. ①李… Ⅲ. ①中篇小说—小说集—中国—当代 ②短篇小说—小说集—中国—当代 Ⅳ. ①I247.7

中国版本图书馆 CIP 数据核字(2021)第 218458 号

孤独旅行家

著　　者：李西闽
责任编辑：邱爱园
封面设计：周清华
出版发行：上海社会科学院出版社
　　　　　上海顺昌路 622 号　邮编 200025
　　　　　电话总机 021 - 63315947　销售热线 021 - 53063735
　　　　　http://www.sassp.cn　E-mail：sassp@sassp.cn
照　　排：南京理工出版信息技术有限公司
印　　刷：上海盛通时代印刷有限公司
开　　本：787 毫米×1092 毫米　1/32
印　　张：10.875
插　　页：1
字　　数：214 千
版　　次：2022 年 1 月第 1 版　2022 年 1 月第 1 次印刷

ISBN 978 - 7 - 5520 - 3713 - 5/I·439　　　　　定价：58.00 元

版权所有　翻印必究